Joan Weng

Die Damen vom Pariser Platz

atb aufbau taschenbuch

JOAN WENG, geboren 1984, studierte Germanistik und Geschichte und promoviert über die Literatur der Weimarer Republik.

Im Aufbau Taschenbuch sind die Romane »Das Café unter den Linden«, »Die Frauen vom Savignyplatz« und »Amalientöchter« sowie die Kriminalromane »Feine Leute« und »Noble Gesellschaft« lieferbar.

Berlin, 1926. Der Schönheitssalon der Madame Bross am Pariser Platz 13 ist nicht irgendeiner, er ist *der* Schönheitssalon der Hauptstadt schlechthin. Hier geben sich nur die feinsten Damen die Klinke in die manikürte Hand. Da passt sie selbst so gar nicht hinein, findet Gretchen, die frisch vom Land nach Berlin gezogen ist und ausgerechnet hier eine Arbeit finden soll. Umso erstaunter ist sie, als sie von der geheimnisvollen Nachtclubsängerin Isis als Tippfräulein angestellt wird. Doch wenn Gretchen ihrer Vermieterin Glauben schenkt, die allerlei Schauergeschichten über ihre neue Chefin zu kennen meint, sollte sie sich besser vor ihr in Acht nehmen. Zwischen Automatenbüfetts, Cafés und Kabarett ist jedoch nichts, wie es zunächst scheint, und dann verliebt Gretchen sich auch noch in den Falschen.

Joan Weng

Die Damen vom Pariser Platz

Roman

aufbau taschenbuch

MIX
Papier aus verantwortungsvollen Quellen
FSC® C083411

ISBN 978-3-7466-3711-2

Aufbau Taschenbuch ist eine Marke
der Aufbau Verlag GmbH & Co. KG

1. Auflage 2021

Umschlaggestaltung www.buerosued.de, München
unter Verwendung von Motiven von United Archives/
TopFoto/Süddeutsche Photo und akg-images
Satz Greiner & Reichel, Köln
Druck und Binden CPI books GmbH, Leck, Germany
Printed in Germany

www.aufbau-verlag.de

Für A.W. zum Geburtstag

BERLIN

März 1926

1. Kapitel

Sie sehen bezaubernd aus! Wann sehen wir uns wieder?

So stand es in schwungvoller pinker Schrift auf einem cremeweißen Visitenkärtchen, daneben die Adresse: *Helen Bross – Schönheitsbehandlungen aller Arten, Pariser Platz 13, Berlin.* Und darunter ein Feldchen, in welches jemand *Montag, 7:30, 22. März* geschmiert hatte. Montag, der 22. März, das Verheißungsdatum.

Wie hatte Gretchen erst die Tage, schließlich im Zug dann Stunden und Minuten, bis zu diesem Tag gezählt.

Und je näher die dampfende Lok Berlin kam, desto heller war es draußen geworden – das war Gretchen sehr sinnbildlich erschienen, nur jetzt, jetzt war sie zu früh.

In ihren gebraucht gekauften, leider deutlich zu großen Schnallenschuhen stand sie nun hier, vor der prächtigen Jahrhundertwendefassade des Pariser Platz 13 und war zu früh. Ein trotz aller Schnörkel sehr dickes Gitter versperrte die Tür. Gretchen bemühte sich, dies nicht auch sehr sinnbildlich zu finden.

Eine zittrige Sorge begann in ihr aufzusteigen.

Bestimmt war die Stelle längst vergeben, man hatte nur vergessen, es ihr zu sagen! Gretchen gehörte zu den Menschen, die von anderen gerne vergessen wurden.

Wenn sie sich denn die Mühe machten, sie überhaupt zu bemerken.

»Verzeihung, Fräuleinchen. Ich habe Sie nicht gesehen.« Ein einäugiger Straßenkehrer mit Brandnarben auf Hals und Wangen machte eine entschuldigende Geste mit seinem Reisigbesen, fegte aber weiterhin seinen Kehricht in Gretchens Richtung – vermutlich hatte selbst er ihre Anwesenheit schon wieder vergessen?

Ein gleichmäßiges, schabendes Geräusch, seltsam still lag Berlin im kühlen Morgenlicht. Ein Dienstmädchen in dicken Strümpfen und einem abgetragenen Gummipaletot eilte gesenkten Blicks vorbei, auf der Straße zockelte ein Milchmann müde mit seinem leeren Wagen, der breithufige Gaul schien im Gehen eingenickt. Zwei Männer in identischen schwarzen Ledermänteln und derben Schnürstiefeln wechselten ein paar grüßende Worte mit einem Schutzmann.

Der lachte und zündete sich eine Zigarette an.

Ein mächtiger roter Kater beäugte Gretchen im Heranschlendern, sprang dann auf das Treppengeländer neben ihr, von dort ohne größere Mühe auf einen Sims im ersten Stock.

Da blieb er sitzen und miaute zweimal.

Er klang beleidigt, auf eine missgelaunte Weise fordernd, und das Fenster wurde auch fast umgehend geöffnet. Eine glückliche Stimme rief: »Mein Liebling! Da bist du ja, du süßer Rumtreiber. Hast du Hunger? Bestimmt hast du Hunger! Komm nur rein, mon petit!«

Kaffeeduft begleitete die Worte und Gretchen spürte, wie sich ihr Magen schmerzhaft zusammenkrampfte. Seit dem Butterbrot im Zug hatte sie nichts mehr gegessen. Das war aber auch besser so, Essen machte nur dick, und dick sein, das war von vorgestern. Obwohl, die Kaiserin Kleopatra – erwiesenermaßen von vorvorgestern – war ja auch schlank gewesen. Gretchen unterdrückte einen Seufzer.

Über ihr klagte indessen eine verschlafen klingende Männerstimme: »Wenn sich das Vieh nach drei verbummelten Nächten heimbequemt, heißt es: *Oh, mon petit! Hast du Hunger, mein Schnauzbärtchen?* Und wenn ich einmal zehn Minuten nach Sperrstunde ...«

Das Fenster knallte zu, die Morgenluft war den Katzenbesitzern sicher noch zu kalt, auch Gretchen trat fröstelnd von einem Fuß auf den anderen.

Inzwischen war sie nicht mehr zu früh, ein Blick auf ihre Armbanduhr verriet ihr, dass sie inzwischen vielmehr zu spät war. Doch die kettengesicherte Tür war noch immer verschlossen. Was sollte sie nur tun? Sie konnte doch jetzt nicht einfach unverrichteter Dinge wieder gehen?

Was sollte sie dann Henni sagen? Henni, ihrer besten Freundin, der sie die Stelle, die mögliche Stelle, überhaupt erst verdankte. Hilfe suchend sah Gretchen sich um, vielleicht gab es einen Hintereingang? Den gab es sogar mit Sicherheit, nur konnte sie den nicht finden, den hatte sie schon vor zwanzig Minuten nicht gefunden. Und was hätte ihr der auch bringen sollen? Der war ja bestimmt auch zu.

Ratlos blickte Gretchen ihr Spiegelbild in der großen Fensterfront neben der verschlossenen Tür an. Rosa und weiße Schiebevorhänge verbargen das Innere vor neugierigen Augen. Das Dahinter, das war das Reich der Madame Bross, Berlins größter und vermutlich exklusivster Schönheitssalon.

Eintritt nur für Damen!, erklärte ein diskretes Schild, es waren dieselben pinken Buchstaben wie auf dem Visitenkärtchen, das Henni Gretchen geschickt hatte. Ganz bestimmt war die Stellung schon vergeben – jedes junge Mädchen der Republik hätte doch beide Seidenstrumpfbeine dafür gegeben, hier in diesem Tempel der ewigen Jugend arbeiten zu dürfen. Und doch hatte Henni ihr am Freitag geschrieben, sie habe ihr diese Position verschafft, nur schnell müsse Gretchen sein. Wahrscheinlich war sie aber eben nicht schnell genug gewesen?

Um was für eine Position es sich handelte, das hatte Henni zu erwähnen vergessen, das musste nichts heißen, so war ihre beste Freundin eben. Oh, ganz bestimmt hatte Henni in ihrer Wirrköpfigkeit ein falsches Datum notiert und nun war die Chance vertan.

In diesem Moment kam ein junges Dienstmädchen um die Ecke, die Haare unter einem roten Kopftuch verborgen und einen Eimer voll schwappenden Wassers in der Hand. Es musterte Gretchen mit einem halb abschätzigen, halb desinteressierten Blick und begann ohne weitere Umschweife, die riesige Fensterfront des Salons mit verdünntem Essig zu putzen.

Gretchen schluckte trocken, nahm all ihren Mut zusammen und dann sagte sie: »Verzeihung, ich habe einen Termin bei Fräulein Bross. Vielleicht können Sie mir helfen?«

»Ihre Nase glänzt! Bitte mattieren Sie sich.« Das Empfangsfräulein streckte ihr eine kleine Elfenbeindose und eine Puderquaste entgegen. »Bevor ich Sie zu Madame Bross führe, möchte ich Ihnen ein paar grundsätzliche Benimmregeln näherbringen. Madame Bross ist eine Künstlerin ihres Fachs und als solche sehr sensibel.«

Gretchen nickte und bemühte sich um einen verständigen, abgeklärten Gesichtsausdruck – in Wahrheit jedoch klopfte ihr das Herz bis zum Hals. Es war nicht nur die Aussicht, jeden Moment der legendären Madame Bross, der Eisgöttin Berlins, vorgestellt zu werden, es war die ganze Umgebung des Schönheitssalons. All der auf Hochglanz polierte Marmor, all das verschnörkelte Messing. Dazu der seltsame, nahezu betäubende Geruch nach Rosenöl, aber da verbarg sich noch etwas. Etwas verwesend Süßliches, eine Spur von Formalin?

Und die Empfangsdame erst, schön wie aus einem Magazin, eine Haut wie Milch und lackschwarz glänzendes, eng an den Kopf frisiertes Haar. »Zuallererst«, fuhr das schneewittchenhafte Geschöpf fort, »zuallererst mattieren Sie Ihre Nase. Der Anblick von Fettglanz ist Madame Bross unerträglich. Außerdem kehren Sie Madame niemals den Rücken zu und sprechen nur, wenn Sie gefragt werden. Sie selbst stellen keine Fragen und eines noch: Erwähnen Sie niemals Elizabeth Arden. Unter keinen Umständen, haben wir uns verstanden?«

Gretchen trug eine dicke Schicht Puder auf und nickte. Beinahe hätte sie die Hacken zusammengeschlagen und mit einem schneidigen *Jawohl!* geantwortet.

»Gut, dann nehmen Sie dort Platz.« Mit ihrem schönen weißen Finger deutete Schneewittchen auf einen pink bespannten Seidensessel, nickte einem hinter den Tresen getretenen Fräulein zu und gab dann einem Boy in Uniform das Zeichen, die Eingangstür zu öffnen.

Gretchen setzte sich indessen. Der Stuhl war sehr unbequem und hart, aber besser als stehen war es allemal. Wenn sie wenigstens gewusst hätte, was das für eine geheimnisvolle Stelle war, für die die große Madame Bross jemanden suchte? Ausdrücklich jemanden vom Land.

Sie spürte, wie ihre frisch gestärkte Bluse unter den Armen begann, klamm zu werden. Da war er wieder, der hässliche Gedanke: Was, wenn sie die Stellung nicht bekam? Und sie wieder zurück musste? Zurück zu dem Gerede der Leute? Zurück in das miefige Schreibbüro, vier Tippfräulein, Rücken an Rücken?

Nein, ganz sicher nicht!

Fehlerfrei tippen, das konnte Gretchen. Beim Gedanken an all die Rechnungen für Sporttrikotagen, Zahnbehandlungen oder Dachziegel, die sie im letzten halben Jahr in die Maschine gehackt hatte, da wurde ihr ganz schwindelig. Nicht ein einziges Mal hatte sich ein Kunde beschwert, da war sie eine absolute Ausnahme im Schreibbüro gewesen.

Als sie Herrn Dr. Sonnentau erklärte, das Tippen sei wie eine lateinische Übersetzung, man müsse sich voll und ganz darauf konzentrieren, dann gehe es wie von selbst, da hatte er sogar Interesse für die lateinische Sprache geheuchelt. Ne, also dahin ging sie ganz sicher nie wieder zurück!

Der Telefonapparat auf dem Tresen summte in einem fort, aber obwohl das Fräulein direkt daneben saß, nahm es nicht ab. Es arrangierte einen Strauß pinker und weißer Rosen und auch es selbst war ganz in Pink und Weiß. Obwohl es schöner als manches Mannequin war, wirkte es doch so farblich abgestimmt fast ein wenig unscheinbar – vermutlich, damit die Kundinnen nicht gleich eingeschüchtert wurden?

Über der Farblichabgestimmten hing eine Uhr, aber nur mit Zeigern, ohne Zahlen, die musste man sich denken. Ob das billiger gewesen war?

Auf dem Marmortischchen vor Gretchen lag ein in rosa Leder geschlagenes, dünnes Buch: *Die Helen Bross Methode.* Das hätte Gretchen eigentlich gerne angesehen, aber leider war sie ziemlich kurzsichtig und ihre Brille würde sie hier, in diesem Schönheitstempel, bestimmt nicht aufsetzen. Das auf der ersten cremeweißen Seite prunkende Versprechen, das war allerdings groß genug gesetzt, das konnte sie auch so lesen: *Schönheit ist machbar! Auch für Sie!*, und daneben die Fotografie einer Frau – eine so aberwitzig schöne Blondine, Gretchen glaubte erst, das Bild irgendeiner Filmschauspielerin zu betrachten.

Mit Filmen kannte sie sich nicht besonders gut aus, was offen gestanden ziemlich peinlich war für ein Mädchen von heute. Sie war auch keine gute Tänzerin, was glücklicherweise bisher noch niemand gemerkt hatte, weil unglücklicherweise bisher noch niemand sie zum Schwofen hatte ausführen wollen. Peinlich, peinlich, peinlich.

Viel ausgemacht hatte ihr das bisher nicht, warum auch? Bis zu jenem Schicksalstag im Dezember vergangenen Jahres, da war ihr das alles ganz egal gewesen.

Der Würfel war geworfen worden und er war vom Tisch gefallen.

Selbst die Dame auf der Fotografie schien sie unter ihren schweren Wimpern hervor missbilligend anzublicken. Es war im Übrigen keine Schauspielerin, sondern Helen Bross, die Inhaberin des Helen Bross' Salons, das stand nämlich unter dem Bild – dankenswerterweise sehr groß geschrieben.

Und dann stand da noch etwas, eine 47, eingerahmt in kleine Klammern, die sahen seltsam kokett aus, diese Klämmerchen um die 47. Was wollte die 47 einem sagen? Das Alter konnte es nicht sein, die Dame auf dem Bild war bestimmt höchstens 25.

Ob es eine alte Aufnahme war – die Statuen des Kaisers Augustus hatten ihn ja auch bis ins hohe Alter als jungen Mann gezeigt? Gretchen schüttelte sich, aber nur innerlich.

Das musste aufhören, niemand fand junge Frauen attraktiv, die ständig Vergleiche zur antiken Geschichte zogen. Und Attraktivität war doch schließlich das, worauf es ankam! Schönheit war machbar – auch für Gretchen!

Das farblich abgestimmte Fräulein hielt Kaiser Nero vermutlich für einen entfernten Verwandten des abgedankten Wilhelm II., und Kleopatra war für die nur eine Operette. Oder eine Pflegebehandlung – die bot der Salon dem rosa Buch zufolge nämlich an. *Bad in frischer Ziegenmilch, eine Wohltat für die nervöse Haut der Großstädterin.*

Hände 25 Pfennig, Hände und Füße 45 Pfennig, Ganzkörper 100 Pfennig. Preise waren das! Oder waren das am Ende gar keine Pfennig, sondern Mark? Hoffentlich durfte man die Milch wenigstens hinterher trinken.

Auf der Straße hielt ein Automobil, und schon sprang der uniformierte Boy heran, öffnete die Wagentür, half der Fahrerin beim Aussteigen, führte sie in den Salon. Die hereinkommende Blondine trug ein pfirsichfarbenes Jerseykleid und mit eleganter Lässigkeit einen grauen Fuchs über der Schulter.

»Frau Baronin von Withmansthal! Welche Freude! Hatten Sie eine angenehme Reise?«, begrüßte das Empfangsfräulein, woraufhin die Dame sehr tief seufzte: »Nein, es war ganz grauenhaft. Ich bin vollkommen erschöpft. Ich werde Wochen, wenn nicht Monate brauchen, um mich von den Strapazen zu erholen. Dieses ganze Kairo wimmelt nur so von Ägyptern!«

Die Dame schauderte angewidert, und das Empfangsfräulein nickte verständnisvoll, riet dann: »Fräulein Louisa wird Ihnen bestimmt helfen können. Ich werde schon einmal die Kamillenkompresse bereiten lassen. Terry, führe die Baronin doch solange bitte schon einmal in die Nummer eins.«

Einen Moment lang öffnete sich die Tür mit dem Schild: *Behandlungsräume. Zutritt nur nach Aufforderung!* Das Plätschern von Wasser war zu hören, dann schloss sich die Tür abermals mit einem satten Schmatzen.

Das war also die Baronin von Withmansthal? Gretchen schüttelte innerlich den Kopf, das passte gar nicht!

Den Baron Otto von Withmansthal, den kannte Gretchen nämlich dem Namen nach, der schrieb für *Klio – Beiträge zur Alten Geschichte* und seine Rezensionen waren stets gleichermaßen geistreich wie spitzzüngig amüsant. Dass dieser ganz offensichtlich umfassend gebildete Mensch mit so einem Magazinblondchen verheiratet sein sollte?

Das farblich passende Fräulein schien weit von derartigen Überlegungen entfernt, es flüsterte in seinen Telefonapparat, dann aber, vielleicht nach einer Viertelstunde, stand es plötzlich, ohne weiter ersichtlichen Grund, auf. »Madame Bross erwartet Sie.«

Und begleitete diese Worte mit dem abermaligen Hinstrecken einer Puderdose.

Der schmale, dämmrige Flur roch nach Seife, Tabakqualm und einer Vielzahl von Parfüms. Zwei stark geschminkte Fräulein in cremeweißen, pink gesäumten Krankenschwesterkitteln lümmelten undamenhaft an die Wand gelehnt, teilten sich eine Zigarette und begafften Gretchen neugierig – zumindest kam es Gretchen so vor, ohne Brille sah sie in dem schlecht beleuchteten, fensterlosen Gang bedauerlich wenig. Ein weiteres Fräulein, mit unnatürlich rot leuchtendem Haar, hockte auf einem Stapel Holzkisten, wedelte hektisch seine frisch lackierten Hände durch die Luft. »Dat is wohl die hoffnungsvolle Spezialkraft? Die wievielte? Sollen wir wetten? Ick sag, in fünf Minuten is se wieder raus.« Dabei tat sie, als halte sie Gretchen für taub. Die anderen schienen diese Annahme zu teilen, jedenfalls kicherten sie gleichermaßen ungeniert.

Und mit diesem boshaften Geräusch im Ohr trat Gretchen nach raschem Klopfen in das Zimmer mit der Aufschrift: *Privat*.

Modische Leere umfing sie – in Pink und Cremeweiß, natürlich. Auf dem Boden lag ein hochfloriger, offensichtlich gerade frisch aufgebürsteter Teppich und das war eigentlich auch das einzige irgendwie Weiche im ganzen Raum, sonst nur Stahl, Glas und klare Linien. An Wand und Decke ein überraschend eckiges Jugendstilornament und selbst die zwischen den Fenstern stehende Dame schien mit ihren überlangen Gliedern der Laune eines Fin-de-Siècle-Künstlers entsprungen. Das war die Dame von der Fotografie, das war Helen Bross.

»Madame, die Spezialkraft«, erklärte der Boy und Helen Bross nickte, eine Bewegung, die sie enorme Kraft und Überwindung zu kosten schien. »Parfait«, sagte sie und auch ihre Stimme klang seltsam träge, ein bisschen, als wäre sie eben erst aus dem Schlaf gerissen worden. Der Boy verschwand, zumindest hörte Gretchen hinter sich das Klicken einer sich schließenden Tür. Was kam jetzt? Sollte sie ihre Zeugnisse vorzeigen?

Hoffentlich nicht, oder hoffentlich sah man nicht zu genau hin, denn das letzte, das nach dem Reifezeugnis und dem Abschluss des Sekretärinnenkurses, das vom Schreibbüro Dr. Sonnentaus, das fehlte nämlich.

»Sie sind also Tippfräulein?«, stellte plötzlich eine andere, deutlich kräftigere Stimme fest. Gretchen drehte sich um, neben der Tür stand noch eine Dame, sehr elegant, lilienschmal unter einem riesenhaften, azurblau abgesetzten Chinchillapelz und mit einem gleichfalls azurblauen, dicht verschleierten Hütchen. Auf dem Arm trug sie einen winzigen, ziemlich haarlosen Hund mit einem Seidenhalsband, azurblau, was auch sonst? Ein bisschen ermüdend war dieses ewige farbliche Einerlei ja schon.

»Bestimmt können Sie fehlerfrei tippen, Sie sehen zumindest so aus«, stellte die Verschleierte fest und es klang mehr nach Beleidigung denn Anerkennung.

Gretchen nickte, und die Dame nickte auch.

»Was unterscheidet Sie von den Hunderten von Tippfräulein dieser grässlichen Stadt? Können Sie irgendetwas? Jonglieren? Maultrommel spielen?«

»Latein!«, platzte es aus Gretchen heraus und seltsamerweise wusste sie sofort, dass das die richtige Antwort war. »Ich kann Latein und Altgriechisch. Außerdem leidlich Hebräisch. Mein Vater war Lehrer für alte Sprachen.«

»Latein?« Die verschleierte Dame klopfte sich eine Zigarette in eine überlange Spitze, wandte sich an Madame Bross. »Hast du schon einmal jemanden getroffen, der Latein konnte?«

Die Eisgöttin schüttelte matt den Kopf und mit einem Gesichtsausdruck, als wagte sie nach langem Zögern einen Kopfsprung vom Dreimeterbrett, ergänzte sie: »Ich hatte einmal einen Tischherren, der kam aus Rom. Grauenhaft langweiliger Mensch. Es war auch noch auf der Überfahrt nach Neu-York. Ich habe es keine zwei Abende ausgehalten, ich habe nur noch in meiner Kabine diniert.«

Die verschleierte Dame lachte auf kehlige Weise und stellte dann fest: »Also Latein, das finde ich wirklich ganz reizend. Das ist so … so … nostalgisch.«

Das haarlose Hündchen kläffte zustimmend und Gretchen senkte den Blick in Richtung Marmorboden und Schuhe aus zweiter Hand. Sie wusste nicht recht, ob sie sich verspottet fühlen sollte. Die verschleierte Dame fuhr indessen nachdenklich fort: »Peter kann Latein. Und Altgriechisch.«

»Peter kann auch Chinesisch und Mandarin, wenn es nach ihm geht.« Ungeduldig schnipste Madame Bross mit den Fingern, ergänzte in genervtem Ton: »Und ein begnadeter Musiker ist er obendrein. Spielt Grammophon wie ein junger Gott!«

»Nein, im Ernst. Er kann Latein. Er hat doch Abitur. Das stimmt wirklich, ich habe sein Zeugnis gesehen.« Seltsam heftig stieß die Verschleierte diese Worte hervor. Es schien ihr viel an den Sprachkenntnissen jenes Mannes zu liegen, doch Madame Bross reagierte nur mit einer spöttisch gehobenen Augenbraue, worauf die Verschleierte sich abermals an Gretchen wandte: »Warum möchten Sie nach Berlin? Sie sind doch nicht aus Berlin, oder?« Und nachdem sie dies durch Nicken bejaht hatte, forschte die Dame weiter: »Was ist Ihr großer Traum? Möchten Sie zum Film?«

Später sollte Gretchen oft denken, dass alles ganz anders gekommen wäre, ihr ganzes Leben sich anders entwickelt hätte, hätte sie in diesem Moment gelogen. Sie hatte sich eigentlich vorgenommen, bei derartigen Fragen zu lügen. Schließlich wollte sie endlich sein wie alle anderen, endlich einmal dazugehören. Sie wollte nicht länger das komische Gretchen sein – von den anderen Mädchen im Schreibbüro als eingebildet gemieden, von den jungen Männern der Kleinstadt als vertrocknete Jungfer, als Hosenweib belächelt. Sie wollte nicht länger das Gretchen sein, das samstagabends ihren kranken Großvater pflegte und nicht an die Erbschaft zu denken wagte – die Erbschaft, die dann auch nie kam.

Und sie hatte den Mund schon geöffnet, um Begeisterung für Kintopp, Conrad Veidt, den Bäumer und die ganze Bande zu heucheln, aber dann hörte sie sich sagen: »Nein, ich mach mir nichts aus Kino. Ich möchte Geld sparen und dann studieren. Latein und Altgriechisch.«

Der Rubikon war überschritten, aber Gretchen hatte es nicht gemerkt, denn die noch immer namenlose Dame mit dem verschleierten Gesicht nickte nur knapp. Es wäre Gretchen selbst mit Brille nicht möglich gewesen zu sehen, ob ihr diese Antwort gefiel, doch plötzlich sagte sie: »Wenn Sie Mumm haben und einen feuchten Furz auf die Meinung der guten Gesellschaft geben, dann kommen Sie morgen, Schlag elf ins Kempinski und bringen Sie Ihre Schreibmaschine mit. Ich zahle den üblichen Anschlagssatz, plus wöchentlich eine Mark Verpflegungszuschuss. Aber sagen Sie später nicht, ich hätte Sie nicht gewarnt.«

Nun war es an Gretchen zu nicken, ganz langsam und bedächtig. Bekam sie die Stelle? Einfach so? Das konnte doch nicht alles gewesen sein? Wo blieb beispielsweise das Testdiktat? Wo die Zeugnisprüfung? Und wofür sollte sie Mumm brauchen? Vor was sollte sie gewarnt worden sein?

Plötzlich, und das einfach so, hatte sie eine Stelle in Berlin – und nicht in irgendeinem muffigen Schreibbüro mit grabschendem Chef und Blick auf einen Friedhof. Ganz egal, was sie für diese seltsame Dame tippen sollte, es konnte schlicht nicht langweiliger sein, als die Rechnungen über Goldkronen des Dentisten aus der Blücherstraße. Und besser bezahlt war es obendrein. Vor Aufregung und Freude begann Gretchens Herz wie wild zu klopfen und die Hitze stieg ihr in die Wangen – bestimmt glänzte sie trotz des Puders schon wieder. Ganz schnell wollte sie nun gehen, nicht, dass die verschleierte Dame es sich am Ende noch anders überlegte. Nur musste sie aufpassen, beim Verlassen des Zimmers nicht in den zu weiten Schuhen zu stolpern und der Länge nach hinzuschlagen. Und der Eisgöttin nicht den Rücken zuzukehren, nicht vergessen!

Sie hatte die Stelle! Eine Stelle in Berlin!

Doch gerade, als sie die Tür öffnen wollte, hörte sie die rauchige Stimme der verschleierten Dame erneut: »Eines noch.«

Was denn noch? Sie hatte ihr doch zugesagt! Hatte Gretchens Haut womöglich so geglänzt, dass die Freundin der Madame, von Ekel erfüllt, jetzt doch lieber jemand anderes wollte?

Gretchen drehte sich zögernd um, und dann sah sie es.

»Ich hab ein kleines Schönheitsgeheimnis, wie alle Damen vom Pariser Platz.«

Gretchen musste nach Luft japsen, ein Gefühl wie eine Ohrfeige, heftig und unerwartet.

Die Dame hatte den Schleier zurückgeschlagen. Die linke Hälfte des Gesichts war vollkommen von Brandnarben entstellt, die olivfarbene Haut wie geschmolzen, doch die rechte Hälfte, wie zum Hohn, fast schon überirdisch schön. Angesichts Gretchens Schreckens kräuselte ein hämisches Lachen die vollen, scharlachrot geschminkten Lippen und mit dunkler Stimme sagte die Dame: »Hüten Sie sich vor den Männern, Kindchen. Hüten Sie sich.«

2. Kapitel

»Das war Isis, die Königin des Nils. Sie ist die Sensation der Saison. Was für ein unverschämtes Topglück du hast! Für die würde ich sogar umsonst tippen, wenn ich nur tippen könnte. Die hat Beziehungen und kennt nur die feinsten Leute. Und ins Kempinski? Da hat die bestimmt keine Rumpelkammer gemietet.«

Henni seufzte tief und voller Selbstmitleid. Und dann gleich noch einmal angesichts der langen Schlange vor dem vollkommen überfüllten Automatenbüfett am Leipziger Platz. Besonders vor den Glaskästen mit *Backwaren vom Vortag* und *Schrippen zweiter Wahl* schien großes Gedränge, die Schlange der Hungrigen reichte bis weit auf die Straße. Handwerker in sommerlichen Hemdsärmeln und mit unternehmungslustig in den Nacken geschobenen Hüten standen neben solchen in fettglänzenden Lederjacken und warteten geduldig, musterten mit zufriedenem Kennerblick über ihre Stumpen und Selbstgedrehten hinweg die Kniekehlen der Ladenmädchen. Niedrige Angestellte und kleine Beamte in ihren vom Unterfüttern schon etwas kurz gewordenen, mit Ellenbogenschonern besetzten Mänteln hielten würdevoll Abstand, fühlten sich der gierigen Menge offensichtlich überlegen – zumindest intellektuell, wenn schon nicht pekuniär.

Gretchen wollte sich gerade klaglos hinten einreihen, da zog die Freundin sie vorbei, vorbei an den aus dem Fenster verkauften Kartoffelpuffern und an den sich bereits in Position boxenden Elendshorden vor der Bäckerei Frech – *Mit gültigem Kriegsversehrtennachweis 10 Prozent auf sämtliche Backwaren! Wochentags ab 14 Uhr! Familien bevorzugt.*

»Wo gehen wir denn hin?«, erkundigte Gretchen sich etwas atemlos und angesichts ihres stolzen Vermögens von fünfzig Mark auch leicht furchtsam. »Ich hab eigentlich gar keinen Hunger«, log sie. »Ich brauch kein Mittagessen.«

»Dummes Gänschen!«, kommentierte Henni, wobei sie mit weitausholenden, selbstsicheren Schritten voranstöckelte. Sie schien seit ihrem letzten Treffen nicht nur fünf Kilo leichter, sie wirkte auch größer. Und blonder! Und wie elegant die Freundin war, ganz in Gehwolf und Seidenrock, auf den ersten Blick hatte Gretchen sie gar nicht erkannt. In ihren Briefen hatte Henni nie geschrieben, was sie eigentlich in Berlin arbeitete – ihre Stellung als Dienstmädchen bei diesem Fabrikbesitzer, die hatte sie schon nach zwei Wochen hingeschmissen. Wenn Gretchen sie jetzt so sah, konnte sie sich auch gar nicht mehr vorstellen, dass Henni jemals mit Staubwedel und Wischtuch zugange gewesen sein sollte. Vielmehr sah sie aus, als hätte sie selbst ein Dienstmädchen oder auch zwei.

»Wir lunchen selbstverständlich«, erklärte Henni und während Gretchen noch das Wort »lunchen« bewunderte, fuhr die Freundin schon fort: »Mach dir bitte keine Gedanken, du bist natürlich eingeladen.«

»Danke, aber das ist nicht nötig«, stammelte Gretchen und für einen Moment fühlte sie sich ihrer alten Kindheitsfreundin seltsam fremd. Aber das waren nur die plötzlich so zauberhaft blonden Haare und das schöne, magere Gesicht mit den Schatten, wo einst runde Wangen gewesen waren. »Ich kann wirklich gut selbst zahlen, ich hab ja Arbeit und ein bisschen Gespartes. Es ist nur, weil ich doch noch ein Zimmer in einer Pension nehmen und …«

Gretchen verstummte mitten im Satz. Sie standen vor der imposanten Jahrhundertwendefassade Wertheims.

Rechter Hand zeugte ein riesiges Baugerüst von der für die nächsten Jahre geplanten Erweiterung des Großkaufhauses – wie man selbst in der Provinz wusste, abermals nach Entwürfen des berühmten Architekturprofessors Alfred Messel, einem engen Freund der Wertheims. Im prächtigen, fünf Stockwerke hohen Gebäude ging der Verkaufsbetrieb indessen ungehindert weiter.

Rechts wie links über dem Haupteingang prangten vier Meter hohe Schilder. In auf gelbem Grund leuchtenden Rot riet das eine: *Besuchen Sie unsere Konfitüreabteilung! Noch nie war Naschen so günstig!*, während das andere *Extrapreise auf Sportartikel!* versprach.

Die Schaufenster der steinernen Vorhalle jedoch standen aktuell ganz im Zeichen der Sonderwaren. Da gab es ein Fenster mit einer einzelnen, vor weißem Seidenstoff ruhenden japanischen Lackvase, direkt daneben flimmerten dem Betrachter vor lauter kleinen, bunten Blumen bald die Augen – die Libertyabteilung. Wieder ein Fenster weiter gab man sich mit Eichenholzvertäfelung und großkarierten Stoffbahnen ganz bieder – die Volkskunstabteilung.

Stundenlang hätte Gretchen die Schaufenster betrachten können, doch Henni zog sie weiter. Schon standen sie unter dem gläsernen Kuppeldach der Empfangshalle, fast direkt vor dem Sockel der überlebensgroßen Statue einer Einkäuferin. Das Schnattern von Kundinnen, Ladenfräulein und Verkäufern, das Klappern von dezent verborgenen Kassen, das Trommeln tausender Füße überwältigte Gretchen ebenso wie die Unzahl an angebotenen Dingen, an Gerüchen, an Farben. Dass es so etwas gab!

»Wir gehen in die Fruchtkonditorei! Wir werden erwartet«, bestimmte Henni und zog sie in Richtung eines Schildes mit der Aufschrift »Reisebüro«.

Wen würden sie denn treffen? Und was mochte ein Reisebüro nur sein? Gretchen kam nicht dazu, darüber nachzudenken, schon war sie in einem in Nussbaumholz gehaltenen Lichthof voller seidig glänzender Orientteppiche und wurde von der Freundin dann an einem Springbrunnen vorbeibugsiert.

Wie köstlich es hier überall roch! Ganz Berlin schien zu duften: Nach neuen Kleidern, nach fabrikneuen Stoffen, nach französischen Parfums und englischen Rasierwässern, nach auf Hochglanz poliertem Leder und feiner Seide, nach Möbelwachs und kandiertem Zucker, nach Reichtum und sorglos flanierten Stunden. Sie liebte Berlin jetzt schon.

»Da wären wir«, bemerkte Henni plötzlich und führte Gretchen an einem freundlich lächelnden Portier vorbei – überhaupt lächelten hier alle, zumindest die vom Personal. So konnte man sie ganz gut von den ernsten Kundinnen unterscheiden.

»Such dir aus, was du möchtest. Du bist wie gesagt eingeladen.« Mit diesen lässig über die Schulter gesprochenen Worten führte Henni sie an den eleganten, in rotes Kirschholz gefassten Glasschaukästen vorbei. Erneut begann Gretchens Herz vor Aufregung rasch zu schlagen – es war, als wäre sie unverhofft in eine ihrer Phantasien aus den Hungerwintern gestolpert.

Hier gab es wirklich alles: kandierte Orangen, Äpfel, Birnen, gelierten Ingwer, Ananas in Likör und trotz des noch jungen Jahres Erdbeeren – mit Vanilleeis, in Zucker, im Brandteig oder auch ganz schlicht mit Schlagrahm. Für den verwöhnten Gaumen gab es mexikanische Chilis im weißen oder schwarzen Schokoladenmantel und für Eilige einen messingglänzenden Automaten, an dem man sich für 10 Pfennig selbst ein Tütchen mit Rosinen oder Datteln befüllen konnte.

»Das Paradies der Damen«, flüsterte Gretchen leise und musste trotz all der herrlichen Großartigkeit um sich herum plötzlich mit einem kleinen Sehnsuchtsschmerz an die Bibliothek ihres Vaters denken. Émile Zolas *Das Paradies der Damen*, Dumas Musketiere oder eben Mommsens Werke – wie viele glückliche, trostvolle Stunden sie dort verlesen hatte. Fast vermisste sie schon die gelehrige Stille, den Geruch nach Papier, Staub und Tinte. Sie schüttelte sich entschieden. Das würde nun ganz anders werden. Schluss mit dem Langweilertum!

Und ganz im Sinne ihrer neuen Abenteuerlust bestellte sie bei dem Fräulein an der Kuchentheke nicht ihren geliebten Erdbeerkuchen, obwohl der wirklich gut aussah. Nein, für das neue Gretchen sollte es Tarte au Citron sein, mindestens.

»Hier wird natürlich serviert«, belehrte Henni sie und führte sie durch den vollen Raum an einen Tisch direkt an der den Leipziger Platz überblickenden Fensterfront. An diesem aber saßen schon zwei junge Herren, die sich nun erhoben, und erst jetzt fiel Gretchen wieder ein, dass Henni ja gesagt hatte, man würde sie erwarten. Der eine war eher wenig eindrucksvoll, sommersprossig, braunlockig, im abgewetzten Pullunder unter dem gleichfalls nicht neuen Sakko.

Aber der andere!

Gretchens Herz setze einen Moment aus.

Dunkelblond und überschlank, mit fiebrig glänzenden, fast schwarzen Augen und schmalen, langgliedrigen Händen, die er ihr nun entgegenstreckte. »Da kommen Sie also endlich! Wenn Sie auch nur ahnten, wie viel Henni uns schon von Ihnen erzählt hat. Selbstverständlich nur das Bezauberndste! Regelrecht den Mund wässrig hat sie uns gemacht. Ich habe die Stunden gezählt!«

»Fred scherzt«, wandte Henni ein, die nicht recht zu wissen schien, ob sie stolz auf ihren Bekannten sein sollte oder ein bisschen pikiert ob dessen melodramatischen Überschwangs.

»Nein, Henni Darling. Ich scherze nicht! Ich scherze nur bei ernsten Themen, und schöne Frauen sind doch eher ein bisschen albern.« Er legte seine blasse Stirn in kunstvolle, ganz gerade Falten und verneigte sich dann mit vollendeter Eleganz. »Ich darf uns vorstellen? Das ist mein bester Freund, und ich gebe es offen zu, mein großzügigster Mäzen und Förderer: Stoffel. Sein Nachname ist absolut unaussprechlich und tut nichts zu Sache, wenn Ihnen sein Herr Papa auch bestimmt aus dem politischen Teil der Tageszeitung bekannt wäre. Und mein Name wird Ihnen wohl noch nie begegnet sein, aber ich bin wild entschlossen, dass Sie ihn bald kennen. Sie und die ganze Republik. Frédéric George, zu Ihren Diensten.«

Die letzten Worte begleitete er mit einem spöttischen in den Nacken Werfen seines Haarschopfs, so dass Gretchen nicht sagen konnte, ob er scherzte oder im Ernst sprach.

»Freunde sagen einfach Fred zu mir. Und wir werden doch bestimmt gute Freunde.« Es war mehr eine Feststellung als eine Frage, und Gretchen nickte, stumm und hingerissen.

»Ganz bestimmt werdet ihr das. Es wäre doch ein Jammer, wenn sich mein Bräutigam und meine Brautjungfer nicht verstünden.« Und mit diesen Worten setzte sich Henni auf den ihr von Stoffel zurecht gerückten Stuhl, begann mit kleinen, manierlichen Bissen ihren Kuchen zu essen.

»Oh, dann ganz, ganz herzlichen Glückwunsch zur Verlobung. Ich wusste ja gar nicht …«, stammelte Gretchen und würgte ihre Enttäuschung mit einem Stück trockenen Kuchens runter. Was war sie doch für eine dumme Gans! Und entschlossen ergänzte sie: »Ich freue mich sehr für euch!«

»Ach, das ist doch ein alter Hut.« Fred winkte gelangweilt ab. »Zumal Sie mich ja überhaupt nicht kennen, und ich kann Ihnen versichern, ich bin der Alptraum jeder Schwiegermutter. Ich habe Henni angefleht, sie möge Stoffel heiraten.«

»Das hat er wirklich«, erklärte der Braunhaarige und wirkte ein bisschen peinlich berührt. Solche wie Stoffel, mit ihren leidlich hübschen Gesichtern, ihren Bücherstapeln unter dem Tisch und ihren abgewetzten Mänteln, solche sah man überall, sogar in der Provinz konnte man die finden. Wie zum Beweis erklärte Fred: »Stoffel studiert an der Charité.« Zukünftiger Landarzt also, spannender wurde es nicht. »Er wird auf das Wundervollste und Regelmäßigste verdienen, während ich mich noch bei der Fremdenlegion melden muss, nur um mich vor den Nachstellungen meines Schneiders zu verbergen. Oder schlimmer noch, die meines Buchhändlers! Ein grässlich knickeriges Völkchen. Kaum ist man ein halbes Jahr mit den Rechnungen im Verzug, schon fangen sie an, einen komisch anzusehen. Aber ich glaube, das liegt daran, dass mein Buchhändler früher Wurst verkauft hat! Wirklich wahr. Also nein, eigentlich halb gelogen, mein Buchhändler war kriegsirre, was ich persönlich ja sehr liebenswert finde und auch als Zeichen seiner künstlerischen Wesensart nehme, aber der Besitzer des Buchladens, der hat tatsächlich früher tote Tiere in Scheiben über den Tresen geschoben. Und vermutlich macht es für einen solchen Menschen kaum einen Unterschied, was er verkauft – Blutwurst oder Hesse, Hauptsache, die Bilanz stimmt. Grauenhaft! Aber was rede ich? All diese Sorgen sind ja nun passé! Henni Darling, du wirst es nicht glauben! Ich habe ein Engagement. Eine Solonummer, acht Stunden, heute den gesamten Abend lang. Im Blauen Affen.«

Und in das Jubelgeheul seiner Verlobten hinein griff er einen kurzen Moment nach Gretchens Fingern, berührte sie einen raschen Blitzschlag lang, bat: »Fräulein Gretchen, Sie müssen unbedingt auch kommen. Nicht wahr, Sie kommen? Ich glaube fast, ich werde besser spielen, wenn Sie mir zuhören!«

3. Kapitel

»Fred George? Der Pianist?« Die Frauengestalt, die vor Gretchen in der geöffneten Tür des Gründerzeithauses stand, nickte einige Male nachdenklich mit ihrem altmodisch bezopften Kopf. »Und Sie kommen auf Empfehlung von Herrn George?«

»Ja, Herr George sagte, Sie würden vermieten. Möblierte Zimmer«, wiederholte Gretchen, was sie eben schon einmal gesagt hatte. »Ich würde gerne ein Zimmer mieten. Bei Fräulein Notter.« Und wie zum Beweise deutete sie mit dem Finger auf das Klingelschild: *Fräulein Notter, dreimal schellen.*

»Ich bedaure, da muss sich um ein Missverständnis handeln. Fräulein Notter ist eine Dame der Gesellschaft und keine Zimmerwirtin.« Allein die Vorstellung schien die Frau unangenehm zu berühren. »Und Herr George hat Sie wirklich hierher geschickt?«

Gretchen nickte mit gesenktem Blick. Sollte das ein gemeiner Witz gewesen sein? Ein Streich? Ihr war zum Heulen, so gedemütigt fühlte sie sich.

»Und Herr George hat Ihnen nichts weiter gesagt?«,

forschte die Frau, die vermutlich die Wirtschafterin war, weiter. »Sie müssen wissen, Fräulein Notter bewundert Herrn Georges Musikalität ganz ungemein. Man kann gewiss sagen, Herr George ist ein ganz besonderer Freund von Fräulein Notter, deshalb wundere ich mich so.«

»Nein, er hat mir nur die Adresse gegeben und gesagt, dass ich bei Fräulein Notter, seiner Cousine, klingeln soll.«

»Na, dann ist doch alles klar. Komm ruhig rein.« Ein Lächeln legte sich über das knittrige Gesicht der Wirtschafterin. »Warum haste das denn nicht gleich gesagt?«

Vor Gretchen breitete sich ein sehr sauberes, nach Bohnerwachs duftendes Treppenhaus aus, doch sie war zu verwirrt, um die Schönheit des Hauses voll erkennen zu können. Die Wirtschafterin sprach vor ihr herlaufend über die Schulter weiter: »Fräulein Notter wird sich sehr freuen, Sie zu sehen. Sie hat schrecklich gerne Familienbesuch.«

»Aber …«, setzte Gretchen an, doch bevor sie hätte erklären können, dass sie keineswegs mit Fred verwandt war, stand sie schon vor einer weißen, von Jugendstilschnörkeln eingefassten Tür im ersten Stock. Hinter ihr verbarg sich ein ganz in Vanille gehaltenes Zimmer, Stil Marie Antoinette.

Ein schwungvolles Stühlchen, ein Elfenbeintischchen mit Besuchszigaretten im Kristallglas darauf und eine durch das riesige Buntglasfenster rot-blau hereinfallende Nachmittagssonne. Narzissen quollen aus Bodenvasen, die ersten rosa Blätter lagen schon auf dem Marmor. Angesichts solcher Pracht überkam Gretchen schon die nächste Angst; das Zimmer, wenn es denn überhaupt eines gäbe, es würde zu teuer sein. Doch da betrat bereits eine junge Frau das Zimmer – ungekämmt, in einem reichlich dreckigen Morgenrock stand sie in der Tür und biss soeben von einem Brot ab, unleugbar Mettwurst mit Zwiebeln.

»Ich hatte schon gefürchtet, es sei unser Mark Anton und er hätte wieder den Schlüssel verloren«, sagte sie statt einer Begrüßung. »Oder er wäre zu betrunken, selbst aufzuschließen.«

»Guten Tag, ich komme auf Herrn Georges Empfehlung …«, setzte Gretchen an, woraufhin das Fräulein sie überhaupt erst zu bemerken schien. Hoch erfreut rief es aus: »Oh, meine kleine Cousine! Wie sagtest du, war noch mal dein Name?«

»Gretchen«, stammelte sie hilflos, während die junge Frau ihr um den Hals flog, sie heftig an sich drückte.

»Ah, meine süße kleine Cousine Gretchen! Die Tochter meines Onkels Fridolin! Welch eine Freude!«

»Nein, nein, nein!«, unterbrach Gretchen vehement. Hier schien ein sehr seltsames Missverständnis vorzuliegen, und sie war wild entschlossen, es zu beseitigen.

»Ich bin keine Cousine von Herrn George, vielmehr ist er der Verlobte meiner besten Freundin. Ich suche ein Zimmer, ich habe eine Anstellung als Sekretärin.«

Die junge Frau sah sie aus ihren hübschen, runden Augen etwas pikiert an und dann tat sie, als hätte Gretchen gar nichts gesagt und fragte sanft: »Darf ich dir dein Zimmer zeigen, Cousinchen? Wie schön, dass wir uns wiedersehen. Endlich, endlich!«

War die ein wenig geistig verwirrt? Abermals wurde Gretchen in mollig weiche Arme geschlossen und heftig gedrückt.

»Willkommen, Cousinchen, willkommen. Ich bin Frieda Notter, aber sag ruhig Frieda. Und jetzt zur Miete, acht Mark die Woche. Frühstück kostet eine Mark zusätzlich, das musst du vorher halt ankündigen. Frau Maier kennst du ja schon, sie kocht gut und üppig. War früher beim Theater; weiß, was vorhält, ohne an den Hüften anzusetzen.« Sich ihrer eigenen, üppigen Figur bewusst werdend, lachte sie kurz amüsiert auf und lief dann rasch voraus, um Gretchen das Zimmer zu zeigen.

Der Raum war entzückend, eine geblümte Tapete und rosengemustertes Waschzeug, das weiße Leinenbettzeug sah frisch gewaschen aus und überhaupt lag ein Geruch nach Bleiche in der Luft. Nur das einzige Fenster, das starrte in einen weiteren Hinterhof und gegen eine unbewachsene, triste Mauer. Dafür schien der Kachelofen mit seinen weißen Plättchen wie einem Puppenhaus entsprungen und überhaupt, war all das für neun Mark fast geschenkt. Fräulein Notter plapperte munter weiter: »Brennholz für den Ofen musst du dir selbst besorgen, aber wird ja warm jetzt. Und na ja, du kannst das Zimmer auf keinen Fall länger als bis August haben.« Gretchens fragenden Blick richtig deutend erklärte sie: »Nun ja, man kann der Verwandtschaft nicht ewig zur Last fallen, oder?«

»Ja, aber ...«, setzte Gretchen an, brach aber unvermittelt ab, denn in der Tür stand plötzlich ein Herr – klein und rundlich, mit rosig glänzenden Wangen und einer ebenso rosig glänzenden Glatze. Wie einem Witzblatt entsprungen sah er aus und trug zu allem Überfluss auch noch einen rotgoldenen Morgenrock.

»Liebling, du bist ja schon auf!«, rief Frieda in leicht schrillem Erstaunen. »Was für eine Freude. Schau nur, wer da ist. Das ist meine Cousine Gretchen, die Tochter meines Onkels Siegmund.«

Jetzt also Onkel Siegmund und nicht länger Onkel Fridolin?

»Das ist nett, dass Sie Frieda mal besuchen. Sie war ganz niedergeschlagen, seit Fräulein Linchen letzte Woche abgereist ist.« Er lächelte freundlich, schien in höchster Konzentration nachzudenken und ergänzte dann zufrieden: »Das ist dann wohl Ihr Fräulein Schwester gewesen, oder irre ich mich?«

»Nein, nein, nein!«, setzte Gretchen entschieden an, wurde jedoch von Frieda mit heftigem Armgewedel zum Schweigen gebracht. »Also wirklich, Otto, wo hast du nur deinen Kopf!«, ermahnte Fräulein Notter den kleinen Herren. »Ich habe es dir doch schon hundertmal erklärt, Line ist aus der zweiten Ehe meines Onkels Siegbert. Gretchen aber ist die Tochter von Onkel Siegmund, und Onkel Siegmund ist wiederum der älteste Sohn der zweiten Frau meines Vaters, er stammt aus deren erster Ehe mit diesem Generalmajor, der 1904 in Deutsch-Südwest beinahe von Kannibalen verspeist wurde, aber gerettet werden konnte und dann auf der Heimfahrt auf Höhe von Danzig über Bord ging und ertrank.«

Sowohl Otto als auch Gretchen nickten angesichts solcher Wissensflut nur erschlagen. »Verzeihen Sie«, stammelte er verlegen. »Ich bin mit Fräulein Notters weitläufiger Verwandtschaft noch immer nicht ganz firm. Aber ich finde es schön, dass sie so oft Besuch bekommt, sie wäre sonst vielleicht doch sehr einsam.« Er seufzte und wechselte mit Frieda einen langen, traurigen Blick. Und einen Arm um sie legend, erklärte er: »Ich will ganz offen mit Ihnen sprechen, Fräulein Gretchen. Wenn Sie die nächsten Wochen hier wohnen, würde Versteckspielen ja doch keinen Sinn machen.« Er füllte seine tonnenförmige Brust mit Luft und sagte: »Wir lieben uns, aber wir können nicht heiraten.«

Auf dieses Geständnis hin sagte Gretchen erst einmal nichts, und der kleine Herr fuhr in Schwung kommend fort: »Ich bin nämlich Otto Giesinger, von den Giesinger Motorenwerken. Traktoren und Baumaschinen aller Art. Ich bin Jung-Giesinger und mein Vater, das ist Alt-Giesinger.«

Damit schien für ihn alles geklärt, aber Gretchen, die an diesem Tag schon so vielen Absonderlichkeiten begegnet war, wollte es nicht dabei bewenden lassen. Sie holte tief Luft, als Frieda sie sanft lachend unterbrach.

»Otto glaubt immer, dass jeder seine Familie kennt, aber was er eigentlich sagen wollte, ist, dass die Familie Giesinger seit Generationen katholisch ist. Er hat eine ganz garstige Frau, aber er kann sich nicht von ihr trennen.«

»Zumindest nicht, solange mein Herr Papa noch lebt«, seufzte Jung-Giesinger und warf seiner Geliebten einen sehnsüchtigen Blick zu. »Ein schlimmes Schicksal.«

Gretchen machte versuchsweise eine mitfühlende Geste mit dem Kopf – sollte das Fräulein Notter vor lauter Gram über die Umstände seiner Ehe den Verstand verloren haben? Und wenn ja, war die offensichtliche Verrücktheit der Vermieterin ein Grund, das angebotene Zimmer nicht zu nehmen?

Immerhin war das hier Berlin. Hier galt Wahnsinn als modern, oder zumindest als liebenswürdiger Charakterzug. Außerdem herrschte Wohnungsknappheit. Andererseits war das Fräulein Notter wohl ganz eindeutig das, was Gretchens Mama als »gefallene Frau« bezeichnet hätte, eine Geliebte – kaum besser als eine gewöhnliche Hure. Aber das Zimmer war so hübsch, und was ging sie der Lebenswandel ihrer Wirtin an?

Während Gretchen noch überlegte, wendete sich Frau Maier an Jung-Giesinger, fasste ihn sanft am Arm und fragte: »Herr Giesinger, wollen wir unseren Gast nicht erst einmal ankommen lassen? Ich würde auch gerne das Haushaltsbuch mit Ihnen durchgehen.«

»Ja, ja«, sagte der kleine Mann, machte aber keine Anstalten ihr zu folgen, vielmehr schenkte er Gretchen ein freundlich glänzendes Lächeln und fragte: »Der Herr George, ist das dann Ihr Bruder?«

»Nein, nein, wir sind nicht verwandt«, entgegnete Gretchen und holte tief Luft, um dieses peinliche Missverständnis nun endgültig zu beseitigen, da zischte Frieda: »Psst. Kein Wort mehr! Habt ihr das nicht auch gehört?«

Alle standen wie versteinert, lauschten angespannt. Da waren Schritte im Treppenhaus, nur was sollte an denen so besonders sein?

»Das ist er! Ganz bestimmt! Er muss dich kennenlernen«, rief Fräulein Notter plötzlich aus, stürmte davon, im nächsten Moment schon hatte sie die Wohnungstür aufgerissen und brüllte: »Wer will sich denn hier ganz heimlich vorbeischleichen? Markus Antonius, ich bin tief enttäuscht! Und entrüstet obendrein. Du weißt doch, dass ich heute meine kleine Cousine erwartet habe. Komm rein und sag ihr guten Tag!«

»Ich ... aber ich ...«, wand sich eine Männerstimme im Treppenhaus, doch es half ihrem Besitzer nichts, kaum einen Augenblick nach ihrem Verschwinden war Fräulein Notter zurück – einen offensichtlich widerwilligen jungen Mann im Schlepptau. »Darf ich vorstellen? Meine Cousine Gretchen, die Tochter meines Onkels Friedhelm. Und das, liebes Gretchen, ist der fabelhafte Markus Antonius, mein Nachbar.«

Mit einer Geste, als zeige sie eine neu erworbene Standvase, deutete Fräulein Notter auf den jungen Mann. Soweit Gretchen das auf den ersten Blick abschätzen konnte, ein nicht weiter bemerkenswertes Exemplar seines Geschlechts – das Haar ordentlich geschnitten, das kantige Gesicht vor Kurzem rasiert und der blau-weiße Pullunder irgendwo zwischen neu und gerade noch tragbar. Nur das Mienenspiel des jungen Herren zeugte von kaum verborgenem Ärger, mit sehr beherrschter Stimme sagte er: »Mein Name ist Faber. Erik Faber. Angenehm.«

Warum um alles in der Welt nannte Fräulein Notter ihn dann beim Namen des antiken, römischen Feldherren? Und warum musste sie unbedingt gleich den

Nachbarn kennenlernen? Noch so eine Wahnvorstellung?

»Markus Antonius ist Schriftsteller. Seine Auflage geht in die Hunderttausend.«

Erik Faber strich sich mit gequälter Miene eine braunschwarze Strähne aus den gleichfalls braunschwarzen Augen und sagte entschieden: »Ich bin kein Schriftsteller.«

»Oh doch!« Fräulein Notter schüttelte amüsiert den Kopf. »Natürlich bist du das. Was war das gestern? Das, was ich so zauberhaft fand?«

»*Entzückende Strickkombination in Backfisch- und Kindergrößen, lockerer, mitwachsender Sitz in vier Ganzjahresfarben erhältlich!*«, entgegnete Erik Faber und machte dabei versuchsweise einen Schritt in Richtung Tür. »Oder war es doch: *Herrliche Baumwollstoffe in Armeequalität! Sieben waschechte Farben zur Auswahl! Das ideale Geschenk auch zu Hochzeit oder Geburt.*«

»Herrlich, einfach herrlich! Die reinste Poesie«, lobte Fräulein Notter, ihre runden Wangen glühten vor Begeisterung. »Ich würde den Stoff sofort kaufen. Man hört bei jedem Wort, wie hochwertig und doch preisgünstig das Material ist.«

Der junge Mann rang sich ein halbes Lächeln ab, dann verneigte er sich rasch in Gretchens Richtung und verkündete: »Ich muss weiter. Der große Plompke hat gerufen, die künstlerische Sensation des Tages, die neuste Neuentdeckung. Vielleicht fällt was für mich ab.«

»Herr Faber ist auch noch Kunstkritiker.« Dieser Umstand schien Jung-Giesinger zu beeindrucken. »Er schreibt für die *Vossische*.«

»Nein, das tue ich nicht.« Jetzt machte sich Erik Faber keine Mühe mehr, seinen Ärger zu verschleiern: »Ich habe ein einziges Mal einen Beitrag für die *Vossische* geschrieben und der wurde abgelehnt. Das, was ich mache, kann jeder Affe, vorausgesetzt, er besäße ein Seidenhemd, französisches Cologne und eine große Dose Hörmann-Haarpomade. Alles, was ich mache, ist, im Gefolge des großen Plompke zu Premieren zu gehen und zu beobachten, was der Allmächtige für ein Gesicht macht. Lächelt er, lobe ich, grimassiert er, gebe ich mich spöttisch, geht er vor dem letzten Vorhang, schreibe ich einen gepfefferten Verriss. Und selbigen verscherbel ich meistbietend. So simpel ist das. In diesem Sinne, guten Abend.«

Und mit diesen Worten drehte er sich um und verließ türknallend die Wohnung. »Ist er nicht niedlich?«, gurrte Fräulein Notter. »Ein richtiger Künstler!«

4. Kapitel

»Du musst deiner neuen Chefin gleich morgen von Freds triumphalem Erfolg heute Abend erzählen. Isis, die Königin vom Nil! Vielleicht bringt sie meinen Fred im Wintergarten Variéte unter? Oder wenigstens in der Hasenheide?« Echte Röte schien sich auf Hennis Wangen einen Weg durch die künstliche zu bahnen, zumindest soweit Gretchen das im Halbdunkel des Blauen Affen erkennen konnte. Obwohl das, was Fred als musikalisches Rahmenprogramm bezeichnete, erst in einer halben Stunde beginnen würde, saßen sie bereits an einem kleinen Tisch fast direkt neben dem Klavier und warteten auf ihre Erbsensuppe. Das war das Tagesessen und neben *Bemme mit Fett und Leberwurst (15 Pfennig)* auch das einzig Essbare, das man hier bekam. In den Blauen Affen kam man, so viel hatte Gretchen schon beobachtet, nicht wegen der lukullischen Genüsse.

Der Charlottenburger Boxverein schien hier öfter einzukehren, zumindest zierten gleich zwei Fotografien seiner Mitglieder die Wand hinter dem Tresen. Auf dem einen standen ein gutes Dutzend stark behaarter Männer barbrüstig aufgereiht, wobei der mittlerste mit seligem Grinsen einen Pokal in die Kamera hielt. Auf dem anderen sah man die Vereinsmitglieder bei einer Landpartie, diesmal vollständig bekleidet, dafür mit einheitlichen Strohkreissägen auf dem Kopf – vermutlich zur Betonung des legeren Anlasses und zur Stärkung des Gemeinschaftssinnes. Auch der Kegelklub »Gut Wurf« und der örtliche Veteranenverein hatten dem Wirt schon eine Fotografie beschert. Die Bilder hingen in trauter Eintracht neben der gerahmten Kinderzeichnung eines Panzerwagens und dem im Kreuzstich floral umwölkten Sinnspruch: *An Gottes Segen ist alles gelegen.*

Da alles passte zum Eindruck, den Gretchen bisher von den Gästen bekommen hatte. Viele schienen aus der nächsten Nachbarschaft zu stammen, Handwerksmeister mit Gesellen, die sich noch eine Feierabendmolle genehmigten, Angestellte mit vom langen Tag zerknitterten Krägen und kleine Händler, den Bleistift noch hinter dem Ohr. Dazwischen solche, für die es jetzt erst zur Arbeit ging: Animierdamen und Tänzerinnen mit buntbemalten Gesichtern und tristen, halb zerschlissenen Gehwolfmänteln, die Zigaretten und Kognak bestellten, zwei vielleicht vierzehnjährige Buben mit Hungeraugen und pomadeglänzenden Haaren, die sich rasch und verstohlen mit einem Schnaps zuprosteten, dann sofort wieder verschwanden, bevor ihr Zuhälter ihren verwaisten Straßenabschnitt bemerken konnte. Dann waren da noch die zwei eleganten Herren am Tresen, von denen man allgemein respektvoll Abstand hielt und deren Bier nur der Wirt persönlich zapfte.

Das waren Ringvereinsbrüder, wie Henni Gretchen erläutert hatte, sie kamen jede Woche einmal, sahen nach dem Rechten, gaben acht, dass kein Unglück geschah. Und während Gretchen noch überlegte, mit welcher Tat der ältere von beiden sich den kleinen, frech im Gaslicht funkelnden grünen Diamanten in seiner Vereinsbrosche verdient hatte, knallte dieser schon seinen Bierhumpen auf den Tresen, tupfte sich mit einem riesigen Taschentuch wohlerzogen den Schaum vom Mund und wandte sich zum Gehen. Der andere verstaute umständlich einen Umschlag in seiner Jacketttasche. Gretchen war, als sähe sie den Griff einer Pistole aus den Stofftiefen hervorblitzen.

All das nahm sie mit großem Staunen wahr, sie verbat ihrem analytischen Verstand jedes Urteil – dafür glaubte sie noch nicht genug zu wissen. Henni für ihren Teil schien es sich zur Aufgabe gemacht zu haben, sie voll umfänglich ins Bilde zu setzen. Zumindest in Hinblick auf ihre neue Chefin.

»Also eigentlich ist Isis eine ganz simple Sängerin, aber in Wahrheit ist sie viel, viel mehr! Sie ist die Sensation der Saison. Und du kannst mir glauben, den Titel, den versuchen hier viele zu ergrabschen. Sie war in Paris, in Rom, in Wien und wenn sie in ein, zwei Monaten genug von Berlin hat, erwartet man sie in London gleichermaßen sehnsüchtig wie am Broadway. Ich habe vor ein paar Tagen gelesen, sie hätte sogar Angebote aus Shanghai. Sie ist etwas ganz Besonderes. Haller, Klein und Charell haben sich ihretwegen mächtig in die Wolle gekriegt. Jeder wollte sie für sich haben!«

Gretchen nickte, stumm und ehrfurchtsvoll. Und sich sehr mutig und modern vorkommend, fragte sie: »Sind das ihre Liebhaber? Welcher hat denn das Rennen gemacht?« Sich an Isis seltsame Vehemenz hinsichtlich der Lateinkenntnisse dieses Peters erinnernd, schlug sie vor: »Ich wette, ein Peter hat gewonnen?«

Henni sah sie einen Moment verwundert an, stellte dann trocken fest: »Nein, das sind Theaterdirektoren. Der Klein, dem gehört die Komische Oper und das Apollo. Er ist sehr erfolgreich, aber ein ziemliches Ferkel, bezahlt nach Busengröße und hat im Programm so Titel wie *Donnerwetter – 1000 nackte Frauen*. Wenn du mich fragst, gehört solchen Kerlen das Haus dichtgemacht. Die bringen das ganze Theater in Verruf. Haller hingegen hat den Admiralspalast und Charell das Große Schauspielhaus, die beiden sind wirklich Künstler. Genau wie Fred!«

Gretchen war nicht undankbar, dass ihnen gerade in diesem Moment die Blechnäpfe voll dampfendem, grünen Schleim hingeknallt wurden. Sie bemühte sich wirklich nach Kräften, sich für Henni über deren Verlobung zu freuen, aber in den wenigen Momenten ihrer ersten Begegnung hatte Fred sie schwer beeindruckt. Dabei waren ihr Künstler eigentlich von jeher suspekt. Es schien Gretchen seltsam unredlich, sich Erfundenes, also im weitesten Sinne Unwahres, mit hartem Geld bezahlen zu lassen.

Henni schien von derartigen Gedanken weit entfernt, sie aß mit sichtlichem Genuss, begann nach den ersten Löffeln gleich weiter zu plappern: »Schade, dass Stoffel nicht hier sein kann. Er wäre doch etwas für dich, findest du nicht? Er ist eine ganz solide Partie, sein Vater hat eine Praxis im Sächsischen. Im Sommer ist Stoffel hier fertig, dann übernimmt er sie. Den könnte ich mir wirklich gut für dich vorstellen – wer weiß, dann wärst du am Ende doch eine Frau Doktor, ganz ohne jemals eine Universität von innen gesehen zu haben.«

Verbissen schob sich Gretchen Löffel für Löffel in den Mund, sie konnte gar nicht so schnell schlucken, wie sie nachstopfte. War Henni absichtlich gemein oder nur derart taktlos, dass sie nicht merkte, wie sehr Gretchen unter dem Zerplatzen ihres Traums vom Studium noch immer litt?

»Ich könnte mir denken, dass du auch sein Geschmack bist«, fuhr Henni unbeirrt fort. »Wir müssen ihn nur ein bisschen aus seinem Mauseloch hervorlocken. Er ist schrecklich öde, nie will er etwas unternehmen. Regelrecht bekniet hat Fred ihn, dass er doch heute Abend kommt, aber nein … Ist Fred nicht phantastisch? Er erträgt schlicht die Vorstellung nicht, jemand könnte allein daheim sein.« Die letzten Worte betonte Henni sehr, und Gretchen überlegte, ob das vielleicht ein Wink mit dem Zaunpfahl sein sollte. Hatte Henni Freds eindringliche Bitte, seine Premiere zu besuchen, also auch bemerkt?

»Es war wahnsinnig nett von ihm, mich hier einzuladen«, sagte sie langsam. »Du hast top Glück mit deinem Verlobten.«

Sie wollte wirklich nicht, dass Henni ihr da irgendwelche Unredlichkeiten unterstellte – vielleicht gerade weil Fred sie so beeindruckt hatte?

»Ja, das habe ich.« Beglückt lachte sie laut auf. »Ich wusste es, in dem Moment, in dem ich ihn das erste Mal gesehen habe. Ich war da gerade als Mannequin beim KaDeWe angestellt und er, er war der neue Mann am Klavier. Es war einfach Liebe auf den ersten Blick. Ein Jammer, dass er die Stelle dann verloren hat.« Einen kurzen Moment huschte ein Schatten über ihr Gesicht, dann griff sie plötzlich über den Tisch nach Gretchens Hand, bekannte: »Ich bin so froh, dass du jetzt hier bist. Jetzt wird alles gut.«

»Ich bin auch sehr glücklich, wieder bei dir zu sein.« Und das meinte sie ganz ernst. Sie und Henni, das war etwas ganz Besonderes, schon in der Provinz hatten sich die Leute immer gefragt, wie das nur zusammenging. Das ernste, zögerliche Gretchen und die unternehmungslustige, ewig kichernde Henni. In der Schule hatten viele sie für eine reine Zweckgemeinschaft gehalten. Gretchen ließ die Freundin abschreiben und wurde dafür in deren funkelndem Kreis geduldet, doch die Freundschaft dauerte fort, selbst nachdem Gretchen aufs Lyzeum gewechselt hatte und Henni in Stellung gegangen war. Und auch jetzt, mitten in dieser ihr noch so fremden Welt der Hauptstadt fühlte Gretchen sich plötzlich ganz zu Hause, dankbar drückte sie Hennis Hand. »Jetzt erzähl mir aber alles. Wovon lebst du? Arbeitest du noch als Mannequin?«

Die Freundin aber blieb ihr eine Antwort schuldig, vielmehr begann sie plötzlich zu winken. Ein ganzer Pulk Männer war soeben zur Tür hereingekommen. »Fred hat seine Beziehungen spielen lassen. Die Herren dort, das ist der große Plompke mit Gefolge, das sind die angesehensten Kunstkritiker der Hauptstadt.«

Gretchen nickte, sie war sich ziemlich sicher, in dem einen ihren neuen Nachbarn erkannt zu haben. Im Abendanzug deutlich eleganter, aber noch immer mit jenem leicht gequälten Gesichtsausdruck. Erik Faber hatte sie auch bemerkt, schien ein paar erklärende

Worte zu seinen Kollegen zu sagen und kam dann an ihren Tisch. »Berlin ist ein Dorf«, bemerkte er anstelle einer Begrüßung. »Sind Sie durch Zufall hier oder wegen des Mannes am Klavier?«

»Mein Verlobter ist der Pianist.« Henni schenkte ihm ein überhebliches Lächeln, woraufhin Erik Faber nachdenklich wiederholte: »Der Pianist, aha. Na, da bin ich ja mal gespannt.«

Gretchen war sich fast sicher, dass er eine Augenbraue spöttisch in die Höhe gezogen hatte. »Da hat der Pianist aber Glück, dass er Leute kennt, die Leute kennen. Ein Herr Kisch ist ja wohl nicht dabei, aber wenigstens ein Plompke.«

Mit seinem eckigen Kinn deutete er auf einen älteren Herrn mit Habichtsnase und getupftem Seidentuch, der demonstrativ auf seine goldene Armbanduhr blickte, nur damit niemand auf die Idee kam, er hätte nicht weitere, dringendere Verpflichtungen.

»Wo will denn Herr Plompke noch hin?«, fragte Henni etwas besorgt, aber Erik Faber zuckte nur die Schultern. »Wahrscheinlich in den Wintergarten. Noch einen Hymnus auf seine Aktuelle verfassen und aufpassen, dass der Ehegatte nicht auftaucht. Heute Abend ist nicht viel los, sonst wären wir gar nicht hier.«

Das konnte Henni so nicht auf sich sitzen lassen, doch bevor sie eine gepfefferte Antwort hätte geben können, öffnete sich eine kleine Tür hinter dem Tresen und Fred trat hervor – in einem gelben Seidenanzug!

Gretchen konnte es nicht fassen, sie irrte nicht! Der Anzug war tatsächlich gelb – mehr Senf als Kanarie, aber ganz eindeutig gelb. Henni schien ebenfalls überrascht, aber deutlich weniger als die restlichen Gäste.

»Sieht er nicht großartig aus?«, flüsterte sie und Gretchen nickte begeistert. Einen Moment lang ließ Fred seinen stechenden Blick über die Gäste wandern, diese starrten sprachlos zurück. Ganz egal, wie der restliche Abend verlaufen würde, der Beginn war eine Sensation für sich, denn nicht einer der Stammgäste konnte sich erinnern, jemals das Eintreten von Freds Vorgänger bemerkt zu haben.

»Meine Herren und Damen, ich fühle mich geehrt, hier heute Abend für Ihre musikalische Unterhaltung sorgen zu dürfen«, verkündete er huldvoll und setzte sich dann übergangslos an das Piano, spielte mit Schwung und Schmiss eine ältere Melodie von Jack Jackson. Das Publikum schien durchaus angetan, allerdings hatte die meisten spätestens beim Refrain schon wieder vergessen, was für eine seltsame Erscheinung dort am Klavier saß. Als Berliner Nachtschwärmer war man Wilderes gewohnt, und ein Blondschopf am Nachbartisch fasste zusammen: »Ick war neulich nach Sperrstunde noch im Topkeller, da hat ener nackich allene elf Finger jespielt; klang jar nich übel. Ne, ne, jar nich mal so übel.«

Schießt tot den Walter Rathenau, die gottverdammte Juden … der Rest der Schmiererei war nicht mehr zu lesen, ein halb zerrissenes Plakat hing darüber, und darüber wiederum ein anderes, auf das jemand einen unterarmlangen Penis gemalt hatte und über all dem hing ein vergilbter, wasserwelliger Zettel: *Frauenklo rechts, Männer links*.

Links ging es in den Hof. Vermutlich wäre links trotzdem die bessere Wahl gewesen? Im Freien konnte es unmöglich so stinken. Dennoch blieb Gretchen einen Moment zwischen Toilette und Gang stehen. Sie atmete tief ein und aus, wenn auch durch den Mund. Sie konnte sich nicht recht zur Rückkehr an ihren Tisch bewegen. Es war so unsagbar laut hier. Und eng, ein solches Gedrängel hatte Gretchen noch nie erlebt. Dazu der Geruch nach Tabak, Alkohol und ekelhaften Ausscheidungen.

Im antiken Rom musste es ganz ähnlich gewesen sein. Der Gedanke beruhigte sie ein wenig. Sie würde nun einfach rasch an den Tisch zurückkehren und Henni mitteilen, dass sie nach Hause müsse, schließlich war morgen ihr erster Arbeitstag bei Isis, der Nilkönigin.

Henni würde bestimmt noch bleiben wollen, Freds Klavierspiel lauschen – dabei konnte man das sowieso kaum hören. Spätestens seit der Boxverein eingefallen war, durstig, verschwitzt und laut, verstand man nicht einmal mehr das eigene Wort.

Wenn Henni nicht mitginge, dann würde sie allein aufbrechen. Einen Moment zögerte sie ob dieses Entschlusses, doch dann befand sie, dass sie keine Angst zu haben brauchte. Seltsam unverwundbar fühlte sie sich in Berlin.

Und nach einem letzten, tiefen Atemzug voll Gestank trat sie hinaus in den Schankraum. An ihrem Tisch saßen inzwischen noch eine ganze Riege fremder Personen – die meisten Künstler und Freunde von Henni und Fred. Es wurde augenscheinlich ziemlich heftig diskutiert, eine in einem roten Hängerkleid mit gelben Fransen führte das große Wort. Das war die Hulla, und wie Gretchen innerhalb kürzester Zeit erfahren hatte, war Hulla etwas Besseres. Hulla hatte nämlich eine Filmrolle ergattert. Im nächsten Conrad Veidt würde sie in zwei sagenhaft entscheidenden Szenen mitspielen, das erhob sie weit über den hoffnungsvollen Rest. Vermutlich war Gretchen die Einzige, die beim Anblick ihres Kleides an einen betroddelten Bettüberwurf denken musste?

»Ick hab da jar keen Problem mit!«, verkündete Hulla soeben. »Ick bin deshalb noch lange keen Kontrollmädchen. Und mal ehrlich, wir Mädchen vom Tisch sind es doch, die den Umsatz machen. Wir halten den janzen Hasenstall am Lofen, weil ohne uns könnten die anderen, die feinen Damen Künstler, schön sehen, wovon se ihr Jehalt bekommen. Wir sind doch die, die dafür sorjen, dass die Herren ordentlich vom überteuerten Jesöff bechern. Wir sin die einzig Redlichen dadrin. Die janze Kunst, dat is doch Schmu. Bei mich jibts was Reelles. Er zahlt mich ene Flasche, ick hör mich seen Jejammer an: der Krieg, die Frau Jattin und der missratene Herr Sohn. Er zahlt mich zwei Flaschen, ick hab so viel Verständnis für den jebeutelten Herrn, mehr könnt nich mal der liebe Jott haben. Für drei Flaschen darf er mich sojar die Hand uffs verständnisvolle Knie legen und mehr als drei Flaschen zahlt mich keener. Und die Rolle beim Film, die hätte ick och nich jehabt, wenn ick mir immer nur zieren würde.«

»Was redest du nur für einen Unsinn!«, rief eine mit sehr krausen Dauerwellen, und Henni verdrehte die Augen, kommentierte: »Hui, hui, Hulla erklärt uns die Welt. Vergiss es doch!«

»Ach, hört uf, ihr Jänse. Sagt mich lieber: Zu wem kiekt der mit der Augenklappe? Der würd mich jefallen.«

Ein halbes Dutzend weiblicher Köpfe drehte sich betont unauffällig in Richtung des Boxvereinsstammtisches, besah sich einen leicht abseits sitzenden Wandschrank von einem Mann. Soweit Gretchen das sah, kiekte der überhaupt niemanden an. Als wäre er in einem Kaffeehaus oder einem gesitteten Lokal, kaute er auf einem Bleistift herum und schien gänzlich in das tägliche Kreuzworträtsel des Fünf-Uhr-Abendblatts versunken. Er hatte seine am Bändel zusammengeknoteten Boxschuhe über die Stuhllehne gehängt, was aber auch der einzige Hinweis darauf war, dass er zu der grölenden, Bier verschüttenden Horde an seinem Tisch gehörte. Er besaß tatsächlich eine Augenklappe, was ihm zusammen mit einer großen, über die Wange verlaufenden Narbe, seinen ungewöhnlich langen Haaren und dem Schnurrbart das Aussehen eines ziemlich attraktiven Piraten verlieh. Zumindest, wenn man sich einen über *Grautier mit vier Buchstaben* brütenden Freibeuter für sich vorstellen konnte. Gretchen aber erinnerte die Narbe vor allem daran, dass sie morgen ausgeschlafen bei Isis zu erscheinen hatte, und so sagte sie zu Henni: »Ich muss los.«

Die Freundin nickte nur geistesabwesend, denn in eben jenem Moment rief jemand einen Liedwunsch in Freds Richtung. Das, so hatte sie Gretchen erklärt, das waren die entscheidenden Momente im Leben jedes Nachtclubpianisten: Kannte er das Lied? Und wenn ja, konnte er es aus dem Gedächtnis auswendig spielen? Bisher hatte Fred jeder Forderung umgehend Folge leisten können, und so ging Gretchen nach einem letzten verstohlenen Blick auf die senfgelbe Erscheinung am Piano leichten Herzens hinaus in die kühle, klare Nachtluft. Und als sie ein paar Meter weiter hinter sich Getöse und Gebrüll hörte, da dachte sie nicht weiter darüber nach, sondern lief nur etwas schneller. Allein, ohne männlichen Schutz wollte sie ganz gewiss nicht in eine Straßenschlägerei verwickelt werden.

5. Kapitel

Als Gretchen sich am nächsten Morgen mit schweren Lidern an Fräulein Notters Frühstückstisch setzte, bereute sie es, nicht noch früher nach Hause gegangen zu sein. Trotz der nagenden Angst vor dem ersten Arbeitstag bei dieser Isis biss sie an Fräulein Notters Frühstückstisch beherzt in eine Schrippe und würgte einen großen Bissen herunter. Fräulein Notter schien noch zu schlafen, ihr Teller stand unbenutzt und sauber auf dem weißen Leinenzeug. Aber für wen mochte das dritte Gedeck sein? Für den kleinen Herrn Giesinger vielleicht?

Doch da kam die Antwort schon zur Tür herein: mit langen Schritten betrat Erik Faber das Zimmer. »Guten Morgen«, nuschelte er und ohne sie weiter zu beachten. Gretchen aber entfuhr bei seinem Anblick ein Schreckenslaut. Mit einem Arm in der Schlinge und dem Gesicht grünblau verschwollen, sah er aus wie das Opfer eines heftigen Verkehrsunfalls. »Was ist denn mit Ihnen passiert?«, platzte es Gretchen bei seinem lädierten Anblick heraus. »Sie Ärmster! Hatten Sie einen Zusammenstoß? Mit einem Automobil?«

»Ich bin ein Opfer der Kunst«, erklärte Erik Faber in spöttischem Ton. »Und Ihres Bekannten, dieses Pianisten.« Trotz seiner Verletzungen machte er zum ersten Mal seit ihrem Kennenlernen einen fast heiteren Eindruck. Ihr Schreck schien ihn zu amüsieren.

»Das war Fred?«, wiederholte sie ungläubig, worauf Erik einige Mal knapp nickte und sich Kaffee in eine Tasse goss.

»Aber Fred ..., aber Fred ist doch ein kreativer Schöngeist, ein Künstler«, stammelte sie. »Ich kann mir kaum vorstellen ... Aber Sie sehen wirklich schlimm aus. Kann ich irgendetwas für Sie tun?«

»Wissen Sie, warum die Stelle im Blauen Affen frei geworden ist?«, fragte Erik unvermittelt und zündete sich eine Zigarette an. »Der Mann vor ihm war beim Publikum nämlich sehr beliebt, nur einmal gab es Klagen und deshalb ist der Posten auch frei geworden. Der Mann hatte vor dem Krieg in einem Offizierskasino gearbeitet. Am liebsten gab er das Flaggenlied, das mochte er und das mochte das Publikum. Aber seit er bei Toter Mann einen Schrapnellschuss abbekommen hat, da ist er im Kopf ein bisschen aus der Spur geraten und es ist wohl ziemlich oft vorgekommen, dass er nicht mehr wusste, was er gerade gespielt hat, und dann stimmte er eben das Flaggenlied an.«

»Und deshalb hat man ihn beim Blauen Affen entlassen?«, wollte Gretchen wissen. Sie hatte nicht den

Hauch einer Ahnung, warum Erik ihr das erzählte, und vor allem, was das mit seinen Verletzungen zu tun hatte. Nun aber schüttelte er den Kopf, trank seinen Kaffee aus und nach einem weiteren Zug an seiner Zigarette erklärte er: »Nein, das hat das Publikum nicht weiter gestört. Die Stelle ist frei geworden, weil er vergangenen Samstag plötzlich Chopins Trauermarsch spielte und danach in die Pause ging. Als er nach einer halben Stunde noch nicht wieder zurück war, da gab es tatsächlich ziemliche Klagen. War ihm aber vermutlich egal. Als sie ihn gefunden haben, da war er schon ganz kalt. Hing im Keller von einem Balken.«

Erik zuckte die Schultern und die Zigarette in der Untertasse ausdrückend, wandte er sich zum Gehen. So leicht ließ Gretchen ihn jedoch nicht davonkommen, entschieden setzte sie nach: »Das ist ja alles in hohem Maße bedauerlich, aber warum ist Ihr Gesicht denn jetzt so zerstört? Fred kann doch keiner Fliege etwas zuleide tun!«

Erik drehte sich noch einmal in der Tür um und stellte mit Bestimmtheit fest: »Ob er Fliegen was tut, das kann ich Ihnen nicht sagen. Aber das Flaggenlied jedenfalls, das spielt Ihr Fred nicht. Ganz sicher.«

Die Eingangshalle des Kempinskis, Berlins Drehtür zur Welt und der Welt Drehtür nach Berlin. Marmor, Stuck und Blattgold wie in einer Kirche, Plüsch und Kirschbaumholz wie in einem Separée – oder zumindest wie sich Gretchen ein Separée vorstellte. Nur allein war man hier vermutlich nie. Hinter dem mit rotem Leder bespannten Empfangspult standen drei Herren im Alter von vielleicht zwanzig bis fünfzig Jahren, wobei der jüngste nichts anderes tat, als Schlüssel in Empfang zu nehmen und Post auszuhändigen. Der mittlere der Herren soufflierte ihm Namen und Zimmernummern, erkundigte sich bei den ankommenden Gästen auch gerne und mit großer Freundlichkeit nach dem schulischen Fortkommen der Kinder oder dem Zustand der Sprungsehne eines Rennpferdes.

Gretchen, mit ihrem Schreibmaschinenköfferchen in der Hand, hätte stundenlang all dies andächtig beobachten können.

Denn es gab ja auch noch ein ganzes Heer von wuselnden Boys, die mit ihren schiefen, frech glänzenden Käppchen Pakete, Tüten, Blumen von irgendwoher irgendwohin brachten, messingglänzende Gepäckwagen voll Überseekoffer und rosaner Hutschachteln schoben, und darauf warteten, die gnädigen Herrschaften auf ihr Zimmer zu führen.

Und die gnädigen Herrschaften selbst erst! Englisch sprechende Herren in sommerlich hellem Tweed, französisch sprechende Herren mit glänzenden Lackschuhen und Fingerwellen – und dann natürlich die Amerikaner! Sie sprachen sehr laut und trugen mit seltsam einheitlicher Begeisterung Strohhüte und Knickerbockers, als wären sie auf einer Landpartie. Aber am herrlichsten waren die Damen!

Das waren ganz andere Geschöpfe als die, die Gretchen von zu Hause kannte, ganz anders aber auch als Henni, Fräulein Notter und die Hulla mit der Filmrolle. Am ehesten vielleicht noch waren sie wie die Kundinnen bei Madame Bross.

Es waren weder ihre maßgeschneiderten Morning Dresses von Rochas und Runabouts von Schiaparelli noch ihre vermutlich von Madame Bross persönlich gepflegte Porzellanhaut und die von kundigen Händen frisch gelegten Haare – es war etwas anderes. Nur was? Was war das Geheimnis dieser Damen?

Doch bevor Gretchen es hätte erkunden können, trat ein etwas älterer Boy zu ihr, fragte: »Kann man der jungen Dame helfen?« Und vor dem Wörtchen »Dame« hatte er einen ziemlich unhöflichen Moment lang gezögert.

Gretchen richtete sich selbstbewusst auf, in ihrem arrogantesten Ton entgegnete sie: »Ich werde erwartet.« Nun wäre es eben schön gewesen, sagen zu können, wer einen erwartet – leider konnte Gretchen das nicht. Mit einem panischen Schreck erkannte sie, dass »Isis – Königin des Nils« kaum der ins Gästebuch geschriebene Name sein könnte. Aber was dann? Wie sollte sie ihre zukünftige Chefin finden?

Schon machte der wandschrankbreite Portier einen Schritt auf sie zu, nur eines Zeichen bedurfte es noch, und er würde sie mit freundlicher Bestimmtheit zur Drehtür hinaus befördern. Doch plötzlich trat der dritte, der älteste der Herren hinter seinem Tresen hervor und verkündete mit pastoral wohlklingender Stimme: »Frau Greiff hat mich über Ihr Kommen informiert. Ich bedauere zutiefst, dass ich Sie nicht sofort bemerkt habe. Wenn Sie mir bitte folgen möchten?« Und dann ging er unter der diskreten Neugier der gesamten Halle vor Gretchen her zum Aufzug, wo er eigenhändig die Tür schloss und dem Liftboy gebot: »Zu Frau Greiff. Zum Friseur.«

Eine Gehirnwäsche!

Vor Schreck machte Gretchen einen kleinen Schritt rückwärts, stolperte beinahe in den stummen Diener hinter ihr. Einen Moment klirrten Flaschen aneinander, doch sonst geschah nichts. Überhaupt schien außer ihr niemand etwas Bedrohliches an Frau Greiffs Anblick zu finden. Gretchen atmete tief durch, nur die Ruhe bewahren.

Inmitten von Spiegeln, Marmor und Licht thronte Isis, die Nilkönigin, auf einem silbergrauen Friseurstuhl, beobachtete mit majestätischem Gleichmut das stumm beflissene Gewusel um sich herum.

Eine unüberschaubare Schar von Bediensteten bepinselte ihr schwarzes Haar mit einer Flüssigkeit und drehte es auf Wickler. Die Wickler wiederum wurden in kleine Metallröhrchen geschoben, standen aufrecht vom Kopf ab. All das geschah mit geübtem Eifer, während die Königin selbst in einem grünen Seidenkimono flegelte und aus einem hauchdünn scheinendem Tässchen Tee schlürfte.

»Guten Morgen, Kindchen«, begrüßte sie Gretchen, deren Eintreten sie wohl in einem der Spiegel gesehen hatte. »Setz dich einfach da auf den Boden, wir wollen gleich beginnen. Wer weiß, wie lange wir ungestört sind.«

Sie seufzte tief, was einer der Lakaien als Zeichen erkannte und ihr eine bereits glühende Zigarette in einer Elfenbeinspitze reichte.

Ziemlich eingeschüchtert nahm Gretchen zu Füßen der Nilkönigin Platz, so mit all dieser Gerätschaft um den Kopf wirkte die das Gesicht spaltende Narbe noch grauenhafter.

Sie wagte nicht zu fragen, womit sie denn nun eigentlich beginnen würden. Sie wusste ja noch immer nicht, was sie eigentlich tippen sollte – die Geschäftskorrespondenz schien es kaum zu sein. Außerdem hätte sie dafür auch schlicht ein Berliner Schreibbüro engagieren können, da hätte sie nicht ausdrücklich jemanden aus der Provinz gebraucht.

Doch in eben diesem Moment begann Frau Greiff

zu erklären: »Ich werde dir immer morgens diktieren, nachmittags tippst du es ins Reine und gibst es vor siebzehn Uhr im Wintergarten Variéte in meiner Garderobe ab. Meine Änderungswünsche werde ich dir dann jeweils am kommenden Morgen mitteilen. Ich erwarte vollkommene Diskretion deinerseits. Du zeigst die Mitschrift niemandem und sprichst auch mit niemandem über dein Diktat. Ein falscher Ton und du sitzt zurück im Zug nach à la campagne.« Ohne eine Erwiderung oder Bestätigung abzuwarten, setzte sie an: »Mein Leben, von I. Greiff, Kapitel eins. Geboren wurde ich in einem Bordell in Kairo, meine Mutter arbeitete dort als Hure.«

Gretchen, die hastig mitstenographierte, schluckte trocken, hielt jedoch nicht in der Arbeit inne. Ebenso wenig wie die mit großen Ohren lauschende Schar von Friseurgehilfen, die nun begannen, Kabel an die oberen Enden der metallenen Überwickler zu knipsen.

Frau Greiff war in ihrer Beschreibung von in der Mittagshitze schweißglänzenden Leibern, süßen Datteln und kühlen Seidenkissen noch nicht sehr weit gekommen, als ein Herr an den Friseurstuhl herantrat und sie einen Augenblick verstummte. Die Enden seines winzigen, eisengrauen Schnurrbarts zwischen Daumen und Zeigefinger zwirbelnd, betrachtete er Frau Greiffs Medusenkopf von allen Seiten kritisch, dann nickte der Meister einem der Gehilfen zu. Dieser drückte einen

Knopf und die verkabelten Wickler begannen schlagartig, elektrisch zu knistern und zu brummen. Der Geruch von verbranntem Horn lag in der Luft.

»Die Schenkel meiner Mutter …«, fuhr die Nilkönigin übergangslos fort, während Gretchen noch einen Moment lang voll fasziniertem Grauen die surrende Dauerwellenmaschine anstarrte. Wirklich, ein Apparat wie für eine Gehirnwäsche! »… so erzählte man sich über die Schönheit ihres Ebenholzhaares …«

Unvermittelt trat abermals ein Herr an den Stuhl, jedoch diesmal nicht der elegante Friseurmeister, sondern einer im Straßenanzug, den Hut wie ein Bittsteller zwischen den Händen. Seltsam bekannt kam er Gretchen vor, wo hatte sie diese Habichtsnase schon einmal gesehen?

Natürlich! Gestern Abend, das war einer der Journalisten um Erik Faber gewesen, der älteste, der mit den vielen Terminen. Plompke hatte der geheißen, genau! Der Mann, nach dessen Mienenspiel Erik Faber seine Kritiken ausrichtete.

»Sie wollten mich nicht zu dir vorlassen«, beklagte sich der am Vortag noch so Selbstsichere kleinlaut, woraufhin sich die gesunde und die zerstörte Gesichtshälfte der Nilkönigin gleichermaßen ärgerlich verzogen. Ohne den Mann eines Blickes zu würdigen, hielt sie ihm die Hand zum Kuss entgegen und sagte: »Ja, das geschah auf meine Anweisung. Ich kann dich jetzt überhaupt nicht brauchen. Hast du wenigstens an mein Geschenk gedacht?«

Die Habichtsnase schrumpfte merklich und mit der Geste eines Unterprimaners, der seinem strengen Ordinarius eine vermutlich mangelhafte Hausarbeit übergibt, legte er eine Pralinenschachtel in die ausgestreckte Rechte, bat schüchtern: »Dürfte ich dich vielleicht heute Abend zum Dinner ausführen? Ins Haus Vaterland, vielleicht? Oder wohin du sonst möchtest. Es wäre mir eine solche Freude.«

»Mir aber nicht.« Der Medusenkopf blickte stur geradeaus und mit einem letzten tiefen Seufzer entschied die Königin gnädig: »Du darfst morgen noch einmal fragen. Und jetzt weg mit dir, ich kann deinen Anblick keine Sekunde länger ertragen.«

Wie zum Beweis senkten sich jetzt ihre schweren Lider über die grünen Augen, woraufhin der Journalist umgehend unter eifrigen Dankbarkeitsbekundungen verschwand. Isis jedoch seufzte zufrieden: »Merk dir das, Kindchen, Männer und Agenten muss man schlecht behandeln, sonst werden sie frech. Je weniger sie bekommen, desto dankbarer werden sie. Als junge Künstlerin, da war ich zu allen freundlich und glaubst du, mich hätte einer engagiert? An Straßenecken musste ich auftreten, mit einer Kabarettgruppe, die hatte ich selbst gegründet und kaum hatte die ein bisschen Erfolg, da haben sie mich rausgeschmissen.« Derartige Heftigkeit war nichts für die Lockenwickler, sie klapperten und funkten beängstigend. Für einen Augenblick umzitterten elektrischblaue Lichtblitzchen das entstellte Gesicht, dann fuhr sie unvermittelt fort: »Ich wollte dich etwas fragen.«

Gretchen sah sie verblüfft an. Stimme und Tonlage waren so seltsam anders, sie war sich im ersten Moment nicht sicher, ob tatsächlich Isis gesprochen hatte – aber es musste so sein, außer ihnen beiden war niemand mehr im Raum.

»Ja, bitte?«, entgegnete sie höflich, zumal die große Künstlerin tatsächlich auf die Frageerlaubnis ihres Tippfräuleins zu warten schien. »Worum geht es?«

Was konnte sie nur wollen? Hoffentlich nichts Verbotenes? Oder Unmoralisches? Die Nilkönigin schwieg einen Moment, sie schien mit sich zu ringen, was mochte sie nur wollen, dann gab sie sich einen Ruck und sagte hastig: »Könntest du mir etwas Latein beibringen?«

6. Kapitel

»Ich soll dich abholen. Im Auftrag von Henni.« Diese Erklärung brachte Stoffel sehr hastig vor, als er Gretchen vor dem Haupteingang des Kempinskis in der an- und abreisenden Menge entgegentrat.

Gretchen lächelte und versuchte nach Kräften, sich zu freuen. Das war es ja, weswegen sie nach Berlin gekommen war – um etwas zu erleben, um sich zu verlieben, um etwas zu besitzen, das man überhaupt als Leben bezeichnen konnte. Und Stoffel war nett, aber er gefiel ihr nicht besonders. Da fand sie den ewig griesgrämigen Erik Faber ja noch hübscher! Der hätte ihr wirklich gefallen können, zumindest, wenn er mal gelächelt hätte. Erik war zwar auch nicht so strahlend schön wie Fred, aber wer war das schon? Fred sah aus wie ein Filmstar! Wie Carl von Bäumer, nur nicht so übertrieben elegant, oder wie Valentino, nur nicht so dunkel.

»Wie lieb von dir«, stellte sie fest und ihrer Stimme noch ein Extraquäntchen Enthusiasmus gebend, fragte sie: »Wo gehen wir hin?«

Ganz egal wohin, sie hätte deutlich lieber darüber nachgedacht, wie sie der Nilkönigin möglichst rasch die Grundkenntnisse der lateinischen Sprache vermitteln würde. Sie hatte bisher noch nie unterrichtet – die paar Stunden, die sie an die Griechischkenntnisse der Tochter des Schlachters verschwendet hatte, zählten nicht. Die Ungewöhnlichkeit des Wunsches hatte sie überrascht, aber fast sofort hatte die Begeisterung überwogen. Sie durfte Lateinstunden geben! Sie wurde sogar dafür bezahlt, sich mit ihrem Steckenpferd zu beschäftigen. Konnte es ein größeres Glück geben?

»Wir gehen ins Rachmonische Café.« Stoffel lief sehr schnell, sie musste sich beeilen, mit ihm Schritt zu halten.

»Wohin? Ins Rachmonische Café?«

Er blieb stehen, errötete leicht, stammelte unsicher: »Also ins Romanische Café. Bei der Kaiser-Wilhelm-Gedächtniskirche. Eigentlich ist es die Café Konditorei Kaiserhof, aber wegen der neoromanischen Architektur hieß es bei allen Romanisches Café, inzwischen ist es sogar die offizielle Bezeichnung. Und rachmonisch, das ist Jiddisch für ›barmherzig‹ und deshalb sagt man das eben manchmal so. Ein Witz, verstehst du.« Peinliches Schweigen breitete sich zwischen ihnen aus, während Stoffel mit geradezu rührendem Eifer weitererklärte: »Die Gäste sind fast alle Künstler und die meisten, die haben kein Geld und lassen deshalb anschreiben und weil das oft gelingt, rachmonisch. Verstehst du? Romanisch rachmonisch, das klingt doch ganz ähnlich. Das ist lustig.«

Gretchen rang sich ein Lächeln ab. »Ja, natürlich!« Jetzt gelang ihr sogar ein ziemlich echt klingendes Kichern. »Ich war nur so überwältigt. Ins legendäre Romanische Café! Ich meine, das kennt doch jeder, sogar in der Provinz.«

Stoffel betrachtete sie unsicher aus dem Augenwinkel, holte tief Luft und wechselte übergangslos das Thema: »Wie war denn dein erster Tag bei Fräulein Isis?«

»Frau, nicht Fräulein, sie ist verheiratet. Und mit bürgerlichem Namen heißt sie Greiff«, entgegnete Gretchen, wobei sie sich um einen besonders sanften Ton bemühte. Sie wollte ihn nicht von Neuem verunsichern. »Ich finde, das passt gar nicht zu ihr. Aber sie ist ganz wunderbar, sie hat einen Buchvertrag mit Ullstein, Ende des Jahres sollen ihre Memoiren erscheinen. Ich darf dir nichts über den Inhalt erzählen, aber es wird top.« Die Lateinstunden, die Isis auf Kosten ihres Verlages zu nehmen beabsichtigte, verschwieg sie, das war einfach sicherer.

Stoffel war aber sowieso nicht übermäßig interessiert, sein Beitrag beschränkte sich auf ein: »Ganz in der Nähe vom Romanischen Café gibt's eine Metzgerei, die heißt auch so. Also Greiff mein ich. Die beliefern angeblich den kompletten Grunewald mit Schinkenwürsten. Müssen sehr gut sein, denen ihre Schinkenwürste.«

Wieder trat ein etwas unangenehmes Schweigen ein, das Stoffel schließlich unterbrach: »Hast du es schon gehört? Von gestern Abend?«

Sie machte eine vage Bewegung mit dem Kopf. »Herr Faber hat mir ein bisschen was erzählt. Er sagte, Fred habe sich geweigert, das Flaggenlied zu spielen, und Herr Faber sah ziemlich ramponiert aus.« Plötzlich kam ihr ein erschreckender, am Morgen vor lauter Aufregung des ersten Arbeitstages untergegangener Gedanke: »Aber Fred ist doch nichts passiert?«

Bevor Stoffel jedoch hätte antworten können, unterbrach sie ihn selbst mit einem leisen Ausruf der Überraschung. Sie waren angekommen. Sie konnte sie schon sehen, die schnörkellosen, frei auf der grün-weißen Markise stehenden Buchstaben, und darunter im Nachmittagsschatten, dicht gedrängt, Tischchen an Tischchen, manche noch leer, andere so voll besetzt, die kleinen Platten schienen die Last der Gläser, Flaschen, Tassen, Aschenbecher kaum tragen zu können. Von fremden Tischen hatte man sich Stühle herbeigezogen, steckte die Köpfe zusammen, nur um sie im nächsten Moment ungehörig laut lachend in den Nacken zu werfen oder mit der Faust aufs Holz zu hauen; das Glas, das Porzellan schlug einen gefährlichen Moment lang aneinander, kam nur langsam wieder zur Ruhe. Dann warfen die aufgeschreckten Schachspieler ärgerliche Blicke zu den Störenfrieden hinüber, versanken jedoch umgehend wieder in ihrer schwarz-weißen Welt.

Ohne sich weiter um dieses Schauspiel zu kümmern, führte Stoffel Gretchen hinein in den tatsächlich sehr neoromanischen Hauptraum. Trotz der beachtlichen Größe, trotz der hohen Decken und Fenster fand Gretchen den Raum seltsam schwermütig und bedrückend. Vielleicht lag es an der mit Tabak verhangenen Luft?

Einen derart berühmten Ort des Geistesaustausches hätte sie sich heller, freier vorgestellt, doch dann sah Gretchen Fred und ihr Herz setzt einen Schlag aus.

Nach einem tiefen Luftholen war sie allerdings gänzlich überzeugt, dass das nur die Erleichterung darüber war, Fred unverletzt zu sehen. Glänzend sah er aus, das gelbe Jackett vom Vortag lässig geöffnet, die Haare unter dem Sommerhut zerzaust. Aber Henni! Die arme, liebe Freundin!

Ihre vom Weinen verschwollenen Augen waren von dunklen Ringen und schwarzen Tuscheschlieren eingerahmt und um ihren Mund lag ein Gretchen bisher an der Freundin fremder Zug. Bitter und fast alt sah sie aus! Ungewöhnlich still blickte sie in ihr Wasserglas, konnte sich kaum ein Begrüßungslächeln abringen.

Ganz anders Fred. Energiegeladen stand er auf, begrüßte Stoffel mit Handschlag und Gretchen mit einem raschen, nervenprickelnden Kuss auf die Stirn, wedelte mit einem kleinen, aus einer Zeitung gerissenen Fetzen und sagte stolz: »Schaut mal.«

Gretchen machte sich lang, aber was Fred ihnen entgegenhielt war nicht der Kulturteil, das war der tägliche Polizeireport: *Tätlicher Krawall im Blauen Affen, fünf leicht Verletzte, großer Sachschaden, keine Verhaftungen.*

»Kunst darf sich nicht korrumpieren lassen«, stellte Fred zufrieden fest, griff dabei ungeniert nach Stoffels Tabatiere und entnahm ihr die letzte Zigarette. »Sie wollten das Flaggenlied hören, aber so was spiele ich nicht. Man darf sich nicht verkaufen.«

»Sie haben das halbe Lokal zusammengeschlagen, da steht's! Großer Sachschaden! Wenn wir Pech haben, muss Fred es zahlen. Und seine Stelle ist er natürlich auch los. Schon wieder!« Henni versuchte nun gar nicht mehr, die Tränen zurückzuhalten. Hemmungslos schluchzend, fuhr sie fort: »Und dem großen Plompke, dem Kunstkritiker von der *Vossischen*, dem haben sie den Hut zertreten, der schickt uns auch noch eine Rechnung. Aber vor allem hasst er Fred jetzt, der wird nie ein Wort über ihn schreiben, ein gutes schon zweimal nicht.«

»Ach, der mit seiner Habichtsnase!«, sagte Fred leichthin. »Ich spiel diesen nationalen Unsinn nicht. Aus Überzeugung. Ich hab ja nichts dagegen, wenn jemand diesen Schmonzes unters Publikum bringt, solange er an die nationale Idee glaubt. Ich tue es nicht und deshalb mache ich es auch nicht.«

Er klang sehr gefasst, sehr entschlossen und obwohl Henni Gretchen leid tat, nötigte ihr seine Haltung Achtung ab. Sie legte einen tröstenden Arm um die Freundin, fuhr ihr sanft übers Haar, während diese heftig hervorstieß: »Deine Ideale in allen Ehren, aber ich weiß nicht, wovon wir unser Zimmer zahlen sollen. Die werfen uns auf die Straße, wenn die morgen kein Geld sehen. Ich versteh's ja – wir schulden ihnen schon zwanzig Mark und die vermieten nicht aus Nächstenliebe. Unser aktuelles Vermögen beläuft sich auf drei Mark und 24 Pfennig, ich weiß nicht, wovon ich Essen kaufen soll. Oder wo, ich habe überall schon angeschrieben.«

Gretchen schluckte, das hatte sich gestern alles noch ganz anders angehört, aber instinktiv wusste sie, das war jetzt die Wahrheit.

»Stoffel, sag du's ihm doch!«, bat Henni flehend. »Er muss zu seinem Vater gehen und um Entschuldigung bitten oder er muss irgendwo eine Stelle annehmen und halten, und wenn sie von ihm den Radetzkymarsch fordern. Ideale und Prinzipien sind was für Satte.«

»Jetzt isst du erst mal was«, beschloss Gretchen. Die sonst so energische Freundin derart hoffnungslos zu sehen, tat ihr in der Seele weh. »Komm, ich lad dich ein. Kartoffeleintopf? Das sättigt gut.«

»Cremetorte!«, bestimmte Fred. »Man darf gar nicht anfangen mit Eintopf aus dem Blechnapf. Das haftet wie Teer. Und die Ideale, die darf man nicht in dem Moment aufgeben, in dem's ungemütlich wird. Sonst sind es keine.«

»Dann also für dich nichts zu essen«, entgegnete Stoffel ungewohnt spitz, worauf sein Freund ruhig erwiderte: »Wenn alle nur ein bisschen das Flaggenlied spielen, weil die Melodie ja so hübsch ist und sie eben von irgendwas die Miete zahlen müssen, marschieren wir in zehn Jahren alle wieder im Gleichschritt!«

»Ne, wir beide ganz sicher nicht! Wir sind bis dahin nämlich verhungert«, fauchte Henni, was Gretchen als Stichwort nahm, dem Kellner zu winken und viermal Kartoffeleintopf und vier Stück Cremetorte zu bestellen.

Fred fuhr indessen ungebremst fort: »Das Erste, was die Rechten machen werden, ist, das Spielen der Internationalen zu verbieten. Dabei hat die doch auch so eine hübsche Melodie.«

»Fred, Henni hat recht«, wandte Stoffel ein. Ihm war es ganz offensichtlich nicht angenehm, seinem Freund zu widersprechen. »Wenn du nicht in Kneipen Klavierspielen willst und kannst, dann solltest du dir vielleicht etwas ganz anderes suchen? Der Bierkutscher, der über mir wohnt, der sucht immer Leute, die ihm beim Verladen helfen. Von irgendetwas müsst ihr schließlich leben. Du kannst nicht warten, bis sie für den Versammlungssaal der KPD einen Pianisten suchen. Oder soll ich vielleicht mit deinem Herrn Vater sprechen? Ich bin sicher, sobald er Henni sieht, wird er seine Meinung über sie ändern. Du musst irgendeine Arbeit finden – irgendetwas.«

»Nein«, sagte Fred schlicht und so bestimmt, dass sie einen Moment lang alle keine Erwiderung wussten. In das ungemütliche Schweigen hinein trat der Kellner mit seinen dampfenden Tellern und sie begannen stumm zu löffeln. Henni schluchzte verhalten, und Gretchen hatte plötzlich Frau Greiffs Stimme im Ohr: *Hüte dich vor den Männern, Kindchen.*

»Es ist ja auch ganz egal, ob du das Flaggenlied spielst oder nicht, wenn der Plompke dich hasst, kriegst du eh nirgends mehr ein Engagement«, seufzte Henni, und Frau Greiffs Stimme in Gretchens Kopf flüsterte: … *meine erste Kabarettgruppe musste ich selbst gründen* … Ja, warum eigentlich nicht?

»Warum gibst du nicht Musikstunden?«, wagte Stoffel unterdessen einen weiteren Vorstoß. »Ich weiß schon, wie wir's machen – wir hängen in Nachhilfeinstituten und an der Uni und an sämtlichen Lyzeen der Stadt Zettel auf. Gedruckte Zettel, es müssen gedruckte Zettel sein, alles andere ist nicht seriös. Und es muss seriös sein, weil du zwei Mark die Stunde willst. Na, das ist vielleicht doch zu viel, eine Mark fünfzig ist besser. Aber gedruckte Zettel, das Geld treib ich dir auf, und dann schreiben wir drauf: *Ferdinand von George – Musikinstitut, Privatstunden nach Vereinbarung.*«

»Wieso denn Ferdinand?« Henni glotzte ratlos. »Und seit wann denn von?«

»Klingt einfach besser«, belehrte Stoffel sie knapp und überlegte gleich laut weiter: »Wenn wir nur jemanden mit Telefonanschluss kennen würden, es sieht gleich so viel eleganter aus, wenn man eine Nummer drunter setzen kann.«

»Wir könnten Fräulein Notters Nummer nehmen?«, schlug Gretchen vor. Zum zweiten Mal an diesem Tag klopfte ihr Herz vor Aufregung, dann gab sie sich einen Ruck, sagte: »Warum fährst du nicht zweigleisig? Mit den Musikstunden zahlst du die Miete und für abends gründet ihr eine eigene Revue? Da kann keiner von dir verlangen, dass du das Flaggenlied spielst, da bestimmst du die Nummern selbst.«

Fred sah sie unvermittelt an, lange und nachdenklich, dann aber schüttelte er den Kopf: »Musikstunden, pah! So weit kommt's noch.« Ein breites Strahlen legte sich über sein Gesicht: »Dass ich da nicht selbst drauf gekommen bin. Gretchen, du bist ein Genie! Man muss groß denken, um Großes zu erreichen.

Das war das Problem. Klimpern im Blauen Affen, pah! Musikstunden, pah! Stoffel dichtet, ich spiel Klavier, Henni tanzt und die Hulla, die holen wir auch noch mit ins Boot! Gretchen, für dich finden wir bestimmt auch noch was. Los, Freunde! Wir machen eine Revue! Eine ganze eigene Revue! Ober, bringen Sie Champagner!«

7. Kapitel

Bei Fräulein Notter herrschte Katerstimmung. Als Gretchen die Tür aufschloss, saß ihre Zimmerwirtin mit verheulten Augen im Empfangszimmer neben dem Telefon. Durch das Buntglasfenster fielen blaue Flecken auf ihr Puppengesicht und ließen es noch ramponierter aussehen. Bei diesem Anblick verpuffte Gretchens aufgeregte Heiterkeit fast umgehend.

»Er sagt, es sei rausgeworfenes Geld. Er sagt, ich sei naturschön!«, wimmerte das Fräulein statt einer Begrüßung, und obwohl Gretchen keine Ahnung hatte, um was es ging, machte sie ein mitfühlendes Gesicht.

»Er sagt, ich muss nicht in den Schönheitssalon!« Tuscheschlieren liefen über Fräulein Notters runde Wangen. »So ein grauenhafter Unmensch.«

»Aber wirklich!«, bestätigte Gretchen und bemühte sich um einen empathischen Ton. »Komm, ich bitte Frau Maier um eine Tasse Tee.«

Fräulein Notter schüttelte einige Male den Kopf, schlang die Arme um die Beine und seufzte tief. »Frau Maier mag ich auch nicht sehen, die kommt mir nur sofort wieder mit ihrem noch ausstehenden Lohn. Außerdem ist Tee für arme Leute, Tee macht fade im Kopf.«

Stattdessen öffnete sie einen im Telefontischchen eingelassenen Barschrank und entnahm eine Flasche Champagner. Gretchen staunte, zweimal an einem Tag Champagner und es war noch nicht mal siebzehn Uhr.

»Bestimmt steht Jung-Giesingers grässliches Weib dahinter«, grollte Fräulein Notter etwas undeutlich, denn sie öffnete gleichzeitig mit den Zähnen den Metallverschluss. »Oh, ich könnte diese Alte ...« Und als ob er ihren unausgesprochenen Absichten Nachdruck verleihen wollte, schoss der Korken mit einem lauten Pistolenknall aus der Flasche.

»Du Arme«, flüsterte Gretchen. Wie furchtbar musste es sein, einen Mann zu lieben und ihn nie heiraten zu können. »Und es gibt wirklich keine Möglichkeit, dass er sich scheiden lässt?«

»Nein, das habe ich alles genauestens überprüft. Ich bin ja nicht dumm.« Seltsamerweise klang sie durchaus mit sich zufrieden und während sie sich den übergeflossenen Schaum von den Armen leckte, fuhr sie fort: »Katholiken sind auch so malerisch, richtig pittoresk. Aber Spaß beiseite, ich hätte mir nie erlaubt, mich in ihn zu verlieben, wenn seine Familie nicht erzkatholisch wäre.«

»Wie bitte?« Das musste Gretchen falsch verstanden

haben, oder war ihr am Ende der ganze Champagner schon zu Kopf gestiegen? »Du meinst, du hättest dir nie erlaubt, dich in ihn zu verlieben, wenn du das gewusst hättest?«

»Nein, hätte ich nicht. Ich gehe nur mit verheirateten Männern aus. Schon seit Jahren. Das ist eben meine Natur.« Mit konsterniertem Gesichtsausdruck reichte Fräulein Notter Gretchen das Glas und ging zum Grammophon. »Verheiratete Männer sind die einzigen, bei denen ein Mädchen heute noch einigermaßen sicher ist. Heiraten, heiraten! Es ist die reinste fixe Idee. Vor dem Krieg, da war das, was man so hört, noch anders. Ich glaube, es ist der Personalmangel, der die Männer so versessen auf die Ehe macht, meinst du nicht auch? Und die gestiegenen Löhne für Reinemachfrauen. In der Wäscherei, Reinigung eines Hemdes mit Kragen und anschließendem Plätten, das sind – je nach Wäscherei –, na ... was wird das kosten? Drei Pfennig doch mindestens, allermindestens! Und beim Frauchen daheim, da gibt's das umsonst. Natürlich haben Männer keine Ahnung, was die Reinigung kostet, merkt man schon an dem winzigen Haushaltsgeld, das sie rausrücken. Aber die spüren das, die haben da einen sechsten Sinn für. Aber nicht mit mir! Nein, nein, so doof bin ich nicht. Ich sag immer, nichts macht einen Mann so attraktiv wie ein Goldring am Finger. Ein möglichst breiter.«

»So kann man das sicher auch sehen«, entgegnete Gretchen diplomatisch. »Zumindest ist es eine mögliche Sichtweise.«

»Es ist die einzig vernünftige! Wovon soll eine junge Frau denn heutzutage sonst leben? Schau mich an, ich habe makellose Beine und bessere Brüste als manches Girl aus dem Topkeller, nur Geld hab ich keins. Soll ich mir nun Krampfadern beim Schautanzen holen oder Tippfräuleinschwielen an den Zeigefingern?«

Darauf entgegnete Gretchen nichts, nur ganz verstohlen fuhr sie mit den Daumen über die Hornhaut an ihren Zeigefingern. Eine Antwort wurde aber auch gar nicht erwartet, Fräulein Notter war so richtig in Fahrt gekommen. »Zum Film, das könnte ich mir vorstellen. Diese Elle Lack, die ist auch nicht hübscher als ich, nur besser ausgeleuchtet. Den Bäumer, den würde ich zur Not auch heiraten. Hast du das gelesen?«

Sie zeigte mit ihrem perfekt manikürten, schwielenfreien Finger auf die aktuelle Ausgabe des *Uhu*. Da waren die beiden Filmstars auf der Titelseite, eng umschlungen und in identischen Nerzcapes. Sie mit seinem Hut auf dem lachend zurückgeworfenen Kopf und er sehr ansprechend zerzaust. *Die Jahrhunderthochzeit* stand unter dem schwer verliebten Paar.

»Aber Spaß beiseite, das wäre mir viel zu anstrengend. Und ich wette, der Bäumer, der ist nicht treu, kein Mann, der so aussieht, bleibt bei einer Frau, und wenn er jetzt noch so verguckt schmachtet. Da habe ich es mit meinem Jung-Giesinger besser, den will sonst keine.«

»Außer seiner Ehefrau«, wandte Gretchen, sich selbst überraschend, spitz ein, doch Fräulein Notter schüttelte nur den Kopf: »Ach, Quatsch! Die ist doch froh, dass ich ihr den elenden Knicker abnehme. Und da wären wir wieder beim Ausgangsproblem: Woher kriege ich das Geld für den Schönheitssalon? Mindestens zwanzig Mark müssen es sein. Ich brauche meine elektrische Massage! Wenn meine Gesichtshaut nicht alle drei Tage elektrisch massiert wird, oh, ich mag es mir gar nicht ausmalen, wie ich dann bald aussehe! Die Männer sind so dumm, da wollen sie eine schöne Frau, aber sie darf nicht mehr kosten als eine hässliche. Das ist doch regelrecht frech, wenn ein Sportwagen mehr Benzin schluckt als eine Pferdedroschke, beschwert sich schließlich auch niemand!« Mit kaum verhohlener Wut legte sie die Nadel auf die Schallplatte und fast umgehend begann Clairchen Waldoff zu bestätigen: *»Ach, Jott, wat sin die Männer dumm!«*

Fräulein Notter aber ließ sich auf den Boden sinken und fragte: »Wie oft, meinst du, kann man die Miete erhöhen?« Und Gretchens erschrockenen Blick richtig deutend, erklärte sie: »Nicht deine, Dummchen. Meine. Jung-Giesinger zahlt mir schließlich die Wohnung. Die kostet zwanzig Mark die Woche, ich sag ihm dreißig und krieg von dir noch neun. Macht neunzehn für mich. Ob ich noch eine Cousine ...«

Gretchen, die gerade an ihrem Champagner hatte nippen wollen, musste plötzlich laut losprusten: »Ach, so ist das! Er darf nicht wissen, dass du ein Zimmer untervermietest. Daher das Verwandtschaftsgetue.«

»Von wegen Getue.« Regelrecht verletzt sah das Fräulein nun drein. »Im Herzen sind wir schließlich alle eine große Familie.«

»Ja, ja, ich will nichts gesagt haben«, grinste Gretchen vergnügt. Ihr kam da so eine Idee, aber sie konnte sie noch nicht recht fassen. Und dann trat auch noch Frau Maier ein, mit sehr miesepetrigem Gesicht und einer leeren Büchse in der Hand.

»Fräulein Notter!«, begann sie. »Fräulein Notter, wie stellen Sie sich das vor? Wie soll ich meiner Arbeit nachgehen, wenn Sie mir kein Geld für Putzmittel geben? Hier, der Wiener Kalk, seit Wochen fehlt mir der Wiener Kalk.«

»Der Wiener Kalk!«, echote Gretchen mit breitem Lächeln. »Das ist es! Cousinchen, ich habe die Lösung deiner Sorgen.«

Erlaube mir gnädigst zu berechnen: 10 Dosen Wiener Kalk à 2 Mark, entspricht 20 Mark und 0 Pfennig. Um umgehende Begleichung der Rechnung wird gebeten. Hochachtungsvoll Drogeriemarkt Greiff und Söhne.

Mit Schwung zog Gretchen das Papier aus der Maschine und reichte es ihrer staunenden Zimmerwirtin.

»Nicht zu glauben. Sieht aus wie echt! Man merkt, dass du seit Jahren Rechnungen tippst.« Von allen Seiten beäugte Fräulein Notter den Brief nun anerkennend. »Dafür gibt er mir das Geld bestimmt. Er hat es ja wirklich sehr mit der Reinlichkeit. Nur was ist, wenn er merkt, dass es keinen Drogeriemarkt Greiff gibt?«

»Das ist so ein Allerweltsname, da gibt's bestimmt irgendwo einen«, winkte sie lässig ab. Sie war durchaus mit sich zufrieden, jetzt sollte sie noch mal einer als bieder und langweilig bezeichnen.

Noch keine Woche in Berlin, und schon fälschte sie Rechnungen. Das war Betrug. Aber es fühlte sich gar nicht so an. Außerdem traf es keinen Armen, der hatte es doch. Und es war ja nur das eine Mal. Trotzdem zwickte ihr Gewissen sie nicht unerheblich und hastig ergänzte sie: »Ich muss jetzt noch schnell was ins Reine tippen. Ich bin doch zum Memoirenschreiben engagiert. Von Isis, der Nilkönigin, dem Revuestar.«

Dieses Geständnis blieb nicht ohne heftige Reaktion seitens ihrer Zimmerwirtin, ganz blass wurde die vor Ehrfurcht, doch die Begeisterungsrufe blieben aus. Fast schon angewidert fragte Fräulein Notter: »Für die arbeitest du? Im Ernst?«

»Ja, warum nicht?« Was sollte das denn jetzt wieder? War die am Ende neidisch? Jetzt tat es ihr schon fast leid, für ihre Vermieterin die Rechnung gefälscht zu haben. »Was spricht dagegen, für sie zu arbeiten? Das Geld kriege ich von Ullstein, und sie ist eine große, sehr berühmte Künstlerin.«

»Aber ... aber ...«, stammelte Fräulein Notter, die nun selbst die Farbe von Wiener Kalk angenommen hatte. »Aber sie ist eine Mörderin. Und eine Hexe.«

Nun musste Gretchen wirklich lachen, so ein Unsinn! Das glaubte die doch nicht im Ernst.

»Lach nur! Es ist trotzdem wahr. Hat sie dir gesagt, woher sie diese grauenhafte Narbe hat? Ich wette nicht!« Triumphierend funkelte sie Gretchen an. »Hast du dich nie gefragt, wie es möglich ist, dass eine derart entstellte Person solchen Erfolg erlebt? Sie ist mit dunklen Mächten im Bund. Alten ägyptischen Göttern. Lord Carnarvon, du weißt schon, der, den die Mumie erwürgt hat, er hat es auch nicht geglaubt und er hat seinen Unglauben mit dem Leben bezahlt!«

Darauf fiel Gretchen nun wirklich nichts mehr ein, so ein Quatsch. Wenn sich auch der Cousinentrick logisch hatte erklären lassen, ganz richtig im Kopf schien Fräulein Notter am Ende doch nicht zu sein.

»Ich werde es dir beweisen«, erklärte ihre Zimmerwirtin indessen. »Wir gehen heute Abend ins Wintergarten Variéte und dort wirst du sehen, dass sie ihren

Ruhm nur dem Teufel oder toten Göttern verdanken kann. Sie ist böse und verdorben bis ins Mark. Lass dich nicht täuschen. Es hat bestimmt einen Grund, dass sie jemandem vom Land wollte. Jemanden ohne Familie. Jemanden, den niemand so schnell vermisst.«

»Der Herr Hitler und unser jeliebter Reichspräsident sin zusammen Äpfel klauen, beim Ebert seiner Witwe im Schreberjarten is jewesen. Oben uff der Leiter, da stand der Herr Hitler und der hatte en Bohnenjerikt zum Mittag. Und der Herr Hindenburg, der hält die Leiter und kriecht dem warmen Wind ins Jesicht. Jedes Böhnchen, en Tönchen.«

Zur Verdeutlichung des Umstandes ließ der kleine Fettwanst auf der Bühne ein eindrucksvolles Knattern zwischen den Lippen hervor. Das Publikum bog sich vor Lachen, nur Gretchen war viel zu fasziniert, um überhaupt richtig zu zuhören. Hier war sie und hier war es: Das Wintergarten Varieté – Berlins wahrgewordener Traum aus Glas und Plüsch, aus Stuck und Eitelkeit. Einen Stehplatz hatte Fräulein Notter spendiert und so standen sie nun da, unter dem künstlichen, von tausend Lämpchen erhellten Sternenhimmel, dicht gedrängt zwischen fremden Ellenbogen. Gretchen hörte nicht auf zu staunen.

»Und als der Herr Hitler wieder so en Trommelfeuer loslässt, da sacht der Reichspräsident mitten ins

Jeknatter: *Aber, aber ick muss doch sehr bitten!* Und der Herr Hitler, der Herr Hitler, der sacht: *Oh Pardon, ick hab jedenkt, es is en leiser.*«

Da gab es kein Halten mehr im Publikum, der Bierbauch neben Gretchen schlug sich auf die Schenkel und selbst Fräulein Notter musste sich ein Lachtränchen aus den Augen blinzeln. Gretchen grinste auch, doch mehr aus Freude darüber, hier zu sein und vielleicht auch darüber, dass es möglich war, in aller Öffentlichkeit so über den Reichspräsidenten zu spotten.

Fred hatte schon recht, man musste dieses zarte Pflänzchen der Meinungsfreiheit und der Demokratie beschützen, man durfte es nicht aus leichtfertiger Bequemlichkeit aufs Spiel setzen. Wenn heute jeder für die Miete das Flaggenlied in die Tasten haute, war es morgen wieder normal. Trotz der schwülen Enge überlief Gretchen ein kalter Schauer.

»Ja, dat is eben so heute in Berlin. Aber is ja nich nur die Politik, die uns manoli macht. Ham Se in letzter Zeit mal in ens von den bunten Blättern jekiekt? Ick hab mich ja immer jesagt, der Carl von Bäumer, dat is janz en Schlauer. Weiber ja, aber jeheiratet wird nicht. Und jetzt, wat muss ick lesen, jetzt hat's ihn doch erwischt. Is ja wie im Krieg, die Besten fallen zuletzt. Aber am Ende, am Ende erwischt's uns alle. Im Jraben und in der Liebe, da jibt's nur Verlierer.« Die Betrunkeneren im Publikum lachten auch darüber, doch die meisten schwiegen eher betreten. »Meine Alte, die is ja och so verrückt nach dem seine Filme, kommt da ener ins Kintopp, schon musse hin. Von Bäumer hier, von Bäumer da …«

»Jetzt geht's gleich los, jetzt kommt Isis«, flüsterte Fräulein Notter ihr aufgeregt zu und deutete auf eine Zeile im Programmheft, die Gretchen in dem schummrigen Licht aber nicht lesen konnte. Manchmal wäre ihre Brille eben schon ganz geschickt gewesen. Um sie herum brandete von Neuem Gelächter auf und der Mann auf der Bühne beteuerte: »Ne, kein Spaß, wenn der seine Elle heiratet, dann kommt meine Alte mit Zwillingen in die Wochen. Dat is eben so heutzutage in Berlin.«

Der Conférencier mit seinem Schwalbenschwanz-Smoking und einem winzigen schwarzen Schnurrbart im totenbleichen Gesicht betrat die Bühne, fragte leichthin: »Und Otto, biste schon mal in Kairo jewesen?«

»Icke?«, gab sich der kleine Fettwanst überrascht, als hätte er diesen Dialog nicht wochenlang geprobt. »Von dem wat ick hier jezahlt krieg? Früher bin ick im Sommer ja wenigstens annen Wannsee, aber inzwischen is mich dat zu teuer.«

»Der Eintritt?«

»Ne, bei der Bademode heutzutage, da kiekt man mal en bissken jründlicher, schon hat man ene Alimentenklage am Hals oder sonst wo hängen. So is dat eben heutzutage in Berlin.«

Schon strömte ein gutes Dutzend Nummerngirls auf die Bühne, für einen Moment herrschte ein lustiges Durcheinander, dann warf eines der komischen Nummern noch den Hut hinterher und schon drang aus dem Orchestergraben ein Charleston, Beine und Nummerntafeln flogen in die Luft, grell ausgeleuchtet schleuderte sich nicht eins, nicht zwei, nein, ein ganzes Dutzend von Bubikopf-Girls im Takt herum, dann ganz plötzlich, schlichen sich seltsam fremdartige Töne in den Jazz – eine Flöte?

Das Licht auf der Bühne wurde schummrig, siechend grün, und kaum waren die Tänzerinnen verschwunden, erschienen andere, in weißen Priesterinnengewändern, an Messingketten dampfende Schalen schwenkend, der schwere Geruch nach Weihrauch, nach etwas süßlich Herbem. Ein Paukenschlag und Finsternis, nur noch der künstliche Sternenhimmel und, auf einmal ungeahnt heftig, der Weihrauchduft. Doch bevor Gretchens Augen sich noch an die Finsternis hätten gewöhnen können, begann schon goldenes Licht die Bühne zu überfluten. Und im Zentrum dieses Lichts: Isis.

Die Narbe unsichtbar im Schatten, das Haar schwarz glänzend an den Kopf gelegt, die Haut geölt, stand sie in einem Meer aus Gold glänzendem Stoff.

»Kennen wir uns? Haben wir uns nich' schon mal jesehen? Vielleicht so jestern? Im Vorüberjehen?«, sang sie mit süßer Stimme. Doch plötzlich schwenkte der Scheinwerfer, die zerstörte Gesichtshälfte lag nun im Licht und die noch eben glockenhelle Stimme wurde zum schnoddrigen Bass: *»Die janze Liebe ist doch nichts als eine Lüge, dieses janze Ich-liebe-immer-nur-den-einen, wer ist denn heute noch so dumm?«* Und mit einer dritten Stimme antwortete sich die Künstlerin selbst: *»Ick weß ja, es is nur ene Lüge. Ick weß ja, es is ziemlich dumm. Aber wenn ick dir krieg, dann glob ick an Immer-nur-den-einen.«* Drehte sich mit dem Rücken zum Publikum und sang in reinem Sopran: *»Ja, dann glob ick an Immer-nur-den-einen. Och wenn's morjen vielleicht en andrer is.«*

Licht aus.

Das Publikum tobte, applaudierte, jubelte, und nur Gretchen stand ganz still. So etwas Schönes, so etwas Verrücktes hatte sie noch nie erlebt. Das war Kunst. Auf der Bühne flogen schon wieder die Beine, aber Gretchen konnte sich noch immer nicht rühren.

Und für diese Künstlerin durfte sie tippen. Die Erinnerungen dieser großartigen Frau durfte sie zu Papier bringen. Was für ein Glück sie doch hatte. Sie mochte vielleicht ein wenig exzentrisch sein, vielleicht auch launisch und eitel, aber was für eine Künstlerin!

»Und, was habe ich dir gesagt?«, triumphierte Fräulein Notter indessen. »Die kann doch nicht mehr als jede andere Hupfdohle Berlins, die Stimme ist nicht besser oder schlechter als jede andere. Und schön, schön sind doch heutzutage alle. Einmal über den Pariser Platz spaziert, schon haste drei schönere gesehen. Dass die so einen Erfolg hat, das ist nicht normal. Das geht nicht mit rechten Dingen zu. Da hat doch der Teufel seine Hände im Spiel.«

8. Kapitel

Rosa, rosae, rosae, rosam, rosa, notierte Gretchen in Schönschrift auf eine linierte Schulheftseite, dann hielt sie inne, ließ ihren Blick durchs nächtlich dunkle Fenster auf die regenfeucht glänzende Mohrenstraße wandern. Unter Schirme geduckte Nachtschwärmer eilten vorbei, ein Schirmloser winkte demütig nach einer arrogant vorbeibrausenden Taxe, bestieg wenige Augenblicke später mit allen äußeren Anzeichen größter Dankbarkeit eine Droschke, deren Gaul alle paar Meter den Kopf nervös schnaubend in den Nacken warf.

Gretchen wartete auf Henni.

Bis Mitternacht würde die Freundin noch im Café unter den Linden Zigaretten verkaufen – Zigarettengirl, das war laut Henni ein feiner Beruf. Zum einen bekam man ein topschickes, mit Stiftperlen und Fransen besetztes Kleid gestellt, zum anderen lernte man über »Türkischer Tabak zu neun Pfennig« ständig interessante Männer kennen – wobei Letzteres für Henni natürlich nur beruflich interessant war, privat hatte sie ihr Glück ja bereits gefunden. Und vermutlich besaß sie die Stelle deshalb auch schon länger als all ihre Vorgängerinnen. Früher oder später waren die nämlich alle dem unwiderstehlichen Charme von Johnny Gable erlegen.

Johnny Gable war der Star von *Johnny Gable und Orchester* und sang Abend für Abend im Café unter den Linden. Seine Schlafzimmerstimme war legendär, legendärer war nur sein Frauenverschleiß – wenn Johnny gut aufgelegt war, fand man die Künstlergarderobe jeden Abend mehrfach verschlossen vor, und das, ohne jemals die Orchesterpause zu überziehen! Besonders bei den Zigaretten- und Nummerngirls hatte er seinen Ruf weg, hinterher war ihm die Begegnung mit seinen Frauen nämlich erklärtermaßen lästig, vielleicht schämte er sich auch nur seines wirklich bemerkenswert schlechten Namensgedächtnisses – aber was es auch war, die Kündigung folgte meist binnen Wochenfrist. Nur Henni hatte ihm bisher widerstanden. Ein Umstand, mit dem er sich nach anfänglicher Verblüffung inzwischen abgefunden hatte. Er behandelte Henni mit der freundlichen Nachsicht, die er sonst vielleicht einem taubblinden Wachhund entgegengebracht hätte. Natürlich war der eigentliche Nutzen des Geschöpfes nicht gegeben, aber solange es nicht weiter störte …

»Vermutlich hält er mich für auf linksgenäht«, hatte Henni erzählt, nur um den schönen Johnny Gretchen im nächsten Satz ans Herz zu legen. »Alle sagen, es lohnt sich. Arbeit als Zigarettengirl gibt es überall, aber gute Liebhaber sind Mangelware. Und du würdest ja nicht mal deine Stellung riskieren!«

Gretchen jedoch hatte dankend abgelehnt und der Freundin erklärt, sie würde im Automatenbüfett um die Ecke auf deren Feierabend warten. Der Getränkepreise wegen, wie sie sagte – in Wahrheit war das schmalzige Gejammer dieses Don Juan nicht nach ihrem Geschmack.

Grundsätzlich nicht und heute ganz besonders, heute war sie ganz erfüllt von der seltsam schönen Darbietung der Nilkönigin. Wie sonderbar, dass Fräulein Notter nicht sah, welch Mut, welch Triumph sich dahinter verbarg. Natürlich hatte ihre Zimmerwirtin recht, die Stimme war nichts wirklich Besonderes, aber darauf kam es doch gar nicht an. Wenn es nach Gretchen, wenn es nach dem Gros des Publikums gegangen wäre, dann hätte diese halb entstellte Frau dort auf der Bühne auch Gedichte vortragen oder einen Topflappen häkeln können. Es war ihr Gesicht, das einen in ihren Bann zog. Diese sonderbare Verbindung von schön und abscheulich, von rein und zerstört, der Inbegriff ihrer Zeit.

Gretchen fragte sich auch nicht mehr, warum um alles in der Welt diese Revuekönigin Latein lernen wollte. »So is dat eben heutzutage in Berlin«, sagte sie leise lachend zu sich selbst.

Damit schreckte sie wohl den hinter der Kasse dösenden Inhaber des Automatenbüffets auf, scharf sog er die Luft ein, schlief jedoch im nächsten Moment schon weiter. Bis auf Gretchen war kein Kunde da.

Nach Hennis Angaben begann hier das Geschäft erst gegen Mitternacht, wenn all die Ober, Musiker, Tänzerinnen, all die unzähligen gesichtslosen Hände des Amüsierbetriebes hungrig in den Feierabend strömten, erst dann wurde man hier wach.

»Gretchen?«, fragte plötzlich eine Stimme. Einen Moment war sie überrascht, wer sie denn hier beim Namen nannte, aber dann erkannte sie Stoffel. Was machte der denn hier?

»Henni schickt mich«, beantwortete er ihre unausgesprochene Frage, und Gretchen konnte sich nur mühsam ein Grinsen verkneifen. Hennis Eifer, sie mit dem Mediziner in spe zu verkuppeln, war wirklich rührend.

»Ich soll dir das Neueste erzählen«, ereiferte sich Stoffel und nahm ihr gegenüber auf dem Metallstühlchen Platz. »Stell dir vor, Freds Vater unterstützt das Projekt Revue mit einmalig 100 Reichsmark.«

»Oh, das ist ja großartig!«, jubelte Gretchen, aber nur ganz leise, sie wollte den Träumer hinter der Kasse nicht noch einmal aus seinem Schlummer reißen. »Wie kommt das? Heute Nachmittag meinte Fred doch noch, es sei vollkommen aussichtslos und er würde niemals bei dem alten Scheusal um Geld betteln.«

Etwas derart Würdeloses konnte Gretchen sich bei Fred auch einfach nicht vorstellen.

»Ja, das Ganze ist ein bisschen komplizierter.« Stoffel war anzusehen, dass ihm nicht wohl in seiner Haut war. Und tief Atem holend stieß er hervor: »Also Fred weiß nicht, dass ich bei seinem Vater war. Weil, na ja, weißt du, der Alte will das Geld nicht einfach so rausrücken. Für nichts gibt's nicht, das weiß der Alte, der ist nicht umsonst so fett geworden.«

»Du machst hinter Freds Rücken Geschäfte mit seinem Vater? Und Henni weiß davon?« Gretchen vermochte nicht zu sagen, was sie daran mehr schockierte. »Das könnt ihr doch nicht machen!«

»Fred soll es natürlich erfahren, nur nicht sofort«, wandte Stoffel hastig ein. »Weißt du, Fred studiert ja eigentlich noch, also zumindest offiziell, und da möchte sein alter Herr mal wieder einen Schein sehen. Scheinchen gegen Scheinchen, das ist doch ein faires Geschäft. Und Fred müsste nur eine mündliche Prüfung ablegen und na ja … eine kleine schriftliche Hausarbeit fertigstellen. Nur wird er sich nie dazu herablassen, für das Geld seines Vaters das Semester zu bestehen, schon aus Trotz nicht. Und außerdem liegt ihm das wissenschaftliche Arbeiten wirklich nicht besonders. Er ist zu kreativ – wenn er sich voll der besten Absicht hinsetzt, um über den Punischen Krieg zu schreiben, dann fällt ihm eine Melodie ein. Oder ein Gedicht. Oder gleich ein Couplet.«

Stoffel seufzte tief und steckte sich eine Zigarette zwischen die Lippen. »Freds Vater ist ein ausgemachtes Ekel. Statt dankbar zu sein, ein Genie zum Sohn zu haben, wünscht er sich einen Buchhalter. Der Alte weiß genau, dass Fred die Arbeit nicht schreiben wird, deshalb hat er diese Bedingung gestellt. Er will das Geld nicht rausrücken, dabei ist der fetter gestopft als manche Gans. Er glaubt einfach nicht an Fred und die Idee mit dem Kabarett hat ihn auch nicht überzeugt. Dabei ist die so gut!«

»Ja, das ist sie!«, bestätigte Gretchen heftig. »Und was machen wir jetzt? Redet Henni noch mal mit Fred?«

»Nein, das ist sinnlos. Wir hatten eine bessere Idee, aber dafür bräuchte ich deine Hilfe.« Verlegen drehte er seine Zigarette zwischen den Fingern, schien vollkommen damit beschäftigt. »Weißt du, wir haben uns gedacht, Fred braucht es ja gar nicht zu wissen. Also, dass sein Vater nicht an ihn und das Kabarett glaubt, das würde ihn nur demotivieren. Er ist doch so sensibel. Wir sagen einfach, sein Vater hat ihm das Geld als Unterstützung zukommen lassen, und die Arbeit, na ja, die Arbeit, die schreibst du.«

»Ich?« Gretchens Ausruf war derart schrill, dass das

Schnarchen des Besitzers des Automatenbüffets einige Augenblicke vollkommen verstummte. »Wie soll ich denn eine wissenschaftliche Arbeit schreiben? Ich bin Tippfräulein, keine Studentin.«

Leider. Und während sie noch sprach, merkte sie schon, wie gerne sie diese Aufgabe übernommen hätte. Das konnte doch nicht so schwer sein? Und es war ja auch für Fred, für Freds und Hennis Zukunft.

»Henni sagt, du kennst dich gut mit so langweiligem Zeug aus. Ich kann dich unterstützen, zusammen werden wir das schon hinkriegen. Ein bisschen Schulwissen zur Hermannsschlacht habe ich auch noch.«

»Die Hermannsschlacht?«, echote Gretchen und obwohl sie wusste, dass man Männer besser nicht mit »langweiligem Zeug« kommen sollte, stieß sie begeistert hervor: »Was genau? Also, was ist die genaue Themenstellung?«

Stoffel sah sie einen Moment verwundert an, dann antwortete er stockend: »Ich glaube, Hermanns triumphaler germanische Sieg über die Römer im Vergleich zur französischen Niederlage unter Dingsbums.«

»Vercingetorix bei Alesia«, ergänzte Gretchen so rasch, dass sie völlig vergaß, dass sie kein öder Bücherwurm mehr sein wollte. Mit klopfendem Herzen stellte sie fest: »Also das, das kann man doch gar nicht vergleichen. Aber ein gutes Thema ist es trotzdem! Bis wann muss die Arbeit fertig sein?«

Stoffel musterte sie noch immer ein wenig überrascht, sagte dann vorsichtig: »In zwei Wochen. Meinst du, wir schaffen das zusammen? Kennst du dich damit aus?«

»Ein bisschen«, gestand Gretchen und sie spürte, wie ihr die Hitze in die Wangen stieg. Sie fühlte sich wie ein Mensch, dem ein peinliches, vielleicht sogar unanständiges Geheimnis herausgerutscht war. »Ich hab da mal ein bisschen was drüber gelesen.« Dann stockte sie, fragte: »Und was ist mit der mündlichen Prüfung? Die kann ich nicht für ihn machen.«

»Nein, sollst du auch gar nicht.« Über Stoffels Gesicht huschte ein sehr selbstzufriedener Ausdruck. »Aber du kannst mit ihm lernen. Dann kniet er sich rein, dann besteht er, ganz sicher. Ich kenn doch meinen besten Freund.«

Gretchen schluckte trocken, entgegnete zögernd: »Und was sagt Henni dazu?«

»Oh, sie ist ganz begeistert. Wirklich!«, beteuerte Stoffel, aber etwas in seinem Eifer ließ Gretchen an der Wahrheit seiner Aussage zweifeln. Die Lichter eines vorbeibrausenden Automobils wischten über Stoffels Gesicht und einen Moment lang sahen er und Gretchen einander fest in die Augen, dann senkte sie den Blick, nickte rasch, fast verstohlen. »Gut, ich mach's. Für Fred! Und für die Kunst!«

9. Kapitel

Vielleicht lag es einfach an der lindgrünen Frühlingsfrische, die durch die weit geöffneten Bodenfenster in den als Arbeitszimmer verwendeten Salon von Isis Hotelsuite drang. Vielleicht war es auch das anstehende Wochenende. Oder war der Grund doch ein ganz anderer? Persönlicherer Natur?

Was auch immer es sein mochte, an jenem Freitag war Isis beim Diktat ganz ungewohnt fahrig, hatte sich oft mitten im Satz selbst unterbrochen, neu begonnen, nur um sich dann mit einem hässlichen Fluch abermals zu unterbrechen. Ständig nahm sie ihren kleinen, haarlosen Hund auf den Arm, ließ ihn wieder runter, hob ihn erneut auf. Auch mit ihrem Äußeren schien sie unzufrieden, schminkte sich mal die scharlachroten Lippen nach, zupfte dann wieder an dem ihre Entstellung verbergenden duftigen Schleier herum, strich fortwährend unsichtbare Falten aus ihrem schieferfarbenen Schneiderkostüm.

Alle Augenblicke war sie auf den winzigen Balkon gestürzt, schien irgendetwas oder irgendjemanden auf der Straße zu suchen, und wenn sie zurück ins Zimmer kam, hatte Gretchen ihr den kompletten Absatz erneut vorlesen müssen, weil sie nicht mehr wusste, wo sie gewesen war. Dabei ging es in ihren Erinnerungen gerade keineswegs beschaulich zu – ein noch namenloser englischer Gentleman war soeben in das Leben von Isis' Mutter getreten, schien jedoch auch an der vierzehnjährigen Tochter interessiert. Gretchen, die diese opulente Abwechslung zu den trockenen Amtsschreiben ihrer Vergangenheit genoss, hatte beschlossen, Fräulein Notters Räuberpistolen von Morden und Flüchen keinen Glauben zu schenken – aber gespannt war sie dennoch, denn bestimmt gab es in Isis' Erinnerungen einen Punkt, eine Stelle, an der etwas in diese Richtung geschehen war, vielleicht etwas ganz Harmloses. Und daraus hatte die klatschsüchtige Menge dann diese Erzählung gesponnen. Grauenhaft, aber für den Historiker keine Überraschung – hätte jemand Gretchen die Gelegenheit gegeben, sie hätte allein in den antiken Quellen zahlreiche Beispiele für Derartiges aufzählen können.

Gretchen nahm an, dass ihre Chefin in diesem nervösen Zustand auf ihre tägliche Lateinstunde würde verzichten wollen, doch das Gegenteil war der Fall. Und tatsächlich schien die lateinische Sprache in ihrer nüchternen Schönheit auch Isis' Geist etwas Ruhe zu schenken. Wie so oft in den letzten Tagen konnte

Gretchen ob der raschen Fortschritte der Nilkönigin nur staunen, denn schon bildete sie die ersten Sätze und beherrschte »esse« / sein in drei Zeitformen. Nur gegen Ende, da war sie wieder unaufmerksam, rutschte auf dem Stuhl herum wie ein frecher Quintaner und sprang schließlich abermals auf, um auf den Balkon zu stürzen. Wen erwartete sie?

»Was planen Sie für das Wochenende?«, erkundigte sie sich, während Gretchen die Schreibmaschine einpackte.

»Freunde von mir haben ein Künstlerkollektiv gegründet, da gibt es viel zu tun. Außerdem möchten meine Zimmerwirtin und ich vielleicht in den neuen Bäumer-Film gehen und …«, setzte sie an, doch mitten im Satz verließ Isis den Raum, eilte in das Schlafzimmer, blieb dort ohne ersichtlichen Grund einen Augenblick stehen, kehrte zurück und fragte: »Gibt es einen jungen Mann in Ihrem Leben? Jemand, den Sie besonders gern haben?«

Gretchen schüttelte nur den Kopf. Da gab es niemanden, oder zumindest nicht wirklich.

Fred.

Natürlich, der hätte ihr furchtbar gut gefallen, aber der war nun mal Hennis Verlobter. Und Gretchen war fest entschlossen, das auch beim gemeinsamen Lernen nie aus den Augen zu verlieren. Henni sollte keinen Grund für Argwohn haben!

Und sonst? Stoffel? Nein, ganz sicher nicht. Dann noch eher der schweigsame Erik Faber, dem war sie in den letzten Tagen ein paarmal beim Frühstück begegnet. Mehr als ein paar unverbindliche Worte hatten sie jedoch nie gewechselt, zumal Erik stets mit einem Buch am Tisch erschien und scheinbar nur ungern bei der Lektüre gestört wurde.

»Aber eine beste Freundin werden Sie doch haben?«, unterbrach Isis ihre Gedanken und weil Gretchen sich plötzlich an Fräulein Notters Warnung erinnerte, bestätigte sie das sofort auf das Eifrigste. Natürlich war das alles blödes Gerede von wegen Fluch und einem Tippfräulein, das niemand vermisst, aber sicher war sicher.

»Dann habe ich ein Geschenk für Sie und Ihre beste Freundin«, lachte Isis, und es war wieder dieses seltsam natürliche, unbefangene Lachen, das so gar nicht zu der eleganten Dame im Pariser Schneiderkostüm passen wollte. Sie reichte ihr zwei Verzehrgutscheine für das Haus Vaterland und als Gretchen etwas entgegnen wollte, winkte sie noch immer lachend ab. »Sie brauchen sich nicht zu bedanken, ich hab es nämlich selbst geschenkt bekommen. Von meiner eigenen besten Freundin, von Madame Bross. Sie fand sich sehr witzig.« Obwohl Isis bei dieser Aussage tadelnd den Kopf schüttelte, konnte sie ein kleines Grinsen doch nicht ganz verbergen. »Seit ich Geld habe, bekomme ich ständig irgendetwas geschenkt. Ist das nicht seltsam? Als wir am Verhungern waren, hat uns niemand auch nur einen Pfennig geliehen und jetzt …«

Das schrillende Telefon unterbrach sie, so dass Gretchen keine Gelegenheit mehr hatte, nach dem *wir* und dem *uns* zu fragen – wenn sie sich denn getraut hätte.

Doch beim leisen »Bis morgen, Frau Greiff« sah sie auch den Grund für die Launen ihrer Chefin. Das Stubenmädchen hatte nämlich gerade in diesem Moment die Tür zu dem riesenhaften, im Belle-Époque-Stil gehaltenen Schlafzimmer geöffnet und da, neben dem eben frisch aufgeschüttelten Kopfkissen, stand er. Der Grund.

Ein Bouquet von wahrhaft kapitaler Größe: Tulpen, Narzissen, Krokusse und frivol dazwischen hervorleuchtend eine einzelne rote Rose.

Selbst Gretchen, die sich für eine junge Frau mit praktischer Veranlagung und wenig Sinn für romantischen Mumpitz hielt, verspürte bei diesem Anblick einen kleinen neidischen Stich.

Praktisch veranlagte Tippfräulein in zu großen Schuhen bekamen niemals solche Sträuße, das war den Künstlerinnen in Seidenkimonos vorbehalten. Geschöpfen, denen man schwarze Magie, denen man Mord nachsagte. Was für Männer mochten solche Bouquets verschicken? Männer wie Fred? Nein, der hätte das Geld für Noten oder Essen ausgegeben. Männer wie Erik?

Also nein, der wäre gar nicht auf die Idee gekommen.

Vielleicht Männer wie der Filmstar Carl von Bäumer, der schickte seiner Verlobten sicher öfters ähnliche Gestecke.

In derartige Gedanken versunken, wollte sie gerade die Eingangshalle des Kempinskis durchqueren, als hinter ihr plötzlich Stimmen laut wurden.

»Wenn ich Ihnen doch sage, mich wird Sie empfangen. Rufen Sie Frau Greiff an und fragen Sie. Wie oft soll ich es denn noch wiederholen? Für mich gilt ihre Anordnung nicht.«

Der Mann, der sich da ereiferte, war niemand anderes als der Kulturjournalist Plompke. Gretchen betrachtete die Szene interessiert. Der Empfangschef trat nun heran, sprach begütigend auf den verärgerten Besucher ein. »Wir bedauern es außerordentlich, aber Frau Greiff möchte ausdrücklich nicht gestört werden. Durch niemanden. Bitte haben Sie Verständnis für diesen Wunsch.«

»Ich habe alles Verständnis der Welt! Schließlich war ich es, der Ihnen diesen Wunsch unterbreitet hat«, brüllte der Journalist und hieb mit einem Blumenstrauß auf den Tresen. Rosenblätter flogen auf, und plötzlich verstummte jegliches weitere Gespräch in der Empfangshalle. »Aber für mich gilt diese Anordnung nicht. Mich möchte sie nämlich sehen. Mich hat sie ja sogar eingeladen. Es geht doch nur um ihren Mann. Sie hat Angst vor ihm und den Nachstellungen seiner Familie. Haben Sie die Narbe in Ihrem Gesicht gesehen? Die hat sie diesem Scheusal zu verdanken. Dass dieses Monster überhaupt noch frei herumlaufen darf, sagt auch viel über die Justiz in diesem Land. Vor ihm muss sie geschützt werden, vor ihm und nicht vor mir. Lassen Sie mich also gefälligst zu ihr.«

»Wenn Sie weiterhin insistieren, werde ich den Portier bitten müssen, Sie hinauszubegleiten«, entgegnete der Empfangschef mit eisiger Freundlichkeit und dann drehte er sich einfach weg, wandte sich mit vollendeter Liebenswürdigkeit an eine neugierig lauschende Dame, fragte: »Ihre Zimmerschlüssel, Fräulein von Hagen?«

Der große Plompke gab klein bei, er sagte nichts mehr, mit gesenktem Kopf trottete er unter spöttischen Blicken davon. Gretchen schwankte einen Augenblick innerlich, doch dann siegte schlicht die Neugier. Vielleicht würde sie Fräulein Notter ja später die Wahrheit über Isis' Entstellung sagen können? Dieser abergläubische Quatsch störte Gretchens rationalen Geist ganz ungemein. Und vielleicht ergab sich außerdem eine Möglichkeit, Freds Ruf bei diesem einflussreichen Kritiker etwas aufzubessern. Wenn der die ganze unselige Geschichte im Blauen Affen nicht eh schon längst vergessen hatte.

Etwas anderes hatte sie auch nicht zu tun, zum Verfassen von Freds Studienarbeit waren sie und Stoffel erst am Nachmittag verabredet. Also folgte Gretchen dem niedergeschlagenen Plompke und setzte ihr professionellstes und freundlichstes Lächeln auf: »Vielleicht kann ich Ihnen helfen? Ich bin Frau Greiffs Tippfräulein.«

»Sie sind Frau Greiffs Tippfräulein? Ja, natürlich, ich erinnere mich. Ich habe Sie vor ein paar Tagen bei ihr gesehen.« Er musterte sie sehr eindringlich, hoffentlich war sie ihm im Blauen Affen nicht aufgefallen. Aber eigentlich fiel Gretchen doch nie irgendjemandem auf. Und auch diesmal schien es so, denn Plompke sagte: »Kommen Sie, junges Fräulein, ich lade Sie auf einen Kaffee ein.«

10. Kapitel

»Hat sie etwas gesagt? Über die Blumen?« Mit diesen Worten eröffnete Plompke das Gespräch, kaum dass sie ihre Kaffeetassen vor sich hatten. Sie hatten auf der Terrasse im Innenhof des Kempinskis Platz genommen. Gretchen genoss die ersten warmen Sonnenstrahlen und das matte gelbe Licht, das zwischen den Schirmchen auf die Tische fiel. Hier gefiel es ihr deutlich besser als im Romanischen Café. Niemand, der mit Fausthieben die Flaschen zum Klirren brachte, niemand, der lautstark politische Ideale vertrat.

Nur wenige Tisch waren besetzt, ein älterer Herr mit strähnigem Haar beugte sich schwer über einen Kognak – vielleicht über den ersten des Tages oder den letzten der Nacht? Ein Paar saß sich ineinander versunken gegenüber und etwas abseits rauchte ein junger Mann und wischte sich alle Augenblicke mit derselben matt resignierten Bewegung das Haar aus dem Gesicht. Es war sehr schön, fast blauschwarz und gelockt. Der junge Mann schien auf jemanden zu warten, ganz ruhig, sein Jemand würde mit Bestimmtheit kommen.

Gretchen hätte dem jungen Mann gerne ein wenig beim Warten zugesehen. Seit sie in Berlin angekommen war, fand sie kaum einmal Zeit, still zu beobachten, still nachzudenken, das begann ihr zu fehlen. Und auch jetzt drängelten sich erneut Plompkes Worte in die friedvolle spätmorgendliche Stille: »Hat sie Ihnen gegenüber ein Blumenbouquet erwähnt?«

Wahrheitsgemäß schüttelte Gretchen den Kopf, aber sie schüttelte sich auch innerlich. Sollte etwa der Plompke der Grund für die Nervosität der Nilkönigin sein? Das war doch nicht möglich?

»Ich habe ihr nämlich eines zukommen lassen«, fuhr Plompke fort. »Anonym, versteht sich. Man will ja nicht aufdringlich sein.«

»Ah, so«, machte Gretchen. Jetzt wurde die Sache doch gleich viel klarer. Sie hätte große Summen gewettet, dass Isis keineswegs den grauhaarigen Kulturjournalist für den Urheber des Geschenks hielt. Sein Strauß hätte es niemals ans Kopfende ihres Bettes geschafft, der konnte froh sein, wenn er nicht neben dem Abtritt platziert wurde. Und wieder dachte sie an die Heftigkeit, mit der Isis die Lateinkenntnisse jenes Peters verteidigt hatte und sie dachte auch daran, wie eifrig die Nilkönigin selbst nun jeden Tag Latein paukte – ob das ein Zufall war?

Gretchen wiegte nachdenklich den Kopf hin und her, Plompke schien das für eine Bestätigung zu halten und eifrig fuhr er fort: »Sie ist so eine begnadete Künstlerin, es ist ein Jammer, was für ein Drama sie aus ihrem Leben gemacht hat. Dieser Mord …«

Gretchen sog überrascht die Luft ein. Mord? Sollte an Fräulein Notters kruder Räuberpistole tatsächlich etwas dran sein? Abgesehen von den römischen Kaisern hatte sie bisher niemanden gekannt, der im Ruf stand, einem anderen nach dem Leben getrachtet zu haben.

Plompke jedoch kümmerte sich gar nicht weiter um Gretchens Reaktion, er wollte erzählen. Es schien ihm auf der Seele zu brennen. Mit Inbrunst fuhr er fort: »Sie müssen mir glauben. Ich habe sie angefleht, zur Polizei zu gehen, Anzeige zu erstatten. Aber sie weigert sich. Und nun ist sie auch noch mir böse, als sei ich schuld! Meinen Sie, sie liebt ihn immer noch?«

Das waren zu viele, zu widersprüchliche Informationen für Gretchen, langsam sagte sie: »Wen hätte Frau Greiff denn anzeigen sollen?«

»Ihren Gatten natürlich!« Plompke ereiferte sich derart, dass der junge Mann mit den Locken überrascht im Zurückstreichen seiner Haarpracht innehielt. »Wussten Sie, dass sein Bruder ein staatsbekannter Verrückter ist? Jahrelang hat er im Irrenhaus gesessen.«

»Frau Greiffs Schwager? Der Bruder ihres Mannes ist wahnsinnig und deshalb hätte sie Ihren Gatten anzeigen sollen?« Ratlos starrte Gretchen ihr Gegenüber an. Langsam beschlich sie das Gefühl, dass nicht nur der erwähnte Schwager wahnsinnig sein mochte.

»Ja!«, fuhr Plompke sie nun an. »Dabei ist es gar nicht ihr Schwager, also nicht wirklich. Sie ist überhaupt nicht verheiratet, nie gewesen. Auch nicht mit diesem Lump, dessen Namen sie trägt. Ich weiß es sicher, ich habe es in ihrem Pass gesehen. Sie ist nur zu stolz, es zuzugeben. Sie schämt sich, eine Frau von ihrer Schönheit, von ihrer Begabung. Eine Frau, die jeder Mann der Welt voll Freude zum Traualtar führen möchte, und doch ist sie unverheiratet. Nicht einmal zu diesem Schritt konnte sich dieser Halunke durchringen. Wer weiß, vermutlich aus gutem Grund. Wahrscheinlich ist er schon verheiratet oder Schlimmeres!«

Was »Schlimmeres« sein sollte, ließ er aber dann doch offen, trank stattdessen einen Schluck Kaffee, winkte herrisch dem Ober und bestellte einen doppelten Kognak. »Aber bleiben wir der Einfachheit halber ruhig dabei, ihn als ihren Gatten zu bezeichnen. Ermorden wollte sie der Kerl. Mit seinem Fleischermesser ist er auf sie losgegangen, rasend vor Eifersucht muss er gewesen sein. Sie konnte gerade noch fliehen, in letzter Sekunde ist sie über das Balkongeländer ihrer Suite gesprungen und von dort in ein anderes Zimmer, und die Frau, der die andere Suite gehörte, die ist bei Isis' Anblick in Ohnmacht gefallen. Und die Gäste des gegenüber gelegenen Cafés, die haben wie wild applaudiert, die hielten das Ganze für eine künstlerische Darbietung, so was kommt in Montmartre wohl öfters vor. Die Gendarmerie war natürlich dann auch da, aber was erwartet man von Franzosen? Monsieur Derval, der Direktor des Folies Bergère, bei dem Isis damals engagiert war, hat ihnen etwas von einem Unfall beim Rasieren erzählt, damit es bloß keinen Skandal gab. Sie haben es geglaubt. Oder auch nicht geglaubt, so Franzosen haben ja vermutlich viel Verständnis für Männer, die ihren Geliebten das Gesicht zerstückeln.«

»Daher hat sie die Narbe?« Gretchen legte die Hände um das Porzellan ihrer Tasse, wagte jedoch nicht zu trinken. Zu stark zitterten ihre Finger. Eine heiße Welle des Mitgefühls überkam sie. Wie furchtbar – und dann klatschten irgendwelche Fräulein Notters noch von schwarzer Magie und Ähnlichem herum.

Plompke stand der Schweiß auf der Stirn und rote Flecken breiteten sich auf seinem Hals aus. »Dieser grauenhafte Lump, ein Taugenichts, wenn Gott je einen erschaffen hat. Und jähzornig obendrein, jähzornig wie der Teufel. Wahrscheinlich spürt er instinktiv, dass er ihr im Traum nicht das Wasser reichen kann. Wissen Sie, was der Kerl von Beruf ist?« Plompke wartete die Antwort gar nicht ab und schnaubte verächtlich: »Metzger ist er. Ein simpler Metzgersgeselle! Selbst einer so groben Natur wie ihm wird am Ende klar sein müssen, dass er für eine Künstlerin wie sie nicht mehr als eine Laune sein kann. Eine Laune, eine kleine Extravaganz ist er und sonst gar nichts!«

Gretchen presste noch immer ihre Lippen an das kühle Porzellan der Tasse. Ihr schien Plompke trotz all seiner Heftigkeit keineswegs überzeugt. Er seufzte tief, und Gretchen machte ein mitfühlendes Geräusch. Er tat ihr tatsächlich sehr leid, er war so offensichtlich in Isis verliebt und die behandelte ihn wie den Schmutz unter ihren Schuhen. Es war ja verständlich, dass sie nach den gemachten Erfahrungen nicht gleich den nächsten wollte, aber schließlich war es nicht Plompke gewesen, der mit ihr so umgesprungen war. Langsam sagte Gretchen: »Ich werde mich bei Frau Greiff nach den Blumen erkundigen. Bestimmt wird sie sich ganz besonders freuen, wenn sie erfährt, wer ihr Verehrer ist.«

»Meinen Sie?« Aller Kummer auf dem Gesicht des Kritikers war plötzlich wie weggeblasen. Vor glücklicher Aufregung erhob er sich, schüttelte Gretchen über den Tisch hinweg beide Hände. »Meinen Sie wirklich? Ach, ich kann Ihnen gar nicht sagen, was mir das bedeutet. Wenn ich Ihnen einmal helfen kann, dann lassen Sie es mich einfach wissen. Wir sind doch jetzt Freunde, wir Bewunderer der Nilkönigin.«

Gretchen bemühte sich um ein Lächeln, obwohl sie ein schlechtes Gewissen beschlich. Jetzt machte

Plompke sich Hoffnungen, während Isis sich vermutlich Hoffnungen machte, dass die Blumen von jenem Peter stammten. Und von ihrer neuen Freundschaft zu dem Kritiker erzählen durfte Gretchen auch niemandem, weil sich sonst alle Hoffnungen machten, er würde etwas für das Kabarett unternehmen. Spes postremo moritur.

»Es war mir ein Vergnügen, mit Ihnen zu plaudern, aber nun muss ich rasch weiter. Ich habe noch einen dringenden Termin in der Redaktion.«

Halb aufgestanden war er schon, als Gretchen ein seltsames Gefühl überkam. »Wie hieß Frau Greiffs Mann eigentlich? Ich meine, mit Vornamen?«

Und Plompke, der schon das Portemonnaie zum Bezahlen gezückt hatte, entgegnete: »Peter. Warum fragen Sie?«

11. Kapitel

An Lise Meitner musste Gretchen denken und auch daran, wie es wohl war, Deutschlands erste Professorin zu sein, eine Frau nicht unter, sondern vor Männern. Die meisten Studenten, die Gretchen auf dem Weg über den Campus der Friedrich-Wilhelms-Universität sah, das waren noch immer Männer. Sie brauchte sich also vielleicht gar nicht schlecht fühlen, es nicht hierher geschafft zu haben – andere Frauen scheiterten ja auch bei dem Versuch. Oder hatte sie es gar nicht erst richtig versucht?

Geträumt hatte sie und getippt. Nicht einmal die Stelle in Berlin hatte sie sich selbst besorgt. Wenn ihr Henni nicht geschrieben hätte, wenn Isis nicht aus einer Laune heraus ein Tippfräulein vom Lande gewünscht hätte? Ja, dann säße sie noch immer in der Provinz.

Gretchen schüttelte sich, schämte sich abermals. Aber das würde ja jetzt alles anders werden. Oh, ganz bestimmt, würde es das.

Sie drückte ein wenig das Kreuz durch, holte beim

Gehen weit aus, erfreute sich am harten Klang ihrer Sohlen auf dem steinernen Boden. Fast fühlte sie sich im Strom der Studenten, die auf dem Weg in den Hörsaal, die Bibliothek oder Kantine waren, wie eine von ihnen.

Jeden Tag würde sie hier so entlang schreiten, wenn sie nur das Geld für das Studium besäße – ja, wenn. Ach, musste nicht jeder den Wunsch hegen, in diesen prächtigen Hallen, zwischen Säulen, Statuen und alten Bäumen zu lernen, sich zu bilden, das Wissen der Menschheit zu mehren?

Der Uniformierte in seinem weiß-schwarzen Häuschen neben dem Haupttor beachtete sie nicht mehr als alle anderen jungen Menschen um sie herum und wenn vielleicht doch, dann nicht aus Misstrauen. Sie hätte hierher gehören können, das spürte sie ganz genau. Es war wie bei Fräulein Notter, ein Heimkommen, auch wenn sie die hohen Gänge zum ersten Mal sah.

Hätte Kleopatra sich von finanziellen Zwängen abhalten lassen?

Was ein alberner Gedanke, erstens war Ägypten das reichste Land der Antike, zweitens studierte Kleopatra nicht und drittens war Gretchen keine verführerische Königin, sondern einfach nur ein Tippfräulein mit Flausen. Eine Provinznudel und gerade deshalb hatte sie ja auch die Stelle bei Isis bekommen. Isis, dieser entstellten Schönheit, die gerade aus ihrer Abscheulichkeit den höchsten Ruhm gewann, aus ihrem Mangel ihren größten Triumph schuf.

Und wenn ihr das auch gelänge? Irgendwie?

»He, hier drüben!«, riss Stoffel sie aus ihren Gedanken. »Danke, dass du mich heute abholst, ich hab leider nicht viel Zeit. In der Spülküche des Haus Vaterland ist heute zwar mein freier Tag …« Er zuckte entschuldigend die Schultern, erklärte dann: »Na ja, deshalb bin ich heute Abreißer im Kino. Von zwanzig Uhr bis Sperrstunde.«

»Ich wusste gar nicht, dass du so viel arbeitest«, gestand Gretchen, sich seinen raschen Schritten anpassend. »Ich dachte, du wirst von deiner Familie finanziert. Henni hat das mal erwähnt, aber vielleicht hab ich auch was falsch verstanden?«

War das unhöflich, zu direkt gewesen? Er starrte sie jedenfalls etwas sonderbar an, entgegnete dann jedoch nur ausweichend: »Nein, das stimmt schon, nur muss ich trotzdem ein bisschen …« Diesen Satz beendete er nicht, sondern verstummte nachdenklich.

»Ich habe von der Nilkönigin zwei Verzehrkarten für das Haus Vaterland bekommen. Was empfiehlst du, wohin soll ich zum Essen gehen?«, versuchte Gretchen ihren Schnitzer durch eifriges Plappern wieder auszumerzen. »In den Wild West Saloon oder in die Bodega?«

»Das Essen ist überall gleich mies, wird alles in einer

Küche gekocht. Der Chefkoch ist Sachse, wenn ich es richtig weiß«, entgegnete Stoffel grinsend. »Frag am besten Henni, wo ihr hingehen sollt.«

»Mal sehen«, entgegnete Gretchen ziemlich kühl. Es ärgerte sie, dass er ganz offensichtlich davon ausging, sie hätte keine andere Begleitung als ihre beste Freundin. Und dann hatte er damit auch noch recht. Aber wenn er sie eh schon für einen langweiligen Blaustrumpf hielt, dann brauchte sie sich auch keine Hemmungen mehr auferlegen. Entschlossen erklärte sie: »Wenn du nichts dagegen hast, werde ich dir jetzt rasch erzählen, wie ich Freds Arbeit zu konzipieren gedenke.« Und damit er gar nicht erst auf die Idee kam, er könnte etwas dagegen haben, begann sie sogleich, holte elegant aus, entwarf mit leichter Hand eine Charakterstudie des Germanen Hermann, stellte sie eindrucksvoll dem gallischen Heeresfürsten gegenüber, griff dann die geographischen, wirtschaftlichen und nicht zuletzt waffentechnischen Unterschiede auf, überriss sie kurz und kam schließlich zu der Erkenntnis, dass ein Vergleich der beiden Schlachten vollkommen sinnlos war. Als Gretchen an diesem Punkt ihrer Ausführungen angelangt war, waren sie schon fast auf dem Kurfürstendamm mit all seinen prächtigen Lichtspielhäusern.

Stoffel, der stumm neben ihr her gelaufen war, schwieg noch immer, rang sich dann jedoch ein zaghaftes »Ich glaube, das ist ganz gut« ab und sich etwas fassend ergänzte er in gönnerhaftem Ton: »Ja, das ist vermutlich wirklich ganz nett. Du kannst es ja aufschreiben. Ich werde es dann in die entsprechende wissenschaftliche Form bringen.«

Gretchen focht innerlich Kämpfe. Frauen, die Tippfräulein waren, hatten Männer nicht zu belehren, das wusste sie wohl und doch ärgerte sie sich über seinen Ton. Ihr war sehr nach einer gepfefferten Erwiderung – aber wahrscheinlich hatte er recht? Sie würde bei der wissenschaftlichen Form Hilfe brauchen. Und es war ja für Fred. Und für sein Künstlerkollektiv. Also holte sie tief Luft, sagte mit sanfter Stimme: »Wie heißt eigentlich der Dozent, für den Fred die Arbeit machen soll?«

»Norden, glaube ich«, entgegnete Stoffel, und sie nickte einige Male mit dem Kopf. Ja, der Name sagte ihr etwas. »Ich habe erst kürzlich eine Rezension zu seiner Analyse der germanischen Urgeschichte anhand der Werke Tacitus' gelesen. Der Baron von Withmansthal war ganz begeistert, und der Herr von Withmansthal ist sehr kritisch in seinen Rezensionen.«

Stoffel warf ihr über die Schulter einen nicht nur freundlichen Blick zu, fragte dann: »Ist das der Withmansthal, der manchmal in der Zeitung zu sehen ist, zusammen mit Hindenburg und Stresemann und wie die alle heißen? Der, der sich weigert ein politisches Amt zu übernehmen, weil man in einer Demokratie nie weiß, mit wem man am Ende an einem Tisch sitzt? Unter dem Kaiser war der doch ein hohes Tier.«

Gretchen betrachtete angestrengt die im Abendlicht rot glühende Manoli-Leuchtreklame. Sie fand die historische Forschungsarbeit des Barons durch dessen politische Gesinnung oder vielmehr durch dessen betontes politisches Desinteresse geschmälert und kritisiert. Stoffels Mangel an Begeisterung ärgerte sie fast noch mehr als seine Arroganz gegenüber ihren Gedanken zur Hermannsschlacht. Der Baron war eines ihrer großen Idole, andere Frauen mochten für den blonden Pomadenschopf eines Carl von Bäumers schwärmen, Gretchen verehrte die licht umlockte Halbglatze des Gelehrten im selben Maß.

»Dieser von Withmansthal ist doch das reinste Fossil. Mindestens so antik wie seine verstaubten Quellen. Also wenn du mich fragst, gehören solche Kerle ins Museum.«

Da blieb Gretchen stehen, lächelte höflich und mit einer Stimme, die sie selbst sehr an die der Nilkönig erinnerte, sagte sie: »Dich fragt aber niemand. Und das aus gutem Grund.«

12. Kapitel

Als Gretchen etwas später im Romanischen Café zu Henni und Fred an den Tisch trat, hatte sich der kurze Moment der Euphorie ob Stoffels erstaunten Gesichts schon wieder in ein schlechtes Gewissen verwandelt. So etwas tat man nicht, so benahm man sich nicht. Noch dazu gegenüber dem besten Freund des Verlobten ihrer besten Freundin.

Innerlich seufzend sah sich in dem trotz seiner Größe übervollen Raum um. Nein, hier gefiel es ihr noch immer nicht. Zu eng und zu laut – dabei gab es nicht einmal Musik. Den Platz für Tanzfläche und Orchester hatte man sich gespart, die Marmortische standen dicht an dicht, die Gäste saßen Rücken an Rücken.

»Du kommst gerade rechtzeitig! Wir sind soeben fertig geworden, wir haben nur noch auf deine Meinung gewartet und schon bist du da!«, jubelte Fred und schenkte ihr sein breites Grübchenlächeln. Er schien sich wirklich über ihr Erscheinen zu freuen, war ihretwegen aufgestanden, angelte einen freien Stuhl herbei und hielt ihr gleichzeitig einen zerknüllten Zettel voller

Ausstreichungen und Übermalungen entgegen. *Kunst darf alles – Neugründung eines künstlerischen Nummernkollektivs* stand dort in fetten Buchstaben, und darunter: *Bewerbung am kommenden Sonnabend, Begabung und Begeisterung einzige Qualifikation.* Und dann eine Charlottenburger Adresse: der Goldene Samowar.

»Wie findest du es?«, fragte Fred, wobei er sie eindringlich ansah. »Geht das so? Überzeugt es dich?«

Gretchen zögerte einen Moment. Wollte er wirklich wissen, ob dieser Zettel sie überzeugte? Ihre Meinung hatte Gewicht? Stockend antwortete sie: »Oh, das klingt wirklich top. Besonders der letzte Satz!«

»Ja, an dem haben wir seit Stunden gefeilt. Weil Begabung allein ohne Begeisterung ebenso wenig reicht wie Begeisterung ohne Talent. Wobei talentfreie Begeisterung ja auch manchmal überzeugen kann, zumindest bei Fräulein mit hübschen Beinen.«

»Schau mich dabei nicht an. Ich habe Talent und schöne Beine!«, entgegnete Henni schnippisch und schlug demonstrativ ihre Fesseln übereinander. »Und ohne beides hättest du auch gar keinen Ort für das Vorstellen. Das verdankst du mir, vergiss das nicht.«

»Wie könnte ich, zumal du mich stündlich daran erinnerst?« Wieder lachte er, aber es klang ein klein wenig angespannt. Ernster fuhr er fort: »Hulla macht leider nicht mit. Wegen ihrer Filmrolle, sie will sich nicht mit solch einem ›Kleinklein‹ ablenken lassen.« Doch plötzlich setzte er sich aufrecht, nickte einem jungen Mann mit runder Brille und krausen Löckchen zu. »Salut, Pem, was gibt's Neues?«

»Erzähl du's mir!« Der Pem-Gerufene ließ seinen wachen Blick über ihre kleine Gesellschaft schweifen, machte sich jedoch nicht die Mühe, den Hut zu lüften. »Die Spatzen pfeifen es schon von den Dächern, du hast vor, ein Kollektiv zu gründen.«

»Top das!« Fred nickte militärisch knapp. »Und biste dabei? Ein paar gute Texte können wir immer brauchen.«

Einen Moment lang schien der zu überlegen, dann schüttelte er den Kopf. »Ne, ihr seid mir zu unpolitisch. Wir würden nur Ärger miteinander bekommen. Aber die Idee als solche ist gut, vielleicht mach ich auch mal so was? Müsste aber streng politisch sein.«

»Na, dann mach mal.« Henni warf ihm einen spöttischen Blick zu und kaum, dass er ins Nachbarzimmer verschwunden war, flüsterte sie boshaft: »Macht der eh nie. Mehr als Seifenblasen produziert der doch nicht. Mir ein Rätsel, warum die ihn überhaupt im Schwimmerbecken drüben dulden. Die können wohl auch nicht mehr so wählerisch sein, wie sie mal waren.«

»Wir sitzen hier im Nicht-Schwimmer«, beantwortete Fred Gretchens fragenden Blick. »Besonders erfolgreiche Autoren und Künstler sitzen im Nebenraum, da ist's ein bisschen luftiger. Wir nennen es das Schwimmerbecken. Und im Schwimmerbecken, da gibt es dann noch mal eine eigene Hierarchie, manche Tische sind besser als andere. Albernes Getue und eine Reminiszenz aus dem Kaisertum, kein echter Künstler schert sich darum.«

Henni gab ein zustimmendes Geräusch von sich, aber sie wirkte durchaus nicht unbeeindruckt von der ihr verschlossenen Tür. Fred schien das nicht zu bemerken, denn er fragte überschwänglich: »Hast du schon gehört? Stoffel hat meinen Vater zufällig getroffen und ihm von meiner Idee erzählt. Und weißt du was, mein Vater war begeistert! Restlos begeistert. Er wird uns vielleicht sogar finanziell unterstützen. Also das Geld, das käme uns wirklich gut zupass, aber das Schönste ist, das ihn das Ganze überzeugt hat.«

Gretchen sah verlegen auf die marmorne Tischplatte. Die Kehle war ihr wie zugeschnürt und das lag nicht nur daran, dass sich bisher kein Kellner zu ihnen bequemt hatte und sie etwas zu trinken hätte bestellen können. Fred in seiner rührenden Freude über die vermeintliche Anerkennung durch seinen Vater zu sehen, schmerzte sie. Sie blickte ratlos zu Henni, doch die war mit dem Pudern ihrer Nase beschäftigt. »Und Stoffel hat erzählt, du willst wirklich mit mir für diese öde Prüfung zur Julisch-Claudischen Dynastie lernen? Ich weiß gar nicht, wie ich dir danken soll.«

»Ach, was! Dank ist da nicht nötig«, stellte Henni fest, bevor Gretchen noch hätte etwas sagen können. »Gretchen ist einfach eine unerträgliche Musterschülerin. Sie wollte immer studieren, aber dafür musste erst ihr Großpapa sterben. Leider hat der sich damit so lange Zeit gelassen, bis kein Geld mehr da war. Und dann saß sie halt dumm da, weil die Heiratskandidaten nicht gerade Schlange stehen und der Chef in ihrem Tippbüro, der war auch noch ein stadtbekanntes Scheusal. So einer von der zudringlichen Sorte, die meisten haben es bei ihm keinen Monat ausgehalten, aber Gretchen ist volle drei Jahre dort geblieben. Dann hab ich ihr die Stelle bei Isis verschafft, die hat ja ausdrücklich ein Landei gewünscht.«

Das war eine Beschreibung, die saß. Gretchen schluckte und starrte Henni einen Moment lang fassungslos an. Die Freundin besah sie allerdings nur mit einem sanften und doch zugleich siegesgewissen Lächeln. Fred hingegen winkte einem vorbeigehenden Bekanntem zu, griff dann unvermittelt über die Tischplatte nach Gretchens Händen, hielt sie einen endlosen Augenblick lang fest, ließ sie los und sagte: »So ein Glück, dass du gerade jetzt nach Berlin gekommen bist! So ein besonderes kleines Geschöpf! Ich bin so glücklich, dass du hier bist! Komm, wir fangen gleich mit dem Pauken an.«

»Ja, hier werden wir uns gut konzentrieren können«, stellte Fred mit einem zufriedenen Seufzer fest. Sie waren vom Romanischen Café in die Kakadu Bar umgezogen, weil es hier doch so viel leiser war – wie sich Henni und Fred gegenseitig mehrfach versichert hatten. Dieser Umstand verlangte tatsächlich nach wortreicher Bestätigung, sonst hätte Gretchen es nämlich nicht gemerkt. Sie glaubte auch nicht daran, zumal im Kakadu nicht nur eine gewaltige Jazzkapelle Charleston in den gut gefüllten Saal blies, sondern auch noch lebendige Papageien lauthals »Ober, zahlen!« und »Rechnung!« und »Meine Rede seit '18« krähten. Die Vögel flatterten in Kopfhöhe herum, landeten auf den Schultern der Gäste und kackten ungeniert überallhin, weshalb manche sich zum Schutz ihrer Getränke einen Bierfilz über das Glas gelegt hatten, doch eigentlich schien sich niemand groß daran zu stören. Nur Gretchen musste an sich halten, nicht mit angeekelter Miene eine Feder aus ihrem Cherry Cobbler zu fischen.

»Das bringt Glück!«, behauptete Fred gut gelaunt und erklärte: »Stoffel hat uns das Geld für die Miete gegeben, aber ich bin trotzdem lieber hier. Vom Daheimhocken wird man schwermütig. Das ist für einen Künstler sicher nicht das Schlechteste, aber ehe man sich versieht, fängt man bei dem dauernd aus dem Fenster Geglotze noch an, Naturgedichte zu schreiben und das ist dann das Ende. Wenn man mal anfängt, über Gänseblümchen zu reimen, dann gibt es kein Zurück mehr!« Er seufzte drollig und gegen ihren Willen musste Gretchen lachen. Seit sie wusste, dass auch Stoffel keineswegs über unbegrenzte finanzielle Mittel verfügte, sah sie Fred und Hennis Verhalten in diesem Punkt durchaus kritisch. Schmarotzertum war sicher ein zu hartes Wort, aber richtig fand sie es wirklich nicht – künstlerische Ideale hin oder her.

»Sollten wir nicht langsam mit Lernen anfangen?«, fragte sie, auch auf die Gefahr hin, endgültig als langweilige Streberin abgestempelt zu werden. »Ich muss morgen früher zur Arbeit, weil Frau Greiff einen Termin hat.«

Henni warf Fred einen Blick zu, Marke: *Hab ich es dir nicht gesagt?*, folgte dann aber der Tanzaufforderung eines jungen Herrn mit hellgelb gestreiften Gamaschen.

»Nimm es ihr nicht übel«, bat Fred, kaum dass seine Verlobte außer Hörweite war. »Sie ist unendlich froh, dass du hier bist, auch wenn sie es nicht zeigen kann oder will. Sie ist nur furchtbar neidisch auf dich.«

»Das ist Unsinn«, stellte Gretchen mit Bestimmtheit fest, während sie fasziniert all den sich elegant verknotenden Tänzern zusah. »Für Neid besteht nun wirklich kein Grund.«

»Vielleicht ist es auch eher Eifersucht?« Fred zuckte gleichgültig die Schultern. »Sie hat großen Respekt vor deiner Intelligenz, denn am Ende ist es Intelligenz, die eine Frau wirklich interessant macht. Schön kann in Berlin jede sein.«

Das mochte etwas überspitzt dargestellt sein, aber wenn man sich all die Damen hier so ansah, war es nicht völlig aus der Luft gegriffen. Schwarze Bubiköpfe, rot geschminkte Lippen in weißen Pudergesichtern, dazu magere Strumpfbeine umflatternde Kunstseide, wohin der Blick auch fiel.

»Bildung und Intelligenz, das ist es, was wirklich zählt. Und woran es all diesen Hupfdohlen mangelt. Übrigens ist das auch der Grund, warum die ganze Emanzipation scheitern wird. Hulla hat das auch durchschaut, die weiß genau, wie weit sie mit ihren weiblichen Waffen kommt. Und die setzt sie auch knallhart ein, aber all diese Gänschen, die werden in ein paar Jahren brav heiraten und Kinder kriegen. Für mehr reicht schlicht der Horizont nicht aus. Hennis schon zweimal nicht.«

»Red nicht so schlecht über sie«, bestimmte Gretchen. Es war ihr unangenehm, ihn so abschätzig über seine Verlobte sprechen zu hören. Und doch gab es einen kleinen, schwachen Teil in ihr, der sich diebisch darüber freute. Sie fühlte sich wie eine Blinde, der man nach Jahren plötzlich sagte, all die Sehenden um sie herum hätten nur den einen Wunsch, auch blind zu werden. Es war natürlich Unsinn und doch wollte sie es so gerne glauben. Oder zumindest wollte sie glauben, dass Fred es glaubte. Aber trotzdem erklärte sie: »Henni hat keinen begrenzten Horizont. Sie ist eine großartige Tänzerin und sie ist wunderschön. Sie hat wahnsinnig viele Talente. Und Mumm! Ich zum Beispiel, ich würde mich nie trauen, als Zigarettengirl zu arbeiten oder schlimmer noch als Nummerngirl. Ich würde vor Scham sterben, wenn mich alle so angafften.«

»Müsstest du aber gar nicht.« Er schenkte ihr einen bewundernden Blick, der ihr ein bisschen peinlich war. Am Ende glaubte er noch, sie fischte nach Komplimenten! Besser war es, sie blieb auf sicherem Terrain. »Komm, lass uns mit Lernen anfangen.«

Fred nickte, entnahm seiner Ledermappe auch Papier und Bleistift, fragte dann jedoch: »Wie geht es eigentlich deinem Nachbarn, Herrn Faber? Der hat im Blauen Affen ganz ordentlich was abgekriegt.«

»Ich glaube, ganz gut. Er spricht nie mit mir, obwohl wir uns täglich sehen.« Gretchen nahm einen vorsichtigen Schluck aus ihrem Glas. Es schmeckte ganz normal, trotz der rausgeangelten Feder. »Ich weiß eigentlich nicht, warum er in Fräulein Notters Wohnung frühstückt, aber er trinkt da jeden Morgen seinen Kaffee.«

»Das ist eine Tradition, das ist schon ewig so, das kommt noch aus der Inflation. Damals ist sein Zwillingsbruder nämlich verschwunden, vermutlich in die Spree.« Fred schwieg einen Augenblick, dann schien er zum dem Schluss gelangt, lieber noch etwas zu erzählen, das Lernen drohte andernfalls: »Fabers Bruder war ziemlich unter die Räder gekommen. Geschäfte mit den falschen Leuten, Kokain, Kontrollmädchen, Gewohnheitstrinker. Alle haben gesehen, das nimmt kein gutes Ende, aber Erik wollte es nicht wahrhaben. Und dann ist der Kerl eben eines Tages plötzlich weggewesen und deinen Nachbarn hat es vollkommen aus der Spur geworfen. So sehr, dass Fräulein Notter Angst hatte, er könnte sich was antun, deshalb hat sie bestimmt, er müsste seinen Kaffee bei ihr trinken, damit er was hat, worauf er sich freut. Weil schließlich will bei Fräulein Notter jeder Mann zum Frühstück bleiben.«

Über diese Selbsteinschätzung von Gretchens Vermieterin mussten beide sehr herzlich lachen. Sie lachten derart, dass einer der Kakadus angeflogen kam, aufs Hennis leerem Stuhl Platz nahm und sie aus schwarzen Knopfaugen nachdenklich musterte.

»Und warum nennt sie ihn Mark-Anton?«, wollte Gretchen wissen. »Er sieht doch gar nicht römisch aus?«

»Ich hab keine Ahnung. Vielleicht weil sie seine Kleopatra sein wollte? Gewesen ist sie's aber nie.« Er seufzte tief und bestimmte: »Jetzt lass uns lernen und wenn ich alles, alles weiß, dann sing ich dir eine kleine Melodie vor. Die kommt mir ständig in den Sinn, wenn ich deine grauen Augen sehe.«

Gretchen schluckte trocken. Sie würde Henni keinen Grund zu Eifersucht geben, ganz bestimmt nicht. Und mit diesem Entschluss schlug sie ihr Buch auf.

13. Kapitel

»Was lesen Sie denn heute?«, erkundigte sich Gretchen, als sie Erik Faber auch an diesem Samstagmorgen wieder über ein Buch gebeugt am Frühstückstisch sitzen sah.

Seine Verletzungen waren schon fast vollständig verheilt, nur über dem Auge war noch eine Schramme zu sehen. Trotzdem machte er einen gewohnt unwilligen Eindruck, als er Gretchen nun wortlos das Buch zur Betrachtung hinstreckte. *Hans Keller – Endstation Hoffnung*.

»Ist das gut?«, fragte Gretchen und versuchte gleichzeitig, die Füllung ihrer zu großen Schuhe in Position zu drücken. Sie war noch ziemlich müde, sie hatte lange im Bett gelegen und an Fred gedacht – an sein zerzaustes blondes Haar, an das Kinngrübchen und vor allem an den feuchten Glanz seiner Augen. So viel Enthusiasmus, so viel Begeisterung. Er hatte kein Geld, aber Ideale. Was würde Fred nur davon halten, dass sie ihren Wunsch zu studieren so schmählich im Stich gelassen hatte? Aber hatte sie das wirklich? War sie nicht zumindest schon in Berlin, einen Schritt näher an Studium und selbstbestimmten Leben?

»Ich mag Kellers Stil, ist mein Lieblingsautor«, riss Erik Faber sie aus ihren Gedanken und ergänzte dann in einem untypischen Anfall von Geschwätzigkeit: »Sie arbeiten als Tippfräulein für die Nilkönigin, nicht wahr? Hat mir der große Plompke erzählt. Er betet sie ja förmlich an. Und ich glaube, sie hat ihn gestern erhört«, plauderte Erik weiter, wobei er aufstand, um Gretchen in den Mantel zu helfen. »Er war jedenfalls sehr animiert. Stellen Sie sich vor, er hat mir sogar einen Beitrag über Ausflugsdampfer auf der Spree zugeschanzt. Das ist was ganz Feines, leicht verdientes Geld und ein Ausflug auf Spesen. Sonst macht er so was immer selbst.«

»Oh.« Gretchen wurde es ganz anders. Dem Plompke würde die gute Stimmung ganz schnell vergehen, wenn er merkte, dass sich an Isis' Haltung ihm gegenüber rein gar nichts geändert hatte. Blumen hin, Blumen her. »Ich könnte mir leider vorstellen«, begann sie stockend, »also, dass der Herr Plompke bald gar nicht mehr gut gelaunt ist. Ich habe ihm vielleicht gestern falsche Hoffnungen gemacht. Ich denke nicht, dass Frau Greiff ihn in nächster Zeit oder überhaupt irgendwann erhört.«

»Hat mich auch gewundert.« Erik setzte sich wieder, schlug sein Buch auf, fuhr jedoch fort: »Ihr Ehemann soll furchtbar eifersüchtig sein, angeblich ist er ein Rennfahrer und ständig unterwegs. Deshalb sieht man ihn auch so wenig. Mir hat mal jemand erzählt, die Narbe, die hätte sie von einem Autounfall.«

»Ach, wirklich?«, entfuhr es Gretchen. Das gefiel ihr als Erklärung ungleich besser als ein mörderischer Metzger und es deckte sich auch viel eher mit Isis' ganz offensichtlicher Zuneigung zu ihrem Gatten.

Erik machte ein zustimmendes Geräusch, schien aber ihre Anwesenheit schon wieder fast vergessen zu haben, zumindest blickte er nicht mehr von seinem Buch auf. Gretchen hätte später nicht sagen können, warum sie sein Verhalten so ärgerte, schließlich übersahen Menschen ständig ihre Anwesenheit, aber nun machte es sie wütend. Es war dieselbe Wut, die sie zu der pampigen Antwort gegenüber Stoffel verführt hatte und ohne weiter darüber nachzudenken, entschied sie: »Also wenn Sie die Schifffahrt Plompkes Hoffnungen verdanken, dann wäre es nur höflich, wenn Sie mich mitnähmen. Ich bin neu in der Stadt und ich habe noch nie eine Dampferfahrt gemacht. Also, wann treffen wir uns heute?«

14. Kapitel

»Eigentlich müssten wir jetzt was singen. Alle Menschen, die ich kenne, singen beim Autofahren. Nur kann ich leider nicht singen«, lachte Isis, während Gretchen neben ihr auf dem Beifahrersitz eines rabenschwarzen Wagens Platz nahm. Gretchen war von der Pracht und der Extravaganz des Automobils noch derart in Anspruch genommen, sie merkte erst am schallenden Gelächter ihrer Chefin, dass diese einen Witz gemacht hatte. Und dann lachte Frau Greiff über ihren Gesichtsausdruck noch mehr. »Ein tolles Gefährt, nicht wahr? Gehört mir aber leider nicht. Ich habe es von Madame Bross geliehen. So kann ich dir nämlich während der Fahrt zum Tennisclub diktieren. Während ich meine Partien verliere, tippst du, und gegen Mittag sind wir beide wieder daheim. Ach, was sind wir modern.«

Erst jetzt fiel Gretchen auf, dass Isis tatsächlich in einen sehr sportlichen, weiß-gelben Tennisdress gekleidet war, während ihr Gesicht an diesem Morgen von mehreren, an ihrer Strohglocke befestigten Lagen duftigen Leinens vor neugierigen Blicken geschützt war.

Nur der Mund war zu sehen und der war, ganz im Gegensatz zu sonst, im blassen Naturzustand belassen worden.

Vollkommen verwandelt sah sie aus, voller patenter Gesundheit.

»Ich spiele heute gemischtes Doppel. Das macht man jetzt in Berlin wohl so.« Sie stieß einen komischen, kleinen Seufzer aus und bat: »Steck mir schnell eine Zigarette an, sonst werde ich noch zu gesund. Von derart viel Gesundheit muss man doch krank werden! Kein Franzose dieser Welt würde auf die Idee kommen, samstagmorgens um halb zehn Tennis zu spielen. Das ist so, so preußisch!«

»Gegen wen spielen Sie denn?«, wollte Gretchen wissen, während sie sich mit Feuerzeug und Zigarette abmühte. Noch nie hatte jemand sie um diesen Gefallen gebeten und sie fühlte sich gleichermaßen verrucht und erwachsen, wie sie sich für derartige Anwandlungen albern schimpfte.

»Gemischtes Doppel, gegen die Baronin von Withmansthal. Sie ist natürlich sehr viel besser und das weiß sie auch. Sie hat mich nur eingeladen, damit sie heute beim Tee sagen kann: ›*Als ich heute morgen gegen Isis, diese Nachtclubsängerin, Tennis spielte, da …*‹« Die Imitation war so lebensecht, dass Gretchen gegen den Impuls ankämpfen musste, sich umzudrehen, um nach der Besitzerin der neuen Stimme zu sehen.

»Und ich, ich spiele gegen sie, weil ich an meinen Partner, ihren kleinen Bruder, den ach so putzigen Carl von Bäumer ran will. Ich will auf seiner Hochzeit singen oder in seinem nächsten Film eine Rolle, oder beides. Meine Absichten sind also durchaus lauter und seine zukünftige Gattin braucht nichts zu fürchten.«

Nun musste Gretchen doch schlucken. Ihr müder Kopf hatte einen Moment gebraucht, aber nun begann es ihr zu dämmern. Gemischtes Doppel, das bedeutete, dass da noch ein zusätzlicher Mann dabei sein würde, und was lag näher, als da den Gatten zu nehmen, den Baron von Withmansthal? Ja, ganz bestimmt! Sie würde ihm, einem der klügsten Köpfe auf dem Gebiet der Altertumswissenschaften, persönlich begegnen. Wie würde er nur aussehen? Sportlich musste er dann ja sein, vielleicht war er jünger als sie angenommen hatte? Sie erinnerte sich daran, wie sie der Baronin am Tag ihrer Ankunft in Berlin im Schönheitssalon von Madame Bross begegnet war. Die war ja auch noch keine dreißig! Vor Aufregung bekam Gretchen ganz heiße Wangen.

Isis lachte amüsiert: »Magst du seine Filme? Ich finde ihn auch furchtbar possierlich. Dieser Schmollmund! Als Liebhaber könnte ich mir den aber nicht vorstellen, da wüsste ich nie, ob ich ihn nun küssen oder ihm das Köpfchen streicheln soll.«

Gretchen spürte plötzlich ein sehr unangenehmes Zwicken in der Herzgegend. Der Plompke und die Blumen waren ihr eingefallen. »Frau Greiff, wegen der Blumen, der Blumen von gestern«, begann sie zögerlich. »Da soll ich Sie fragen, ob die Ihnen gefallen haben.«

Isis drehte den Kopf ruckartig zu ihr. Eine große Wachsamkeit schien über sie gekommen zu sein.

»Die Blumen, die waren von Herrn Plompke und ...«

»Vom großen Plompke!« Es klang wie ein sehr unflätiger Fluch, doch gleich hatte sie sich wieder gefasst. Nur einen winzigen Augenblick krallten sich ihre Finger fester um das Lenkrad, dann plauderte Isis schon wieder weiter, als wäre nichts gewesen: »Es ist ein seltsames Gesetz der Natur, anonyme Blumen kommen nie von dem Mann, von dem sie kommen sollten. Aber die Richtigen, die haben eh nie das Geld dafür. Hast du schon mal einen Richtigen mit Geld getroffen?«

Gretchen schüttelte den Kopf. Fred hätte sich so etwas auch nie geleistet – ganz davon abgesehen, dass der ja auch allerhöchstens Henni Sträuße zu schicken hatte.

In geschäftsmäßigem Ton bestimmte Isis nun: »So, genug getändelt. Es geht los. Ich mache jetzt einen Zeitsprung, das ist mir sonst zu langweilig. Den Krieg und den ganzen deprimierenden Mist, das machen wir mal, wenn es regnet oder ich sowieso verkatert bin.

Heute aber habe ich Lust, von meiner Zeit in Lissabon, von meinem Engagement im Bristol Club, zu erzählen.«

Mechanisch zückte Gretchen ihren Notizblock, aus Vorfreude auf den Anblick ihres Idols war sie so nervös, der erste Bleistift brach ihr ab. Doch dann begann sie hektisch mitzustenographieren, während Isis sich an ihre winzige Kellerwohnung in der Rua Garrett erinnerte, an all die Hufen von Ochsen, Eseln, Lastenpferden, an all die schmutzig bloßen Füße, die an ihrem halb unter der Straße gelegenen Fenster vorbeischlurften und an die wenigen eleganten, trotz des ewigen Staubes glänzenden Lackschuhe. Die Lackschuhe wollten meist in das nahegelegene Café A Brasileira, zu jeder Tages- und Nachtzeit trafen sich dort die Maler, die Literaten, die Architekten, tranken Bica, so schwarz und stark, dass einem die Hände davon zitterten. Reinaldo Ferreira, der sich kokett Repórter X nannte, Sarah Affonso mit dem schönen totenblassen Gesicht und natürlich José Sobral de Almada Negreiros, dessen Name wie ein Gedicht klang und der doch ein Maler war. Und was für einer, seine Bilder hingen überall, wo man modern war und natürlich auch im Bristol Club, den dem Hedonismus geweihten Art-déco-Tempel der portugiesischen Hauptstadt. Hier vertanzte man die Nächte, ewig wach und doch beständig träumend. Kokain und Champagner, Shimmy,

Charleston, Tango und im Nebenzimmer die kreisende Schicksalskugel des Roulettes.

»Peter hatte die Ochsenfuhrwerke so gern.« Mitten in Isis' blumig gezierten Erinnerungen schlich sich unvermittelt dieser nüchterne Satz ein. »Er sagte, das erinnere ihn an seine Kindheit. Über unserer Wohnung war ein Geschäft für Obst, jeden Morgen traf ein Karren voll mit reifen Melonen ein. Der Ochse, der ihn zog, besaß keinen Namen, bis Peter ihn Bambi nannte. Nach seinem Bruder. Der Besitzer des Tieres war ein Bauer, ein kleiner, nach Knoblauch riechender Mann mit einem mächtigen, eisgrauen Schnurrbart. Er war ein frommer Katholik, er sagte, es sei eine Sünde, einem Tier einen Namen zu geben, aber Peter nannte ihn weiterhin so. Und dann eines Tages, es war sehr heiß, das weiß ich noch, da erschien der Mann erst gegen Mittag. Er war betrunken und seine Melonen schon überreif und von fetten Fliegen umkreist. Er schob sie auf einem Handkarren und als er Peter sah, da sagte er nur: *›Bambi ist tot.‹* Danach kam der Mann nie wieder. Vielleicht war ihm der Weg aus seinem Dorf zu weit?«

Einen Moment schwieg Isis, blickte gedankenverloren zum Wagenfenster hinaus, schüttelte dann den Kopf und erklärte: »Später hatten wir drei Kätzchen, die brachte Peter vom Markt auf der Praça da Figueira mit. So ein Kopftuchmütterchen hatte sie ihm für ein halbes Vermögen verkauft, sie waren dreifarbig gestreift und sollten vor Bränden schützen – das schien Peter sinnvoll, er schlief oft mit der Zigarette in den Händen ein. Zwei der Katzen liefen noch am selben Abend fort, eine blieb, die nannte Peter Isis, nach mir. Er sagte, es sei wegen ihrer Schönheit, aber ich glaube, es war, weil auch ich immer geblieben bin.«

Gretchen blickte verwirrt von ihrem vollgeschriebenen Stenoblöckchen auf. Warum sprach Isis nicht weiter? Es war das erste Mal seit Beginn ihrer Arbeit an den Memoiren, dass sie das Gefühl gehabt hatte, mehr als nur hübsche Beschreibungen zu hören. Sie hätte gerne gefragt, wieso Peter den Ochsen nach seinem Bruder benannt hatte – und warum wiederum dieser überhaupt den Namen »Bambi« trug. Aus Spott? Weil vermutlich war das ja der, von dem Plompke gesprochen hatte, der in der Nervenheilanstalt saß. Oder war es Sehnsucht nach dem fernen Bruder?

Was tat Peter, während sie allabendlich auf der Bühne des Bristol Clubs stand und ihr Lied von der Liebe einer Königin sang? Versank er damals schon in Eifersucht, in neidischem Zorn, der sich später in jenem Pariser Anschlag entladen sollte? Und wann und wo war Peter eigentlich in ihr Leben getreten? Wie war sie von Kairo nach Lissabon und dort auf eine der gefragtesten Bühnen gekommen?

»Den letzten Absatz, das mit Peter, das streichst du komplett«, bestimmte Isis unvermittelt und machte eine herrische Bewegung mit ihrer schmalen Hand. »Das interessiert ja keinen Menschen. Grässlich!«

»Also ich …«, setzte Gretchen zaghaft an, wurde jedoch durch ein erneutes scharfes Handzeichen zum Schweigen gebracht.

»Außerdem wären wir da.«

Der Wagen hielt vor dem prunkvollen Haupteingang, und schon kam ein Boy die breite, steinerne Treppe hinabgesprungen, um die Tür zu öffnen, ein weiterer hielt sich in Position, wohl um im geeigneten Moment herbeizueilen und Isis die Tennisschläger abzunehmen.

»Die Baronin erwartet sie bereits«, flüsterte der erste Boy eifrig, und eine Welle der Enttäuschung erfasste Gretchen. Die waren schon drinnen, sie würde den Baron also nicht zu sehen bekommen.

Doch gerade als Isis ausgestiegen war, dem zweiten Boy mit der bekannten herrischen Handbewegung zu verstehen gegeben hatte, dass sie als moderne Frau ihre Schläger selbst tragen würde, gerade in diesem Moment schoss mit quietschenden Reifen ein roter Rennwagen um die Ecke, hielt Kies spritzend direkt hinter ihnen. Die Reifen kamen kaum zum Stehen, da sprang der Fahrer, ein junger Blondschopf, schon heraus. In einer zerknitterten Smokinghose, einem ziemlich grauen, vormals weißen Seidenhemd und ohne Sakko oder Hut, schien er direkt von einer nächtlichen Veranstaltung gekommen zu sein. Seinen Seesack überraschend munter schulternd rief er Isis zu: »Ich bin so froh, dass du auch grad erst kommst. Sei ein Schatz und warte noch einen Moment. Ich muss mich doch noch umziehen und meine Schwester bekommt Blutsturz, wenn sie auf mich warten muss. Die verdammten Schläger hab ich auch vergessen, wobei, Heinrich hat die gestern eingepackt. Ob ich sie irgendwo verloren habe? Wenn ich nur zusammenbekäme, wo ich überall gewesen bin – oder nur nicht so Kopfschmerzen hätte, mir tut das Denken geradezu weh! Na egal, weißt du eigentlich schon, wen meine Schwester für dich als Partner ausgeguckt hat? Du kommst nie drauf, und ich wasche meine Hände in Unschuld. Salut, wir haben uns heute noch nicht getroffen, ja?«

Und mit diesen Worten stürzte der junge Mann in den Tennis Club, Isis aber sah ihm kopfschüttelnd hinterher: »Also süß, süß ist der Bäumer ja schon. Würde mich vermutlich in den Wahnsinn treiben, aber niedlich ist er.«

Sie seufzte. »Wetten, es ist irgendein langweiliger Spießer, mit dem ich spielen muss? Na, ich bin ja schon froh, wenn es nicht der große Plompke ist.«

»Der Baron spielt wohl kein Tennis?«, fragte Gretchen zur Sicherheit noch einmal nach, worauf sie jedoch nur ein gönnerhaftes Lachen erntete.

15. Kapitel

»Es tut mir leid, dass ich Sie habe warten lassen. Ich habe zweimal umdrehen müssen, weil kein Weiterkommen war. Alles voll mit Bauzäunen«, erklärte Gretchen noch etwas außer Atem. Das Ausflugsrestaurant Seeblick lag inmitten von Absperrungen, Stahlgerüsten und Schutt. Man bereitete den Abriss der Jannowitzbrücke vor, baute aber auch generell viel entlang des Spreeufers.

»Oh, Sie sind genau pünktlich. Unser Schiff legt in fünf Minuten ab.« Mit seinem flachen Strohhut deutete Erik Faber auf ein Werbeschild, Rot auf Weiß stand da: *Dampferrundfahrt zur Woltersdorfer Schleuse, täglich 16 Uhr. Musik kostenlos inbegriffen. Erleben Sie echte Berliner Gemütlichkeit!*

»Der Berliner kann halt auch gemütlich«, kommentierte er grinsend. »Ich habe die Billetts bereits gekauft, Sie brauchen sich nicht bedanken. Ich kriege das Geld ja wieder. Haben Sie Ihrer Chefin schon gestanden, von wem die Blumen sind?«

»Ja, aber sie hat es gut aufgenommen. Sie war bester Dinge, sie wird nämlich mit einem Seidenstrumpf erwürgt. Das hat sie sich schon immer gewünscht.« Und Erik Fabers Verwirrung gewahr werdend erläuterte sie amüsiert: »Auf Breitleinwand natürlich. Von Conrad Veidt. Das war ihr Partner beim gemischten Doppel heute und er war wohl sagenhaft begeistert von ihr. Sie hat so eine dämonische Aura, die einem durch Mark und Bein geht, also das hat der Veidt gesagt. Und scheinbar war es Frau Greiff schon immer ein geheimer Herzenswunsch, von Veidt mit einer besseren Socke stranguliert zu werden. Darüber hat sie den Plompke ganz vergessen.«

»Na, dann ist ja gut.« Er schüttelte trotzdem seinen dunklen Kopf recht konsterniert. »Seltsame Gelüste hat der moderne Mensch.«

Irgendwo klingelte eine Schiffsglocke, und Erik Faber stand etwas zögernd auf. Mit gerunzelter Stirn befand er: »Ich bin mir nicht mehr so sicher, ob das hier nicht eine ausgeklügelte Gemeinheit von Plompke war.«

Gretchen folgte ihm, doch auch sie beschlich ein ungutes Gefühl.

Die Dampferrundfahrtberliner waren nicht nur gemütlich, sie waren auch sehr wohlbeleibt und die Gesichter der Herren zeugten von der Art rosigen Gesundheit, wie man sie nur durch jahrzehntelangen Biergenuss erwerben konnte. Die nun auf das Schiff strebenden Damen waren gleichfalls nach allen Seiten sehr ausladend und trugen darüber hinaus noch riesenhafte, alles um sie herum gleich mitbeschattende Sonnenhüte.

»Dabei ist man doch heutzutage wannseebraun«, stellte Erik leise lachend fest, während er neben Gretchen auf einer ziemlich harten Bank an der Reling Platz nahm. »Ich danke Ihnen jetzt schon für Ihre moralische Unterstützung.«

»Nachdem Sie mich so überschwänglich eingeladen haben?«, grinste sie leicht peinlich berührt. »Danken Sie mir aber nicht zu früh, wenn es zu wild wird, stürze ich mich über Bord.«

»Nein, das dürfen Sie nicht tun. Fräulein Notter würde mir das nie verzeihen. Sie braucht schon wieder eine Rechnung über Sagrotan! Und über Reinigungssoda und Bleiche. Ich glaube, sie plant einen wahren Großputz.«

»Oje«, entfuhr es Gretchen. Was hatte sie da nur angestellt? Erik aber lachte nur über ihre bedenklichen Stirnfalten und bestimmte: »Irgendwann werde ich einen Roman über Fräulein Notter verfassen. Sie ist ein so vollkommenes Sinnbild der Frau von heute. Stellen Sie sich vor, sie wurde sogar über einem Lichtspieltheater geboren. Passender hätte ihr Leben gar nicht beginnen können. 1924 wurde sie zur schönsten Warenhausverkäuferin Berlins gewählt und schauen Sie sie sich heute an. Ich mache mir nur etwas Sorgen wegen ihrer neu entdeckten Reinlichkeit. Das nimmt kein gutes Ende.«

Begleitet von diesen prophetischen Worten und einem beherzten Tuten legte der Dampfer ab. Sehr langsam fuhr man nun unter der eingerüsteten Jannowitzbrücke hindurch, auf Spitzhaken gestützte Bauarbeiter blickten dem Schiff sinnend hinterher. Nun kamen rasch die Eisenhallen; Schornsteine, Kräne, Lastenkähne, wohin man sah. Es roch nach Brackwasser und Industrie.

Gretchen starrte angestrengt hinaus und beeilte sich zu versichern: »Ich werde ganz bald mit den Fälschungen aufhören. Und er wird nichts merken, machen Sie sich keine Sorgen. Das fliegt nicht auf.«

»Ach, da mache ich mir keine Gedanken«, winkte Erik nachlässig ab. »Aber haben Sie oder Fräulein Notter sich schon einmal überlegt, was all diese Sauberkeit, all dieses Bleichmittel und Putzsoda für eine Wirkung auf den wehrlosen Jung-Giesinger hat?«

Gretchen schüttelte nur den Kopf, machte dabei aber wohl ein derart verwirrt drolliges Gesicht, dass Erik leise losprustete. Wenn er lachte, sah er eindeutig sehr hübsch aus. »Na, warten wir's ab. Aber denken Sie an meine Worte, das geht nicht gut aus. So viel Hygiene ist kein deutscher Mann auf Dauer gewachsen.«

Ein Herr mit Kapitänsmütze und rot-weiß gestreiften Hosenträgern unter dem weit geöffneten Sakko trat aus dem Kapitänshäuschen, lachte breit und rief:

»Ahoi, ihr Landratten! Willkommen an Bord der Josephine! Jleich jibt's Musike, aber zuvor wollen we en bissken Kulturjenuss. Wir sin ja nich nur zum Verjnüjen hier. Kieken Se alle mal nach rechts.«

Wie bei einem braven Hühnerbataillon reckten sich sämtliche Köpfe nach rechts. »Diese neujebaute Scheußlichkeit is enes der jrößten Kühlhäuser von janz Europa – oder wird es zumindest sein, wenn's jemals fertig wird. Wat globen Se, wie viel Jemüse dort jelagert werden kann. Tonnen sach ick Ihnen. Und dat, wo wir Berliner doch jar kein Jemüse mögen. Steckrüben haben wir doch all fürs Leben jenug jehabt!« Aus den Reihen der hemdsärmeligen Herren kam bestätigendes Gemurmel, worauf der Kapitän zufrieden fortfuhr: »Und jetzt kieken Se mal brav jadeaus, dat können wir Preußen bekanntlich besonders jut. Nich rechts, nicht links, schon zweimal nich zurück, immer schön jradeaus. Dat was Se da sehen, dat is Kultur in Reinform. Dat können Se daheim erzählen, dann wissen alle, Se sin en jebildeter Mensch!«

Es war die Oberbaumbrücke, die sich da in backsteinerner Pracht über das tiefblau schimmernde Wasser spannte. Stolz ragten die beiden Turmspitzen in den Frühsommerhimmel hinein. »En erhebender Anblick, wat!«, kommentierte der Kapitän und begann dann Schlüpfriges über die Baugeschichte zum Besten zu geben.

Erik und Gretchen tauschten einen langen Blick, das konnte ja heiter werden. Auch das in bayrischen Lederhosen gewandete Orchester, das sich soeben in Positur begab, versprach wenig Gutes. »Ich glaube, der Plompke, das ist ein ausgemachtes Scheusal! Der hat genau gewusst, was hier auf einen zu kommt, dieser Snob des Amüsemangs«, flüsterte Erik.

»Aber es ist doch top. Ich hab eine Schwäche für Skurriles«, gestand Gretchen und merkte erst in diesem Moment, dass das tatsächlich stimmte. Ihr gefiel es hier in der Frühlingssonne mit all diesen einfachen, aber im Grunde gutartigen Menschen. Zum ersten Mal, seit sie in Berlin war, vielleicht sogar zum ersten Mal seit Jahren, hatte sie nicht den Eindruck, sich in irgendeiner Weise besser, interessanter machen zu müssen. Und so in der Nachmittagssonne, da hatte Erik Fabers klar geschnittenes Gesicht tatsächlich fast etwas Römisches.

»Wir legen erst wieder in einer Stunde an, vorher ist an Flucht gar nicht zu denken«, stellte sie fest und er nickte seltsam gefasst.

»Noch eine Stunde also«, wiederholte er. »Na gut, die werden wir auch rumkriegen. 60 Minuten, das ist zu schaffen. Natürlich ist das zu schaffen.« Schweiß stand auf seiner Stirn und seine fast schwarzen Haare begannen sich an den Schläfen leicht feucht zu locken.

»Ist alles in Ordnung?«, fragte Gretchen besorgt und

wieder bewegte er den Kopf auf und ab. Seine dunklen Augen wanderten unruhig umher.

»Ich mag es einfach nicht, wenn ich irgendwo bin und nicht weg kann. Das macht mich ein bisschen nervös.« Er zuckte bemüht gleichgültig die Schultern, zündete sich eine Zigarette an, brauchte dafür allerdings zweierlei Anläufe, denn seine Finger zitterten derart, er bekam kaum das Streichholz in Brand. Er inhalierte tief, blickte angespannt auf den vorbeiziehenden Treptower Strand, Kinder in gelben Buddelhosen, Kinder auf Schaukeln in den Himmel fliegend, manche winkten dem Schiff und die Damen mit den Wagenradhüten winkten mit fast schon kaiserlicher Grandezza zurück.

»Ich stell mich da ein bisschen an, das ist ein Überbleibsel von den Franzosen, am besten Sie ignorieren es einfach. Ich versuche, mich selbst auch nicht darum zu kümmern«, sagte Erik entschlossen. Der ihr schon wohlvertraute halb gehetzte, halb verstimmte Gesichtsausdruck war wieder zurück. »Ich hatte mir schon so eine schöne Ausrede einfallen lassen, um den Artikel kurzfristig absagen zu können. Gleich Nein sagen, das ist ganz schlecht. Da denken die Zeitungsleute dann, man wäre verwöhnt und zu wählerisch, und am Ende kriegt man nie wieder einen Artikel. Und ich weiß eh schon immer nicht, wovon ich die Miete zahlen soll. Und dann haben Sie sich einfach eingeladen und ich kam nicht mehr aus der Geschichte raus.«

Er blickte sie vorwurfsvoll an, dann lachte er plötzlich: »Entschuldigen Sie. Ich weiß, Sie können nichts dafür. Und obwohl ich nicht oft mit Fräulein ausgehe, ist selbst mir klar, dass man solche Informationen besser für sich behält. Halbirre und arm, es tut mir wirklich leid, dass ich Ihnen jetzt den Sonnabendnachmittag verderbe.«

»Sie verderben ihn mir gar nicht!« Einen Moment zögerte Gretchen, dann gestand sie: »Ich hatte eh keine anderen Pläne. Und obwohl auch ich nicht besonders viel rumkomme, ist selbst mir klar, dass keine moderne Frau mit auch nur einem Funken Selbstachtung so etwas je offen zugeben sollte. Und wo wir schon bei Geständnissen sind, ich träume manchmal auf Latein.«

»Ich hatte fünf Jahre Geigenunterricht und war so untalentiert, dass der Lehrer am Ende hingeschmissen hat und zur Post ist!«, hielt Erik dagegen. »Und außerdem finde ich Pinguine hässlich, obwohl alle sagen, die wären furchtbar putzig. Aber das fällt wahrscheinlich wieder in die Kategorie halbirre, oder?«

»Mmmh. Wir wollen es mal gelten lassen.« Gretchen machte ein übertrieben skeptisches Gesicht, doch das plötzlich losschmetternde Orchester unterbrach ihre Unterhaltung rüde, ließ sie zusammenzucken. Vermutlich wegen des maritimen Bezugs posaunte man die Ouvertüre von Wagners *Holländer* über die Spree, übergangslos gefolgt von Shostakovichs *Walzer Nr. 2.*

»Bereuen Sie es noch immer nicht?«, flüsterte Erik und nun war es an Gretchen zu lächeln.

»Nein, es gefällt mir immer besser. Ich habe eine heimliche Schwäche für Walzer. Und außerdem ...« Sie machte eine triumphierende Geste mit den Händen. »Außerdem ist das der einzige Tanz, den ich wirklich beherrsche. Und damit dürfte ich ganz klar gewonnen haben. Heutzutage nur Walzer zu können, das ist schlimmer als unmusikalisch, halbirre und arm.«

»Schon gut, schon gut! Ich gebe mich geschlagen.« Erik schnipste seine Zigarette über Bord und reichte ihr seine Hand. Sie war schmal und zitterte leicht. »Aber dann würde ich gerne um diesen Walzer bitten.«

»Da wären wir!«, rief Erik und trat derart kräftig in die Bremse, einen Moment lang fürchtete Gretchen, sie würden sich samt Fahrrad überschlagen, aber dann kamen sie doch ohne Weiteres einfach zum Stehen. Der Goldene Samowar, Charlottenburg, war ein unscheinbares Haus, eingequetscht zwischen einer Strumpfklinik und einem Gemüseladen, doch an diesem Nachmittag drängelten sich vor der noch geschlossenen Tür die Menschen – nicht gesittet und ordentlich wie vor dem Automatenbüfett, sondern ein wilder, schubsender, an die Suppenvergabe der Hungerwinter gemahnender Haufen.

Und was für Gestalten das waren!

Manche hatten Tiere dabei, zumeist Hunde, aber eine sehr junge Frau führte sogar einen Strauß an einem Halsband, wobei der Vogel den Schwanz hängen ließ und ziemlich räudig aussah. Überhaupt wirkten viele der Wartenden ein wenig hungrig, ein wenig matt und müde, andere wiederum waren scheinbar von aufgedrehter Fröhlichkeit, konnten kaum stillstehen, lachten laut oder warfen einander Scherzworte zu.

»Bitte absteigen«, kommandierte Erik, wobei er ihr mit übertriebener Galanterie den Arm reichte. Mit leichtem Widerwillen stieg Gretchen von ihrem Platz auf dem Gepäckträger herunter. Wie herrlich es gewesen war, so durch die frühabendlichen Straßen zu brausen, vorbei an den ersten vereinzelt aufflackernden Lichtern der Stadt, die Haut im Gesicht ganz kalt und die Arme warm um Eriks Rücken geschlungen. Und wie unsagbar nett von ihm, sie nach der Dampferfahrt noch den ganzen Weg nach Charlottenburg zu radeln.

»Danke«, flüsterte Gretchen, obwohl sie selbst nicht hätte sagen können, warum sie so leise sprach. »Möchtest du nicht mit reinkommen?«

»Nein, nein, erstens muss ich den Artikel schnell schreiben, damit ich ihn vor Montag noch ein bisschen sacken lassen kann und zweitens muss ich nachdenken. Wenn wir uns das nächste Mal sehen, werde ich vorbereitet sein, dann gebe ich mich nicht wegen einer kleinen Charleston-Tanzunfähigkeit geschlagen.«

Gretchen grinste, sie hätte gerne etwas gesagt, damit er noch ein bisschen länger bliebe, doch gerade in diesem Moment trat Stoffel aus der Menge und winkte ihr. Ein wenig förmlich, wie ihr schien, und mit einer Mischung aus Unbehagen und Stolz erinnerte sie sich an ihre letzte, nicht unbedingt nur freundliche Unterredung.

»Komm, du darfst hinten rein«, kommandierte Stoffel zur Begrüßung und schubste sie unsanft an den Wartenden vorbei in den Hinterhof, dort durch eine kleine, nur angelehnte Tür und hinein in ein winziges Zimmerchen.

Ein Zimmer wie ein schmuddeliger, aber gemütlicher Samowar, daher wohl der Name? An den mit ochsenblutfarbener, längst zerschlissener Stofftapete bespannten Wänden hingen dicht an dicht stuckgold gerahmte Fotografien des Zaren, dazwischen immer wieder mit mehr Begeisterung als Talent gemalt: die Verklärungskathedrale von Odessa, mal von blühenden Bäumen gesäumt, mal tief verschneit. Über die simplen Holzstühle des Schankraums hatte eine liebevolle Hand Hussen aus rotem Plüsch geworfen, auf manche sogar noch goldtrottelige, sehr prall gefüllte Kissen gelegt und auf den Tischen selbst verströmten gehäkelte Spitzendeckchen einen seltsam anheimelnden Charme.

Der Raum war so voll mit Plüsch und Troddeln, dass

Gretchen einen Moment brauchte, bis sie Henni sah. Hinter einer dampfenden Tasse von der Größe einer mittleren Suppenschüssel saß sie und blickte ihnen nicht besonders begeistert entgegen. »Ich wusste gar nicht, dass du auch kommst«, sagte sie, rückte dann aber doch etwas zur Seite, so dass sie sich setzen konnten. Henni war zurechtgemacht, mit fast grünlichweiß gepudertem Gesicht, roten Kirschlippen und die Augen derart schwarz umrandet, mancher Panda wäre neidisch geworden.

Gretchen senkte verlegen den Kopf, vielleicht hatte Henni ja recht. Sie gehörte nicht hierher, zumindest war sie nicht explizit eingeladen worden, sie war einfach nur davon ausgegangen, dass sie zu der Vorstellungsrunde auch würde kommen dürfen. Und schließlich stand die ja jedem offen.

»Ihr werdet nicht glauben, wen ich heute getroffen habe«, verkündete sie stattdessen und musste innerlich lachen. Hatte Isis ihr das nicht prophezeit, war nicht der ganze Sinn der Tennispartie der anschließende Klatsch darüber gewesen? »Carl von Bäumer höchstpersönlich. Und Elle Lack, seine Verlobte auch. Sie hat ihn abgeholt. Die beiden sind wirklich rasend verliebt. Keine Sekunde können sie die Finger voneinander lassen, es ist fast schon indezent.«

Das stimmte eigentlich nicht, vielmehr hatte er sie vor allen Leuten angemault, er habe ihr schon hundertmal gesagt, samstags sei sein freier Abend, ein bisschen Rücksichtnahme sei ja wohl nicht zu viel verlangt und dann hatte er seine Verlobte einfach stehen gelassen, war in seinen Wagen gestiegen und weggefahren. Aber das hätte Gretchen sowieso niemand geglaubt, nicht beim Liebespaar des Jahrzehnts. Und Hennis Interesse hatte sie auch so, ihre Kohleaugen weit aufgerissen sah sie Gretchen an. Aber die ließ sich jetzt Zeit. Statt weiterzuerzählen suchte sie nach einer Speisekarte.

Vergeblich – die Gäste errieten beim Eintritt wohl am Geruch, womit die gute Wirtin sie heute verwöhnen wollte. Einzig ein Perlenvorhang trennte die Küche vom Ausschank und auch jetzt wogten Schwaden von Knoblauchdunst, von bratenden Zwiebeln und kochendem Sauerkraut durch das Zimmer. Eine Frauenstimme sang falsch und leise ein trauriges Lied. Gretchen konnte zwar kein Russisch, aber sie hätte große Summen gewettet, dass es von unerfüllter Liebe oder Tod oder beidem handelte. Doch was es auch war, es fand ein abruptes Ende. Mitten im jammervollen Geträller brach die Stimme ab und begleitet von der plötzlichen, wohltuenden Stille trat Fred aus der Küche: »Vielen Dank für Ihr Verständnis. Die Künstler können sich bei Ruhe einfach besser konzentrieren.« Er zuckte etwas bedauernd die Schultern, warf einen kurzen Blick auf Stoffel, bemerkte dann Gretchen, ein Strahlen breitete sich auf seinem Gesicht aus: »Wie wundervoll, dass du da bist! Ich dachte mir, deine Meinung wird entscheidend sein. Bei der Auswahl der Künstler, meine ich. Mein eigener Geschmack, der ist zu elitär. Wenn mir etwas gefällt, dann wird es an den Kassen ein Misserfolg. Stoffels Einschätzung, das ist die eines jungen Sohns aus leidlich gebildetem Haus. Henni, die ist jung und modern, was ihr gefällt, wird auch die Masse überzeugen. Jeder von uns besitzt eine Stimme. Um genommen zu werden, braucht man drei Stimmen oder mehr.«

Gretchen nickte glücklich. Ganz warm war ihr vor Freude. Fred freute sich, sie zu sehen. Fred interessierte ihre Meinung! Doch bevor sie noch etwas hätte sagen können, ging Stoffel schon, um die Tür zu öffnen.

»Immer nur einer. Nicht drängeln«, wies er streng an und führte einen eleganten, hochgewachsenen Herrn herein. Ein Jongleur – und vermutlich ein Profi, denn er fragte als Erstes nach dem Gehalt und als Fred ihm dann seine Idee eines Künstlerkollektivs erklärte, packte er seine Bälle, Teller, Kegel gleich wieder zusammen und machte auf dem Absatz kehrt.

Ihm folgten ein Schlangenmensch, der jedoch einen betrunkenen Eindruck machte und lieber von seiner Zeit in Flandern erzählen wollte, für die kollektive Finanzierung konnte er sich allerdings durchaus erwärmen und als er schließlich mit seiner Darbietung begann, waren sie positiv überrascht. Er konnte tatsächlich mit den Zehen eine Zigarette rauchen, während er den Kopf gegen seine Unterschenkel lehnte und auf den Händen lief. Eine Melodie pfeifend lag er mit dem Kinn auf dem Boden und starrte seine vor dem Gesicht platzierten Füße an. Nur als Fred ihn bat, doch noch eine kurze Stimmprobe im Gesang zu liefern, da setzte er volltönend an: »Stolz weht die Flagge schwarz-weiß-rot von unserer Schiffemast, dem Feinde weh der sie bedroh…«

Da versprach Stoffel hastig, bevor Fred grundsätzlich werden konnte, sich zu melden.

Dem nationalgesinnten Schlangenmenschen folgten zwei synchron tanzende Schwestern in luftigen Kostümen, deren Darbietung lehnte Henni jedoch rasch und grundsätzlich ab, einen Tanzakt hatten sie nämlich schon: Sie selbst.

Es folgte ein älterer, von Brandnarben übersäter Herr, der ankündigte, als Feuerschlucker auftreten zu wollen. Doch kaum hatte er diese Absicht verkündet, da stürzte die Wirtin unter wildem Gezeter aus der Küche. Sie hatte heimlich gelauscht und sie duldete kein offenes Feuer im Schankraum! So weit kam es noch! Schließlich konnte Fred ihr unter Einsatz all seines blonden Künstlercharmes zumindest ein paar Stumpfkerzen entlocken. Mit ihnen als Platzhalter demonstrierte der Künstler, was er sonst mit brennenden Keulen und unterarmlangen Fackeln zeigte.

Die Wirkung war dementsprechend, schon recht routiniert versprach Stoffel, man würde sich melden.

Danach machten sie erst einmal Pause, denn das Geschrei hatte Iwan Iwanowitsch Smirnoff, den Inhaber und Gatten der Köchin, angelockt und er fühlte sich beflissen, ein wenig über russische Kunst zu erzählen. Er selbst war ja auch Maler, wie er mit stolzer Geste auf die schiefe Verklärungskirche gestand. Gleichermaßen großzügig wie hartnäckig erbot er sich auch, ihnen die Plakate zu malen – einen Vorschlag, den Fred ebenso hartnäckig wie sanft ablehnte. Sie würden sein Hinterzimmer zum Proben brauchen, aber ein Ankündigungsposter mit der Verklärungskirche drauf wollten sie doch nicht.

Nach dieser Unterbrechung folgte ein dressierter, ziemlich klein geratener Spitzmischling. Leider witterte er die Smirnoffschen Katzen oder die im Sauerkraut badenden Würste, denn statt brav auf zwei Beinen herumzuflanieren, setzte er in kühnem Sprung über den Tresen, zerfetzte den Perlenvorhang und bevor man ihn noch einfangen konnte, hatte er schon eine der an der Küchendecke trocknenden Würste heruntergerissen und halb vertilgt.

Obwohl es nur die halbe Wurst war, forderte die unerbittliche Köchin den vollen Preis – von Fred, denn der Besitzer des Hündchens war im allgemeinen Chaos verschwunden. Ganze drei Mark wollte sie und sie war auch nicht bereit, sich auf zwei Mark und einen reizenden kleinen Spitz für ihre Kinder herunterhandeln zu lassen.

Obwohl es schließlich Stoffel war, der das Portemonnaie öffnen musste, schlug ihnen der Vorfall allen etwas auf das Gemüt – nur das Hündchen schien sehr zufrieden. Zumindest legte es sich Gretchen schwanzwedelnd zu Füßen, wo es kurz entschlossen einschlief. »Sollen wir überhaupt weitermachen?«, fragte Henni mutlos. »Das führt doch zu nichts.«

»Vielleicht haben wir uns das ein bisschen zu einfach vorgestellt«, gestand Fred nachdenklich, schüttelte dann jedoch entschieden den Kopf. »Nein! Wir geben doch nicht bei der ersten kleinen Schwierigkeit auf! Besonders, wenn es im Grunde gar keine Schwierigkeit ist! Was haben wir denn erwartet? Dass Josephine Baker umsonst bei uns auftreten möchte? Aus Idealismus und weil ihr Hennis Beine so gefallen? Nein, Freunde, so geht das nicht! Wir müssen unsere Josephine Baker schon selbst entdecken, denn sie ist da draußen! Wir müssen nur diejenigen sein, die unter dem vielleicht wenig ansprechenden Äußeren, unter dem schlecht sitzenden Stangenanzug erkennen, dass da ein zweiter Otto Reutter vor uns steht. Das ist unsere Mission und das ist im Grunde ja auch der Sinn unseres Kollektivs. Wir möchten dem Publikum nicht den hundertsten Schlangenmenschen und die tausendundeinste exotische Tänzerin präsentieren, das kann die Scala sicher schöner. Wir möchten nichts Gefälliges, wir möchten etwas Neues, etwas Radikales schaffen! Kunst nämlich. Wahre Kunst! Wisst ihr nicht mehr? *Dada wird die Welt erretten!* Das war natürlich Blödsinn, Dada ist zu unpolitisch für die Errettung der Welt, aber grundsätzlich ist es eben wahr. Die Kunst ist die Religion unserer Zeit.«

»Und ich dachte immer, das Amüsemang sei die Gottheit unserer Tage«, warf Henni mit gespitzten roten Lippen ein, doch Fred machte nur eine wegwerfende Handbewegung. »Nein, die Kunst ist es. Nur verwechseln viele Kleingeister Kunst mit Amüsemang. Kunst muss nicht gefallen, vielleicht darf sie es noch nicht einmal? Wenn Kunst der breiten Masse zusagt, dann ist sie Mode. Wenn Kunst von der breiten Masse verstanden wird, dann ist sie sinnlos. Und deshalb machen wir jetzt weiter! Wir gehen nicht von hier fort, bevor wir nicht mindestens einen wahren Künstler, einen ungeschliffenen Diamanten aufgespürt haben. Das ist unsere Aufgabe! Und jetzt Stoffel, mach die Tür auf. Bitte den nächsten Aspiranten herein.«

Und das tat Stoffel dann auch, nur dass die Frau in der Tür eine alte Bekannte war. Hulla. Hulla, die Frau mit der Rolle in Conrad Veidts nächstem Film.

Einen Moment lang starrten sie sich alle gegenseitig verblüfft an, dann fand Henni als Erstes die Sprache wieder. Entschieden stellte sie fest: »Du hast dich wohl in der Tür geirrt, richtig? Wir machen doch nur ›klein-klein‹, nichts für das werdende Starlet.«

Hulla aber hob kämpferisch ihr dreieckiges Kinn und entgegnete: »Das hängt jetzt janz davon ab, was das hier geben soll? Wenn ihr nach einer kleinen Tanzmaus sucht, die für drittklassige Nackedeis den Hintergrund macht, dann haste recht. Wenn hier wirklich Kunst jesucht wird, dann ist es die richtige Tür.«

»Was möchten Sie denn vorführen?«, fragte Stoffel gewohnt diplomatisch und Hulla streckte das Kreuz durch, strich sich eine störrische Strähne aus der Stirn und dann sang sie los, Claire Waldoffs *Nach meine Beene is ja janz Berlin verrückt*.

Aber wie sie es sang, so mussten Frey und Kollo sich das Lied gewünscht haben! Warum nur hatte bisher niemand gemerkt, dass der Text weder zu Waldoffs leicht quietschender Stimme noch zu ihren bestenfalls mäßigen Beinen passte? Ganz eindeutig war das Lied für Hulla geschrieben worden, wie geschaffen war ihre rauchige Stimme, die es vermochte, voll Nachlässigkeit pikante Frechheiten ins Publikum zu werfen. Und wie sie dabei durch das winzige, biedere Zimmerchen schritt!

Als stünde sie im goldenen Scheinwerferlicht und vor ihr der große Saal des Friedrichsbau Variétes, ausverkauft bis auf den letzten Platz. Fast war Gretchen überrascht, als nach dem letzten Ton keine Menschenmasse donnernd applaudierte, nur sie, Stoffel und Fred, klatschten begeistert, während Henni demonstrativ desinteressiert ihre Fingernägel bestaunte.

»Großartig! Das war einfach nur großartig! Eine richtige Offenbarung«, fasste Fred schließlich in Worte, was Gretchen bis dahin nur hatte fühlen können. »Du musst bei uns mitmachen. Ich hab schon eine Melodie für dich im Kopf! Ich schreibe dir die besten Texte!«

Hulla aber, die zuckte nur die Schultern, entnahm ihrem Handtäschchen einen Apfel und biss gleichgültig hinein. »Mal sehen, mal sehen. Meldet euch einfach bei mir, wenn ihr wisst, wer sonst noch mitmacht. Dann kiek ich, ob's mir passt. Kollektivbezahlung wäre in Ordnung, zumindest am Anfang, bis klar is, was verdient wird und wer wat kann. Ick bin nich so ideal, dass ich's für die Kunst allein mach.«

Mit diesen Worten verschwand sie, an ihrer Stelle trat eine Ukulele ein, Gretchen aber sah kaum hin, sie war noch immer ganz verzaubert. Das war Kunst!

16. Kapitel

»Henni ist leider krank und kann heute nicht arbeiten«, log Gretchen und hoffte der Besitzer des Cafés unter den Linden würde im Dämmerlicht des Ganges nicht bemerken, wie sich ihre Wangen röteten. Henni hatte schlicht keine Lust gehabt, Zigaretten zu verkaufen – schickes Kostüm hin oder her. Nun, da der Ruhm zum Greifen nahe schien, hatte ihr das Ganze »eigentlich noch nie Spaß gemacht« und schlecht bezahlt war es obendrein.

Henni war überzeugt von ihrer großen Zukunft in Freds Künstlertruppe, sogar so überzeugt, dass sie die Stelle im Café unter den Linden direkt hatte hinschmeißen wollen. Gretchen hätte sie eigentlich ganz abmelden sollen, solche Extravaganzen jedoch verweigerte deren fade Krämerseele, die Krankmeldung war ihr eigener Entschluss gewesen. Vermutlich war das vergebliche Liebesmüh, denn der Besitzer hatte wenig Verständnis für Krankheiten – zumindest wenn sie nicht ihn selbst betrafen.

»Die Krankheit von der kenn ich. Die nennt man

Faulheit. Richte deiner Freundin von mir ganz herzlich aus, sie soll sich nach Herzenslust auskurieren, weil hier braucht sie sich nicht mehr blicken lassen. Wir machen den Laden hier am besten eh gleich dicht. Das Nummerngirl ist heute auch schon abhandengekommen, das tanzt für ein Kollektiv vor! Einmal in der Woche brauchen wir hier ein Nummerngirl und gerade dann muss das Flittchen vortanzen. Für ein Kollektiv! Ein Kollektiv, wenn ich das nur höre!«, polterte er unwirsch.

Dann warf er einen interessierten Blick auf Gretchen und sprach plötzlich in vollkommen verändertem Tonfall weiter: »Aber mal wat anderes, schönes Fräulein? Hätten Se nich Interesse an einem Engagement. Als Nummernjirl? Vielleicht haben Se ja Jlück und werden entdeckt? Is allet schon vorjekommen. Die Elle Lack, die jetzt dem von Bäumer seine feine Verlobte jibt, die hat ihre dürren Beene och schon bei mich hier jezeigt. Noch kene drei Jahre is dat her und jetzt is se eene janz Jroße. Dat is Ihre Chance, junges Fräulein. So schnell kann's jehen!«

Das mochte stimmen oder auch nicht, Gretchen jedenfalls ging das alles zu schnell, außerdem bezweifelte sie, dass Professoren der Altertumsgeschichte ihre Studentinnen annahmen, weil die so elegant die 9 über die Bühne schwenkten.

Ganz langsam und bedacht sagte sie: »Aber Henni

ist wirklich sehr krank. Sie markiert nicht. Sie wird morgen wiederkommen.«

»Entweder se ist krank oder se kommt morjen wieder. Ne, ick jlobe, dat hier, dat ist deine Chance, Kleenes. Schon als du reinjekommen bist, da hab ick mir jedacht, die Kleene, die hat was. So wat Jewisses.«

Gretchen betrachtete ihn höchst skeptisch. Aber hatte Fred am Vortag nicht etwas ganz Ähnliches gesagt? Dass sie das könnte, wenn sie nur wollte? Aber sie wollte ja eigentlich gar nicht! Wollte sie nicht oder traute sie sich nur nicht?

»Ne, Kleene. Du könntest ne Zukunft hier haben. Nur deine Frisur.« Er griff sich in die Tasche seiner violett getupften Weste, entnahm ihr ein Elfenbeinkämmchen und machte Anstalten, damit in Gretchens Haare zu fahren. Entsetzt machte sie einen Schritt rückwärts, aber er kam ihr nach, lachend. »Stell dir nich so an. Die Haare gehen jar nich, nächsten Samstag biste blond. Blondinen werden bevorzugt, hat dir deine Mama dat nich jesagt? Aber kene Sorge, Papa wird es dir schon beibringen. Allet wird Papa dir beibringen.«

»Ich glaube kaum. Mein Vater ist vor zehn Jahren gefallen.« Ihr Herz schlug vor Unbehagen hart und schnell in ihrer Brust, doch sie ließ sich nichts anmerken. Etwas nach links ausweichend erklärte sie entschlossen: »Und ich kann so etwas nicht. Ich meine, auf einer Bühne stehen. Ich hasse es, angestarrt zu werden. Ich habe schon als Kind das jährliche Krippenspiel gehasst. Es ist mir schlicht zuwider, im Mittelpunkt zu stehen. Selbst als Weihnachtsochse habe ich meinen Text vergessen! Ich schwöre, ich habe Mäh statt Muh gemacht. Nein, nein, nein. Ich bin hoffnungslos untalentiert.«

»Dat sajen die großen Künstler alle. Genies und Künstler sind da wie Wickelkindlein. Ick habe erst vor ein paar Tagen jelesen, dat selbst der jroße Einstein vor seinen Vorlesungen dat Nervenflattern bekommt.« Er lachte versöhnlich, machte sogar einen Schritt zurück. »Kindchen, im Ernst, du wirst en wundervolles Nummerngirl abjeben. Du musst nich einmal etwas sajen, dat Schwenken deines Täfelchens reicht vollkommen aus!«

»Aber ich will nicht in einem durchsichtigen Ding aus grünen Marabufedern von allen angestarrt werden!«, entgegnete sie trotzig. »Nein, nein, nein. Ich will nicht auf die Bühne.«

»Ein Jammer.« Er seufzte melodramatisch und wurde plötzlich wieder hochdeutsch. »Leicht verdientes Geld und der sicherste Job hier. Die verschiedenen Schauakte wechseln, sind der Mode unterworfen, aber das Nummerngirl, das bleibt. Und sollte es einen da mal nach einem Wandel gelüsten, dann tun es ein paar neue Marabufederchen, blau statt grün und eine Perücke auf dem Kopf. Na ja, ich finde schnell Ersatz. Das ist eine Stelle, nach der lecken sich andere die Finger. Wie schade für dich, aber wenn du nicht magst, wenn du zu feige bist …«

»Ich bin nicht zu feige!«, fauchte Gretchen, in Gedanken noch halb beim Versprechen einer sicheren Anstellung. Das wäre schon etwas Feines, ewig würde das bei Isis ja nicht gehen. Und das hier, das war nachts, das kollidierte nicht mit etwaigen Vorlesungen – die sie natürlich nicht hatte, aber … Und bevor sie den Gedanken noch beendet hatte, hörte sie sich schon selbst sagen: »In Ordnung. Ich mach das! Sie werden schon sehen.«

»Na also! Ich habe einfach einen Blick für Talent.« Er grinste zufrieden. »Und jetzt dalli, dalli, umziehen. Los, worauf wartest du noch?«

»Aufs Gehalt.« Gretchen lächelte so kühl, selbst Kaiserin Kleopatra hätte es nicht besser gekonnt. Wenn sie schon mutig sein wollte, dann musste sie es auch richtig machen. »Und wenn Sie eine Blondine als Nummerngirl möchten, dann möchte ich einen Zuschuss zur Bleiche.«

»Was fällt dir ein!« Vor plötzlichem Zorn wurde er ganz rot und glänzend. »So was Dreistes habe ich in dreißig Jahren nicht erlebt.«

»Einmal ist immer das erste Mal.« Gretchen wusste selbst nicht recht, woher sie plötzlich das Selbstvertrauen nahm – vielleicht gab ihr Freds Hochachtung vor ihrer Meinung den Mut oder vielleicht auch das, was sie für Isis' Zuneigung hielt? Vielleicht ein wenig von allem? Und mit fester Stimme ergänzte sie: »Und bevor Sie ablehnen, sollten Sie sich klar machen, dass Nummerngirls zwar leicht zu finden sind, aber frühestens morgen. Heute Abend stehen Sie ohne mich ohne Nummerngirl da. Die Gäste kommen in einer halben Stunde. Was werden die nur sagen? Wenn sich das rumspricht? Natürlich ist es nur ein Abend, aber wir sind hier in Berlin, Clubs wie das Unter den Linden gibt es wie Bernstein an der Nehrung. Ganz schlechte Presse, wirklich ganz mies. Apropos Presse, habe ich Ihnen eigentlich schon erzählt, ich wohne Tür an Tür mit einem Kulturjournalisten bei Ullstein? Der würde sicher gerne mal über Ihr Lokal berichten – auf die eine oder andere Weise. Verrisse werden besonders gern gelesen.«

Er starrte sie einen Moment lang an, dann sagte er: »Gut, fünf Mark pro Woche. Ich zahle dich am Freitag.«

»Nein, fünf Mark auf die Hand. Jetzt.« Wer war diese Frau und warum sprach sie mit Gretchens Stimme?

Den Chef des Cafés unter den Linden jedenfalls hatte die Unbekannte besiegt, mit einer matten Geste zückte er seine Geldbörse, drückte ihr drei blanke Markstücke in die Hand: »Den Rest gibt es, wenn ich gesehen habe, dass du deinen Job auch ordentlich machst. Nicht jede taugt zum Nummerngirl.« Doch in seinem Ton schwang unverhohlene Hochachtung mit, Gretchen hatte hart verhandelt und gewonnen. »Was hat das alte Suppenhuhn Henni denn jetzt eigentlich?«

Und ihn und sein Elfenbeinkämmchen richtig einschätzend, sagte Gretchen sanft: »Ich weiß nicht, wie man die Krankheit nennt. Aber es juckt ganz furchtbar an Stellen, über die man als Dame nicht spricht.«

Die Tomate erbleichte erst, dann wurde sie grün und verschwand ohne ein weiteres Wort in ihrem Büro, Gretchen aber lächelte und ging, um sich Tempos in den BH zu stopfen.

Das Ankleidezimmer des Cafés unter den Linden gehörte dem großen Johnny Gable und wenn er samstags nicht kam, weil er in feineren Etablissements auftrat, dann blieb die Garderobentür den ganzen Abend geschlossen.

Der Rest der Angestellten musste eben sehen, wo er die Kleider wechselte.

Zwischen Fässern voll Schwarzgebranntem und billigem Weißwein, der noch darauf wartete, durch einen ordentlichen Schuss Soda und eine elegante Flasche in Champagner verwandelt zu werden, zwischen Kisten voll Tomaten und Cocktailorangen und drei Blumenkästen mit halb verdorrter Minze lagen Instrumentenkoffer, türmten sich Mäntel und Sakkos, Damenstrümpfe, Damenkleider, Selbstbinder, Cowboyschals, Glockenhüte, Barette und Kreissägen. Wegen der Gehaltsverhandlung war Gretchen spät dran, zumindest hatten die Musiker und das Küchenpersonal den vollgestopften Raum schon wieder verlassen; nur unter dem speckigen, braun geblümten Umkleidevorhang schauten noch zwei haarige Beine hervor und die beiden Synchrontänzerinnen saßen Rücken an Rücken davor, die eine las der anderen laut aus einer Zeitschrift vor: »*Aus gut informierten Kreisen heißt es, das Brautpaar plane die Flitterwochen keineswegs in Venedig zu verbringen. Vielmehr beabsichtigen die beiden, ihren Honigmond auf seinem elterlichen Gut in Ostpreußen zu verbringen, im Kreise der Familie.*« Sie schüttelte ihren glatten schwarzen Bob, kommentierte ablehnend: »Damit könntest mir jagen. Da heiratest schon den feschsten Junggesellen der Republik und dann hockst bei den Schwiegereltern rum. Also wenn er mir jenommen hätt', wär er nich so billig weggekommen. Für mich hätt' es schon Neu-York sein dürfen!«

Ihre Schwester schüttelte ebenfalls den schwarzen Bob: »Du bist doch manoli. Die lange Überfahrt und allet? Wenn ick den Bäumer heiraten würde, könnt der wegen mich och auf Flitterwochen aufm Mond bestehen. Hauptsache Hochzeitsnacht!«

»Die Lack is doch kalt wie Eisbein!«, trug der Mann hinter dem Umkleidevorhang zur Diskussion bei. »Den Typ, den kenn ich. Die taugt im Schlafzimmer nischt, die hat die janze Zeit nur Angst, dass ihre Frisur verrutscht. Is aber dem Bäumer Wurst, die ganze Liebe is doch eh nur für die Presse! Wenn ick je nen warmen Bruder jesehen hab, dann den.«

Gretchen hörte nicht weiter zu, mit zitternden Fingern griff sie nach dem verbogenen Metallbügel, an dem das Marabufähnchen hing. Worauf hatte sie sich da nur eingelassen? All der Mut, all die Selbstsicherheit war verschwunden. Ihr war richtiggehend schlecht vor Angst.

»Blödsinn! Ick weeß es von einem, der jeht mit enem Mädchen aus, das die Hemden vom Bäumer bügelt. Es ist also janz sicher. Der Bäumer, der hat en Verhältnis mit der Frau von seinem Agenten – seit Jahren schon. Die hat ihn überhaupt zum Film jebracht, lässt sich ja auch nicht anders erklären. Wat kann denn der schon? Im Morgenrock doof dreinschauen und Schmollmündchen machen wie ein Säugling. Alles Juden, komplett verjudet, das ganze Filmjeschäft.«

»Beeilen Sie sich bitte«, unterbrach Gretchen mit kieksender Stimme, bevor es gar zu weltanschaulich werden konnte. »Ich bin das neue Nummerngirl. Ich muss als Erste nach dem Conférencier raus.«

»Dann brauchste nicht hetzten«, erklärte der Besitzer der haarigen Beine plötzlich mit der deutlich volltönenderen Stimme des Conférenciers. Dann zog er den Stoff zur Seite, funkelte sie aus künstlich geschwärzten Augen an. »Was ist denn mit Henni passiert? Is die och vortanzen?«

»Die macht Karriere beim Kabarett«, erklärte Gretchen stolz, doch der Conférencier riss nur sein Raubtiergebiss auf und lachte höhnisch. »Ach ja, noch so ein verdorbenes Provinzpflänzchen. War einmal zu oft im Kino, glaubt jetzt, sie sei die neue Garbo. Oder Josephine Baker und Anita Berber in Personalunion. Lass dir von mir eines sagen: Ich mache diesen Job jetzt seit dem Krieg, ich hab ihn sogar schon während des Kriegs im britischen Lager gemacht und glaub mir, für die Hennis dieser Welt gibt es genau drei Arten von Zukunft. Die Ehe mit einem braven Trottel, der zu dumm ist, zu begreifen, was er sich da für ein überreifes Früchtchen geangelt hat – beliebte Opfer sind Maurergesellen oder Zimmerleute vom Land. Denen schieben sie ein Kind unter und dann verschwinden die Hennis, wenn sie Glück haben. Haben sie keins, dann findet man sie in ein paar Jahren entweder als Kontrollmädchen oder als Treibgut in der Spree, gern auch beides gleichzeitig.«

»Das ist nicht wahr«, verteidigte Gretchen ihre Freundin. »Henni hat Talent!«

»Henni hat Flausen! Und außerdem, Talent haben in Berlin viele und der Rest hat hübsche Beine. Um sich durchzusetzen, da braucht es mehr. Allem voran Disziplin, die große preußische Tugend, die so gar nicht zur Künstlerseele passen will. Guck dir die Berber an, ein verdammtes Genie und dann schau, was sie aus ihrem Leben für eine Latrine gemacht hat. Dinah Nelken ist nicht halb so talentiert, aber die füllt noch in zwanzig Jahren die Säle.«

Die Glocke im Saal klingelte und der Conférencier straffte die Schultern, warf einen letzten Blick in den Spiegel und ging in Richtung Bühnenaufgang. »Glaub mir«, raunte er Gretchen noch einmal über die Schulter zu, »wer es in Berlin zu etwas bringt, der braucht an erster Stelle Disziplin, an zweiter Stelle kommt Frechheit und dann kommt lange nichts. Und weißt du, was dann kommt? Beziehungen!«

Gretchen blickte ihm zornig hinterher, was wusste der schon? Andererseits war sie ihm fast ein bisschen dankbar, mit seinem dummen Gerede hatte er sie so aufgeregt, dass sie für einen kurzen Moment ihre Nervosität ganz vergessen hatte. Ihre Hände waren so schwitzig, sie bekam kaum die Knöpfe an diesem Marabuungeheuer auf und dann verrutschte ihr Taschentuchbusen und dann sah sie sich im Spiegel. Die kurzsichtigen hellgrauen Augen sehr flüchtig getuscht, das blasse Gesicht sehr nachlässig gepudert. Man würde sie ausbuhen! Das hässlichste Nummerngirl Berlins würde man sie nennen. Wo waren Lippenstift und Lidschatten, das musste es hier doch irgendwo geben? Mit fliegenden Fingern griff sie sich das Erstbeste, beschmierte Mund und Wangen mit einem ziemlich grauenhaften Rotorange, aber jetzt war es zu spät, das Nummerngirl sah ja eh keiner genau an. Hoffentlich stimmte das.

Oh Gott, sie hatte noch gar keine Schuhe an! Wo waren ihre verdammten Schuhe? Die passten nicht zum Kleid, auch egal. Selbst Einstein hatte vor seinen Vorlesungen Lampenfieber, das hatte ihr neuer Chef doch vorhin erst gesagt. Doch sie war nicht Einstein und sie war auch nicht Kleopatra, sie war Gretchen Keun und sie konnte das nicht. Sie würde sich jetzt einfach umdrehen und gehen, nach Hause, zu Fräulein Notter. Sie würde sich eine warme Milch machen und das Café unter den Linden nie wieder erwähnen, nicht einmal daran denken würde sie, und wenn sie einmal zufällig in der Gegend wäre, dann würde sie einen großen Bogen drum herum laufen.

»Hey, was stehst du hier noch?«

Das war der Kraftakt, im blau-weiß gestreiften Trikot und am ganzen Körper schwarz behaart. Das Klavier spielte schon die Melodie für das Nummerngirl. »Du musst raus.«

Gretchen machte einen zitternden Schritt rückwärts. Sie konnte das nicht! Sie hatte noch nicht einmal beim Krippenspiel einen Ochsen spielen können.

»Da!«, kommandierte der Kraftmensch und drückte ihr die große rosa Tafel mit der goldenen Eins in die Hand. Wie schwer das Ding wog, wie sollte sie das nur elegant zeigen? Das Klavier stimmte von Neuem die Nummerngirl-Melodie an, der fröhliche Dreivierteltakt klang inzwischen schon leicht nervös. Sie konnte das einfach nicht! Und dann erhielt sie plötzlich einen kräftigen Schubs in den Rücken, stolperte, fing sich und stand im Rampenlicht. Sie konnte das!

17. Kapitel

Nach der zwölften und letzten Nummerntafel ließ sich Gretchen erschöpft und mit schmerzenden Füßen auf den Kleiderberg hinter der Bühne fallen. Er roch ziemlich streng nach allerlei Duftwässern, Tabak und etwas muffig Unbestimmbarem. Sie lag trotzdem sehr gemütlich und weich, auch wenn der Berg schon deutlich kleiner geworden war, denn der Großteil der Schausteller ging direkt nach seinem jeweiligen Auftritt, nur die Musiker blieben tatsächlich bis zur Sperrstunde. Die Gagen all dieser Tänzer und Sänger waren meist so gering, dass sie an einem Abend mehrere Engagements brauchten, um über die Runden zu kommen.

Verdienen taten vor allem die Besitzer der Vergnügungstempel. Fred hatte wirklich recht, dem Kollektiv gehörte die Zukunft, faire Bezahlung, Schluss mit der künstlerischen Ausbeutung.

Kämpferisch gesinnt reckte Gretchen sich, rollte schwungvoll die Schultern nach hinten und erhob sich von ihrem Berg. Sie würde nun vom Chef ihre restliche Gage eintreiben! Und das würde sie umso entschiedener tun, weil sie wusste, sie hatte keine Zukunft als Nummerngirl. Sie hatte es probiert, sie hatte es gekonnt und sie wusste nun, es war nicht ihre Welt.

Vielleicht hatte Hulla ja recht, man durfte sich als Frau nicht so zieren, es tat einem ja schließlich nicht weh, von johlenden Männern angegafft zu werden – zumindest nicht körperlich. Gretchen aber schüttelte sich. Nein, für sie war das nichts. Und würde auch nie etwas werden.

Und genau in diesem Moment trat der Herr des Cafés unter den Linden tatsächlich in den Garderobenraum – wie üblich ohne anzuklopfen. Warum auch? Das Zimmer gehörte ja ihm, selbst schuld, wer hier faul und unbekleidet herumstand.

»Fräulein Gretchen!«, brüllte er und er war tatsächlich noch immer ganz rot im Gesicht, sollte das den gesamten Abend angedauert haben? »Du schuldest mir zehn Mark und achtzig Pfennig!«

»Wie bitte? Sie schulden doch mir Geld! Und zwar die verhandelte Gage!« Daher wehte der Wind also. Er hatte bekommen, was er wollte, nämlich einen reibungslos funktionierenden Abend mit Nummerngirl. Bis morgen würde er die nächste Dumme für weniger Geld finden und sie wollte er nun um ihren Lohn prellen. Was würde Kleopatra in einer solchen Situation machen? Kleopatra, die schön und schlau war. Kleopatra, die wusste, dass die Waffen einer Frau am

Ende immer noch hinter dem schönen Gesicht lagen. »Oh, nein! Sie geben mir nun sofort, was mir zusteht, sonst …« Ja, was sonst? Sonst würde sie mit ihrer riesigen Kriegsflotte angreifen?

»Das was dir zusteht, das habe ich schon abgezogen! Sonst wären es nämlich zwölf Mark und achtzig Pfennig!«, gab der Chef knapp zurück und dann zerrte er hinter sich einen kleinen, sehr strubbligen Hund hervor. Gretchen brauchte einen Moment, doch dann erkannte sie den Spitz, der ihnen heute während der Proben zugelaufen war. Er bellte einige Male erfreut.

»Die komplette Vorratskammer hat das Vieh leergefressen! Sogar die Kohlrouladen, die meine Madame für morgen vorbereitet hatte! Danach haben wir ihn im Hof festgebunden, richtig schön fest, an einem Lederriemen. Aber stört das diese Bestie? Nein! Kaum kommt der Straßenfeger vorbei, der hat gerade Vesper gemacht, da reißt das Untier sich los, fällt ihn an und frisst das komplette Wurstbrot auf.«

Gretchen blickte den kleinen Spitzmischling an, dieser senkte schuldbewusst die Augen, stieß noch einen Jammerlaut aus.

»Das ist doch dein Hund, oder? Zumindest haben das deine beiden Freunde, der Hübsche und der andere, behauptet, als sie diese Fressmaschine abgegeben haben. Sagten, das Vieh gehöre dir. Was ist jetzt, ist das deiner oder nicht?«

Nun sah der kleine Hund Gretchen an. Seine Augen waren schwarz und glänzten feucht, ein bisschen wie die von Erik Faber.

»Haben die beiden Bengel sich da nur einen teuren Scherz erlaubt?«

Das Hündchen klopfte einmal mit dem Schwanz auf den Boden, saß dann wieder still.

»Na, wenn's nicht deiner ist, dann geht das Vieh zum Hundefänger. Die Kosten krieg ich nicht mehr rein, aber das Pelzchen wird meiner Madame schon gefallen.«

Sanft fuhr Gretchen dem Tier über das seidenweiche Fell, spürte die Wärme des kleinen Körpers und roch eine leise Ahnung von Wurst. Ganz langsam schüttelte sie den Kopf, dann sagte sie: »Nein, nein, das war kein Scherz. Das Hündchen, das gehört zu mir.«

»Ich werde dich Incitatus nennen«, bestimmte Gretchen, während sie ihrem neuen Freund eine alte Boa aus Marabufedern um den Hals band. Als Leinenersatz würde es das für heute schon tun. »Incitatus war das Pferd von Caligula. Kennst du Caligula? Das war ein römischer Kaiser. Die meisten Leute sagen, er war verrückt, aber ich hab ihn sehr gerne. Weißt du, es ist immer leichter, jemanden als seltsam abzustempeln, als über seine Motive nachzudenken.«

Der Spitz blickte wissend zu ihr auf, sein neuer Name schien ihm zu gefallen – genau wie die Boa. Dass die schon reichlich in der Mauser gewesen war, tat der Wirkung kaum Abbruch.

Vor der Tür schlug Gretchen feuchtkalte Nachtluft entgegen, in eisigen Böen wurde Abfall über die verlassene Straße geweht. In den Pfützen, im polierten Lack der Automobile spiegelten sich die Straßenlampen, ein wenig tröstliches Licht. Schon nach den ersten Schritten waren die Taschentücher in Gretchens Schuhen klamm und ihr Mantel begann an den Nähten durchzuweichen. Eigentlich wollte sie nur schnell nach Hause, ins Warme – spät genug war es auch –, doch dann, dann sah sie den Mann. In einem vor Nässe dunklen Uniformmantel saß er dort, auf einer Bank direkt gegenüber dem Künstlerausgang des Cafés unter den Linden. Seine ungewöhnlich langen Haare trieften, denn er trug keinen Hut und einen Moment hatte Gretchen angenommen, es wäre einfach ein vom Schlaf übermannter Betrunkener, so leblos war die Gestalt. Aber dann hob er den Kopf, wendete ihr sein Gesicht zu und da wurde Gretchen bewusst, dass sie ihn kannte. Diese Augenklappe und dieses Piratenkinn? Nein, sie *kannte* ihn nicht, aber sie hatte ihn schon einmal gesehen. Nur wo? Oder täuschte sie sich? Invalide sah man doch viele. Nein, sie hatte genau diesen Mann schon einmal gesehen, und auch er schien sie zu erkennen, denn er richtet sich bei ihrem Anblick auf, erhob sich und machte einen Schritt auf sie zu.

Gretchen schluckte trocken. Er war breit wie ein Möbelpacker und überragte sie um gut zwei Köpfe. Incitatus stieß ein scharfes Knurren aus, was den Mann immerhin innehalten ließ, in einer besänftigenden Geste hob er die Hände. An der linken fehlten ihm bis auf den Daumen alle Finger, an der rechten waren es auch nur noch drei. Und ohne weiter näher zu kommen, sagte der Mann: »Guten Abend. Ich habe Sie erwartet.«

Gretchen schüttelte verwirrt den Kopf. Die fast sanfte Stimme passte nicht zu seiner Freibeutererscheinung.

»Guten Abend«, entgegnete sie zögernd. Täuschte sie sich, war das doch einfach nur ein Betrunkener? Aber er klang ganz nüchtern.

»Ich wollte Sie um einen Gefallen bitten«, sagte der Mann höflich. »Das heißt, wenn es keine Umstände macht.«

»Ich habe kein Geld bei mir«, beeilte sie sich zu sagen, was ihrem Gegenüber ein schiefes Grinsen entlockte. Warum kam keiner? Der Conférencier war noch im Café gewesen, der musste doch irgendwann hier auftauchen?

Es hatte erneut begonnen, heftig zu regnen, doch das störte den Fremden nicht weiter. Mit dem Handteller fuhr er sich über das Gesicht, mehr reflexhaft, als in der tatsächlichen Absicht, es zu trocknen.

»Nein, darum geht es nicht. Hören Sie mich wenigstens an. Ich habe den kompletten Abend hier auf Sie gewartet. Es regnet und hat kaum fünf Grad über null.« Die Verzweiflung in seiner Stimme klang so echt und war dabei so vollkommen unsinnig, dass Gretchen einen Schritt zurückwich. Was passierte hier? Wer war dieser Fremde? War er verrückt? Berauscht?

»Hören Sie mich doch wenigstens an. Dann können Sie immer noch ablehnen.«

»Gretchen? Alles in Ordnung?«

Der Conférencier!

Vor Erleichterung machte ihr Herz einen heftigen Satz, der Mann mit der Augenklappe aber sagte: »Ich danke Ihnen für Ihre Hilfe, junges Fräulein. Jetzt werde ich das Metropol sicher finden.« Und mit diesen Worten ließ er sich von der Nacht verschlucken.

Der Mann musste ein Verrückter gewesen sein, davon gab es nach dem Krieg ja überreichlich. Jede hätte er angesprochen, davon war Gretchen im warmen Licht des nächsten Nachmittags fast restlos überzeugt. Wenn sie sich nur nicht ebenso sicher gewesen wäre, dass sie ihm schon einmal begegnet war – nur wo? Was konnte er nur gewollt haben? Nichts würde er gewollt haben! Der war einfach verrückt.

Und wie um diesen Gedanken noch einmal zu verdeutlichen, strich Gretchen den letzten, von ihr geschriebenen Absatz komplett durch.

Die Schreibmaschine auf den überkreuzten Beinen, saß sie auf dem winzigen, zu Fräulein Notters Wohnung gehörenden Balkon und feilte am finalen Schliff von Freds Arbeit. Die verschnörkelten Geländer waren so nah an der Glastür, neben Gretchen war gerade noch genug Platz für Incitatus' Pfoten – die von Stoffel vorbeigebrachten Bücher stapelten sich drinnen. Tatsächlich war das Ganze ziemlich unpraktisch und unbequem, aber Gretchen hätte trotzdem wie eine Katze schnurren mögen. Wie mild es nun wieder war, und die Luft so sauber, wie frisch gewaschen!

Unter ihren Füßen schlenderten sonntagsfeine Menschen vorbei, schräg gegenüber hatte ein fahrender Händler seinen bunt bemalten Wagen abgestellt, verkaufte aus dem Fenster Limonade, glasiertes Obst und süße Sahne. »Mechanisch aufgeschlagen! Mit echtem Vanillin!« So stand es auf einem neben dem Zugpferd aufgestellten Holzschild, und eine große, laute Schar Kinder bestaunte das hinter Glas gelagerte Rührgerät, von strengen Müttern gleichermaßen beständig wie erfolglos ermahnt, die Scheibe nicht anzufassen. Wenn die elterliche Maßregelung handgreiflich unterstrichen wurde, war öfters schmerzhaftes Aufheulen zu hören.

Die zum Teil in der Kinderaufsicht allein gelassenen Väter mahnten gleichermaßen streng wie hilflos, schienen sich fast schon den Werktag herbeizuwünschen. Da war man Mann unter Männern, da kannte man die Regeln und den Ton, da kümmerten sich wenigstens die Weiber um die aufgedrehte Brut, so war es und so sollte es auch sein!

Wenn Hundebesitzer vorbeigingen, bellte Incitatus manchmal einen leisen Gruß und weil Gretchen allein war, unterließ sie es, den Spitz zu tadeln. Fräulein Notter war über den neuen Mitbewohner nicht unbedingt begeistert gewesen, eine Verwandte mit Hund hatte sie noch nie beherbergt. Andererseits war Gretchen längst zu ihrer absoluten Lieblingscousine aufgestiegen.

Jung-Giesinger hatte ihr zum ersten Mal Perlen verehrt – dreireihig!

Aber nicht nur das! Von wilder Verliebtheit beseelt, hatte er sie spontan gebeten, ihn auf eine mehrtägige Geschäftsreise nach Hamburg zu begleiten und das, obwohl sie ihm eine Rechnung über Putzmittel im Wert von zweihundert Mark präsentiert hatte. Für Scheuersoda zahlte der Herr gerne, für ein Milchbad im Schönheitssalon der Madame Bross nicht. Die Perlen und der Ausflug waren also irgendwie auch Gretchens Verdienst und deshalb hatte Incitatus bleiben dürfen.

»Du verdankst deine Anwesenheit also dem Schönheitsgeheimnis einer Dame vom Pariser Platz«, befand Gretchen und da sie sich unbeobachtet wusste, rückte sie ihre Brille zurecht und versuchte sich noch einmal am zusammenfassenden Schluss. Sie hatte genügend wissenschaftliche Arbeiten gelesen, sie wusste genau, wie so etwas auszusehen, zu klingen hatte, nur wollte und wollte es ihr nicht gelingen. Sie hätte ja Stoffel um Hilfe bitten können, aber so tief würde sie nicht sinken, und wenn sie den ganzen Tag allein dafür brauchen würde.

»Wen haben wir denn da?«, rief plötzlich eine gut gelaunte Stimme. Überrascht blickte Gretchen über das Balkongeländer herunter auf die Straße, aber da war niemand.

»Hier oben!« In Schlafanzughosen, ungekämmt und unrasiert stand Erik Faber auf seinem eine Etage höher liegenden Balkönchen und winkte ihr fröhlich zu. »Ist es schon zu spät für ein Guten Morgen?«

»In Berlin schon, aber irgendwo auf der Welt werden die Menschen bestimmt gerade jetzt aufstehen«, lachte sie. »Hast du schon gefrühstückt? Soll ich dir eine Tasse Kaffee machen?«

Ohne sich die Hand vorzuhalten, gähnte er herzhaft, streckte sich behaglich, seine Antwort aber ging in der plötzlich einsetzenden Musik unter. Auf der Straße war ein Grammophonspieler erschienen, drehte zum allgemeinen Entzücken der Kinder kräftig an der Kurbel, die schneidigen Klänge des Radetzkymarsches erfüllten auf einmal den Nachmittag. Von wohligen Erinnerungen an ihren *juten Kaiser Wilhelm* erfüllt, war das Publikum mehr als gerne bereit, dem mit einer Sammelbüchse herumlaufenden Äffchen Münzen und Scheine zu geben, aus den geöffneten Fenstern prasselte es Münzen und selbst der Büdchenbesitzer ließ sich nicht lumpen, bot dem Leierkastenmann einen großen Becher Schlagsahne an. Zum Dank spielte der nun Strauss' *Can-Can* und da passierte es!

Incitatus, der bisher gemütlich zu Gretchens Füßen gelauscht hatte, erhob sich auf die Hinterbeine, schien einen halben Knicks anzudeuten, machte dann ein paar zierliche Schritte, marschierte bald schneidig auf und ab, begann schließlich, sich in Pirouetten zu drehen. Gretchen starrte sprachlos, warf Erik einen Blick zu. Der sah es ganz offensichtlich auch, es war keine Einbildung.

Mehr als »Das hat er noch nie gemacht« fiel Gretchen nicht ein und kaum waren die letzten Töne verklungen, da legte sich der kleine Mischling auch schon wieder auf seinen Platz, tat, als wäre nichts gewesen. »Wo hast du denn das Wundertier her?«, staunte Erik, woraufhin Gretchen ihm rasch die Vorkommnisse des gestrigen Abends schilderte.

»Ich muss das unbedingt Fred und den anderen zeigen, Incitatus kann eine eigene Nummer bekommen«, schloss sie aufgeregt. »Die werden vielleicht Augen machen!«

Erik nickte einige Male, streckte sich dann erneut und befand: »Ich habe Hunger. Ich hab noch die halbe Nacht an dem Dampferartikel gesessen, aber jetzt ist er top. Komm, was hältst du davon, wenn wir zur Feier des Tages Torte essen gehen? Dein Showstar ist auch eingeladen.«

Gretchen zögerte einen Moment, schrecklich gerne hätte sie Ja gesagt. Nur die Arbeit von Fred musste fertig werden, die hatte sie Henni bis heute Abend versprochen. Die brauchten doch das Geld.

»Ich kenn eine sagenhaft hübsche Konditorei im Zeitungsviertel. Sie ist ganz klein, nichts, wo wir vor lauter Sonntagsfrischlern keine zwei Schritte für uns haben. Man kann im Freien sitzen und vielleicht gibt es sogar schon Erdbeerkuchen? Die machen nämlich den besten von ganz Berlin, wenn nicht der kompletten Republik«, lockte Erik und auch Incitatus wedelte auffordernd mit dem Schwanz, wenn es ums Essen ging, war der natürlich dabei.

Wie schön würde das sein, und sie hätte ihm von ihrer seltsamen Begegnung in der gestrigen Nacht erzählen können, bestimmt hätte Erik sich einen Reim darauf machen können. Und bestimmt hätte Erik sich köstlich über ihre Beschreibung der Vorstellungen im

Goldenen Samowar amüsiert? Von ihrem Abenteuer als Nummerngirl für einen Abend wusste er ja auch noch nichts!

Aber sie musste diese Arbeit fertig kriegen, das hatte sie Stoffel und Henni versprochen. Mit einem Kloß im Hals entgegnete sie: »Ich kann leider nicht, ich muss hier noch etwas erledigen.«

»Und wenn ich dir helfe? Dann bist du schneller. Ich habe die erstaunlichsten Talente. Ich kann nicht nur Werbetexte für Nachttöpfe und Reiswecker verfassen, ich kann auch innerhalb kürzester Zeit jeden Kaktus ertränken!« Zum Beweis hielt er ihr einen wirklich kümmerlichen Schwiegermuttersitz entgegen. »Oder ich mach dir einen Kaffee, dann bist du wacher und dreimal so schnell? Was ist es denn, was du da so Dringendes hast?«

»Darf ich nicht sagen, es ist ein Geheimnis«, murmelte Gretchen unglücklich, das klang nach einer richtig dummen Ausrede, sie merkte es selbst. »Tut mir wirklich leid. Ein andermal bestimmt. Ich hätte viel lieber mit dir Kuchen gegessen, das musst du mir glauben.«

Erik nickte einige Male, dann fragte er: »Und wenn wir zu einem frühen Abendessen gingen?«

»Ich bin schon verabredet«, gestand Gretchen. Jetzt fühlte sie sich richtig miserabel. »Ich gehe mit einer Freundin ins Haus Vaterland.«

Nach einem inneren Kampf hatte sie doch beschlossen, Henni mit ihrem Verzehrgutschein einzuladen. Es war ein Dank und der Versuch, an die unbeschwerte Fröhlichkeit ihrer gemeinsamen Vergangenheit anzuknüpfen.

»Na dann.« Erik lächelte etwas bemüht, wie Gretchen glaubte, und während sie noch überlegte, wie sie ihm das alles erklären könnte, schloss er schon die Balkontür. Das Klicken kam ihr sehr laut vor. Und als wäre das alles nicht schon genug, bemerkte sie in diesem Moment auch noch: ihre Brille! Sie hatte das ganze Gespräch über ihre Brille aufgehabt. Also das wäre Kleopatra nie passiert!

18. Kapitel

»Schau, hier entsteht der *WahnSinn*! So heißen wir nämlich«, erklärte Fred aufgekratzt über die Schulter, während er vor Gretchen die schief getretenen Stufen einer Wendeltreppe emporstieg. »Du wirst staunen!«, prophezeite er und riss mit einer dramatischen Geste die Tür auf. Oder zumindest versuchte er es, wegen des halb davor geschobenen Pianos öffnete sie sich aber nur einen Spaltbreit. Überhaupt verbarg sich dahinter beileibe kein wirklicher Proberaum. Es war nur ein kleines, sehr voll gestelltes Zimmer mit stockfleckiger Tapete, von Ratten angenagten Vorhängen und einem Matratzenlager, aus dem teilweise das Stroh quoll. All das sah Gretchen jedoch erst nach und nach, für den ersten Moment war sie vollkommen von Henni und Hulla in Beschlag genommen.

Nackt bis auf ein rosa Seidennegligé, saß Hulla zwischen den Kissen und warf krampfhaft den Kopf hin und her, Henni würgte sie mit einem Seidenstrumpf, während Stoffel tatenlos danebenstand.

»Henni!«, entfuhr es Gretchen panisch, doch diese

lachte nur. Und Hulla lachte auch, erklärte: »Wir üben nur. Für meinen großen Auftritt in Conrad Veidts Film. Ich darf mich von ihm strangulieren lassen. In Großaufnahme.«

»Ist das denn ganz sicher?«, fragte Gretchen vorsichtig. Sie hatte ja keine Ahnung, wie viele Frauen Conrad Veidt so durchschnittlich pro Film umbrachte, aber sie glaubte da doch ziemlich große Ähnlichkeit zu der Rolle zu erkennen, die sich Isis am Vortag spontan geschnappt hatte.

»Natürlich ist das sicher!«, fauchte Hulla aufgebracht. »Ich hab nämlich ein sehr inniges Verhältnis zum Chefbesetzer. Ich weiß, wie man einen unvergesslichen Eindruck hinterlässt.« Und zum Beweis dafür ließ sie einen Träger ihres Seidennegligés über die Schulter rutschen. So auf Kommando war das sicher nicht ganz leicht, das war auch ein Talent, das musste Gretchen ihr durchaus lassen. »Statt dumme Fragen zu stellen, solltest du besser aufpassen, dass deine Töle hier nichts kaputt macht.«

Mit anklagendem Finger zeigte sie auf Incitatus, der eifrig schnuppernd in dem winzigen Zimmer hin und her lief, vermutlich witterte er die Ratten?

»Das ist keine Töle! Er heißt Incitatus und hat eine gehörige Menge künstlerisches Talent.« Das *Jedenfalls mehr als du* konnte Gretchen sich gerade noch verkneifen. Die blöde Kuh sollte sich nur nicht so wichtig nehmen. »Wollt ihr mal sehen, was er kann? Es ist wirklich top. Er könnte seine eigene Nummer kriegen.« Die würden vielleicht Augen machen! Von wegen Töle! »Fred, würdest du bitte den *Can-Can* spielen?«

Der nickte und setzte sich ans Piano. Mit einem Male war es ganz still in dem kleinen Zimmer, dann erklangen die ersten Töne. Alle Augen waren auf Incitatus gerichtet.

»Gleich geht's los!« versicherte Gretchen und machte in Richtung des Hündchens eine auffordernde Geste. Aber Incitatus legte verständig den Kopf schief, sank dann auf den Boden und schien einschlummern zu wollen.

»Komm, so wie vorhin?«, lockte Gretchen, zückte einen Wurstzipfel aus der Jacke, doch nicht einmal damit ließ Incitatus sich zu irgendeiner Regung verführen. Er seufzte tief und schloss die Augen.

»Heute Morgen, da hat er wirklich …«, stammelte Gretchen. Sie schämte sich, sie wollte sich gar nicht vorstellen, was die anderen jetzt von ihr dachten.

»Wirklich beeindruckend«, ätzte Hulla und Henni schüttelte den Kopf, fragte: »Sollte das komisch sein?« Stoffel verzog missbilligend den Mund und nur Fred lachte breit, begann auf einmal von Neuem in die Tasten zu hauen.

Eine drollige kleine Melodie, unbeschwert fröhlich, fast ein bisschen albern: »Mein Mädchen, das hat einen Hund, einen hübschen kleinen Pudel und das aus gutem Grund. Oh, ja mein Herr, ich sag es, wie es ist! Das Tier, das hat Talent, auch wenn es eigentlich nur frisst!«

»Holpert noch ein bisschen, aber für mal so eben nicht schlecht«, lachte Hulla anerkennend und Henni schlang die Arme um Fred, kommentierte: »Vielleicht ist das Tier ja wenigstens als komische Nummer zu gebrauchen?«

Gretchen aber sagte gar nichts, sie freute sich und war ein bisschen rot geworden. *Mein Mädchen.*

Ein Gewitter braute sich zusammen, und das nicht nur zwischen Henni und Gretchen. Nach einigem Zögern hatten sie sich schließlich für die Rheinterrasse mit ihren Wettersimulationen entschieden. Das hieß, Henni hatte entschieden und Gretchen hatte keinen Streit gewollt – also durfte sie wohl auch nicht maulen. Trotzdem wäre sie lieber in die Osteria gegangen, da gab es italienisches Essen, deutsches konnte sie sich schließlich auch selbst kochen. Anderseits war es ihr beim Gedanken an die von Stoffel erwähnte Einheitsküche unter sächsischem Chefkoch dann im Grunde eh egal gewesen, und Henni hatte eben den Blick auf den Loreleyfelsen bewundern wollen. Dabei war Henni normalerweise die Letzte, die sich für Natur und Landschaft begeistern konnte, und Gretchen immer diejenige gewesen, die sich an Blumen, Baum und Wald erfreute – diesmal jedoch war es anders.

Gretchen mochte gar nicht hinsehen, angesichts der imitierten Aussicht ins Rheintal überkamen sie regelrechte Beklemmungsgefühle.

Hinter einer dicken Glaswand zogen Modelleisenbahnen durch eine Welt aus Gips und Pappe, flogen Flugzeuge an unsichtbaren Fäden an der aus winzigen Steinchen gebauten Burg Rheinfels vorbei, hinein in einen aufgemalten Horizont voll Wattewolken.

Mit Erik hätte Gretchen über derartige Absonderlichkeiten herzhaft lachen können, aber Henni staunte sehr ernsthaft. Und versuchte dabei ihre Abgeklärtheit, eine echte Berliner Prägung, aufrechtzuerhalten.

Sie hatten gerade ihre Bestellung aufgegeben, als das Licht auf einmal schummerig wurde, irgendwo in der Ferne ertönte dumpfes Donnergrollen.

»Es geht los!«, flüsterte Henni verzückt, und bevor Gretchen begriff, was da los ging, verdunkelte sich die Puppenlandschaft hinter dem Glas, verschwand ohne Vorwarnung in einem gewittrig giftigen Grauschwarz. Kurz darauf zuckte ein greller, vielzackiger Lichtblitz auf, dicht gefolgt von Donner und plötzlich riss der gemalte Himmel auf, so dass sich wahrhaft sintflutartige Wassermassen über den Kulissen entluden. Jetzt verstand Gretchen den Sinn der Glasscheibe, in Sturzbächen rann der Regen daran hinab, doch schon im nächsten Augenblick war der Spuk wieder vorbei. Künstliches Sonnenlicht zauberte einen Regenbogen über die Festung Rheinfels. Applaus erklang, von manchen Tischen kamen sogar Ausrufe der Begeisterung und der Oberkellner verneigte sich mit gelangweilter Überheblichkeit, näselte volltönend: »Im Haus Vaterland isst man gründlich, hier gewittert's stündlich!«

»So was gibt es eben nur in Berlin«, stellte Henni zufrieden fest und Gretchen verkniff sich die Spitzfindigkeit, dass es so was auch am Rhein gab, nur in größer und nicht aus Pappmaché. Sie wollte nicht gemein sein, auch wenn sie sich seit ihrer Ankunft in der Hauptstadt immer öfter über Hennis Äußerungen und Ansichten wunderte. Vermutlich lag das aber eben daran, dass sie bisher kaum Zeit gefunden hatten, einfach einmal wieder in Ruhe miteinander zu sprechen. Hatten sie nicht früher ganze Nachmittage verplaudert? In Erinnerung an all diese glücklich verträumten Stunden sagte Gretchen entschieden: »Ich glaube, der *WahnSinn* wird ein großer Erfolg. Fred ist wahnsinnig begabt, im wahrsten Sinne des Wortes! Das muss ein Erfolg werden.«

»Ja, spätestens jetzt, seit wir diese top Hundenummer haben.«

Henni kniff ihre stark rougierten Lippen spöttisch zusammen, während Gretchen sich fragte, ob es vielleicht an ihr lag. War sie vielleicht im Moment einfach zu empfindlich? Bevor sie sich darüber jedoch hätte klar werden können, brachte ihnen der Kellner Eisbein mit Sauerkraut. Das war das Tagesessen und das Einzige, das es auf Verzehrgutschein gab.

»Sieht gut aus«, stellte Gretchen das Thema wechselnd fest, doch Henni ging gar nicht darauf ein, vielmehr fragte sie in ihrem neuen schnippischen Ton: »Hast du die wissenschaftliche Arbeit für Fred fertig?«

»Ja, hab ich.« Sie entnahm ihrer Handtasche einen säuberlich geordneten Stapel Papier und reichte ihn Henni. Gretchen war wirklich ziemlich zufrieden mit sich. Und morgen würde sie zu Erik gehen und versuchen, ihm all das zu erklären. Sie brauchte ja keine Namen zu nennen. Der Gedanke daran beflügelte sie derart, dass sie gut gelaunt weitersprach: »Es hat mir wirklich Spaß gemacht, das Lesen und das wissenschaftliche Arbeiten. Ich habe mir noch einmal überlegt, ob ich das mit dem Studium nicht irgendwie gestemmt bekomme. Ich rechne ständig hin und her, aber es reicht einfach nicht.«

»Ach, Gretchen mein Mädchen.« Mit unvermittelter Zärtlichkeit lächelte Henni ihr zu. »Das Geld reicht doch nie, aber es geht trotzdem.«

»Ja, ich weiß, aber ich kann das nicht. So wie du und Fred.« Sie seufzte. »Mich würde die Unsicherheit wahnsinnig machen. Ich kann nicht so groß träumen.«

Henni betrachtete eine Moment lang ihre schön manikürten Nägel, dann zuckte sie mit den Schultern, gestand: »Ich kann es auch nicht. Nicht wirklich zumindest. Das alles, das geht an die Substanz. Manchmal lieg ich abends im Bett und will nur noch weinen, aber dann bin ich zu hungrig und zu erschöpft dafür.« Als sie sah, wie getroffen Gretchen von ihren Worten war, lachte sie bitter auf: »Ja, so ist das eben. Aber ich komm schon zurecht, bin ich ja immer irgendwie. Ich erzähl es dir nur, damit du weißt, wie schwer es manchmal ist. Die ganze Berliner Leichtigkeit.«

Am Nachbartisch gab es eine Geburtstagsfeier mit knallenden Champagnerkorken und kreischendem Gelächter, eines der Modellflugzeuge zog Kreise über dem Loreleyfelsen und der kleine Zug pfiff schrill.

»Mensch, Henni«, flüsterte Gretchen schließlich mitfühlend. »Du hast so viele Talente.«

»Nein, das habe ich nicht«, stellte die Freundin knapp fest. »Ich habe kein Abitur und ich bin nicht mehr als ein Dienstmädchen. Ich kann ein bisschen singen, ein bisschen tanzen und ansonsten bin ich hübsch. Das trifft auf die halbe Republik zu. Schau dich doch um, all diese Damen vom Pariser Platz, eine schöner und jünger als die andere. Schönheit ist dank Helen Bross machbar, aber welchen Wert hat sie dann noch? Die Währung hat Inflation. Beim Film könnte ich Erfolg haben, aber dafür braucht es Glück oder Beziehungen oder eine flexible Moral, am besten alles zusammen. Hulla, die könnte es schaffen, aber auch nur vielleicht. Und wovon soll ich bis zum großen Erfolg leben?«

»Iss ein bisschen«, mahnte Gretchen mütterlich. »Und schau mal, du hast doch Fred.«

Aber stimmte das?

»Hab ich das?«, fragte Henni, deren Gedanken wohl in eine ähnliche Richtung gingen. »Und was bringt mir Fred? Du weißt doch genauso gut wie ich, dass Fred gut ist, aber auch nicht mehr! Es gibt zwei Arten von Künstlern, die Erfolg haben – die fleißigen und die genialen. Nehmen wir Johnny Gable, den Mann mit der Schlafzimmerstimme. Ja, er hat diese Stimme, ja, er sieht gut aus, aber weißt du, warum er seit Jahren erfolgreich ist? Weil er jeden Abend Schlag siebzehn Uhr im Café unter den Linden anfängt zu schmalzen. Anita Berber, die ist genial, an die erinnert man sich vielleicht noch in hundert Jahren, aber die kriegt keine Engagements mehr, weil sie im Wintergarten einem Gast aufs Gedeck gepinkelt hat. Das ist selbst in Berlin des künstlerischen Temperaments zu viel.«

Bei der Vorstellungen mussten sie beide kichern. Ein bisschen war es wie früher, in der Schule, nur dass die Sorgen jetzt andere waren und sie auch keine warme Milch mehr beim Kastellan kauften. Gretchen winkte dem Ober, bestellte zwei Cherry Cobbler, während Henni fortfuhr: »Und Fred? Der hat das künstlerische Temperament der Berber und das Talent von Johnny Gable, das wird nichts. Nie wird das was. Du hast es auch gedacht, als er diese Melodie gespielt hat. Du brauchst es nicht leugnen, ich hab es dir angesehen.«

»Nein, Henni, wirklich nicht. Das stimmt nicht!«, beteuerte Gretchen heftig. Die Unterstellung ärgerte sie, mindestens so sehr wie Hennis Zweifel an Freds Talent. »Du musst erst mal wieder jemanden finden, der mal eben eine so lustige kleine Melodie samt Lied aus dem Handgelenk schüttelt. Fred ist wahnsinnig begabt.«

Henni jedoch schüttelte mit gesenktem Blick den Kopf, nahm dankbar den tröstlich süßen Cocktail in Empfang.

»Das mit dem Kollektiv, das wird auch nichts. Das hat er schon halb abgeschrieben. Erstens können wir nichts zahlen und zweitens will er niemanden neben sich, der vielleicht mehr Talent haben könnte. Und wenn er mal ein Engagement hat, dann verpatzt er es ja doch wieder, wegen seiner dämlichen Ideale.«

»Sei nicht ungerecht, seine Ideale sind wirklich nobel«, wandte Gretchen ein, Fred tat ihr leid. Er bemühte sich doch wirklich und alles, was Henni tat, war daran herummotzen. »Und schau mal, du hast die Stelle im Café unter den Linden doch auch hingeschmissen. Nicht einmal aus Überzeugung, sondern nur, weil du keine Lust mehr hattest.«

Henni verdrehte demonstrativ die Augen, schnappte plötzlich wütend: »Ich weiß, du findest Fred top, aber du musst auch nicht mit ihm zusammenleben! Immer ohne Geld, dafür mit Schulden und einem ganzen Rattenschwanz von irgendwelchen Geschöpfen, die ihn bewundern. Für seine Ideale, für sein gutes Aussehen. Ich möchte mal sehen, wie viel von deiner Bewunderung noch übrig wäre, wenn du jeden Morgen neben Freds dreckigen Socken aufwachen müsstest!«

»Aber Henni, das ist doch Unsinn«, begann sie stockend, doch Henni schnitt ihr barsch das Wort ab: »Und bild dir nur nichts ein, schöne Augen macht Fred jeder, zumindest solange was für ihn dabei rausspringt. Das Lernen, die wissenschaftliche Arbeit …«

»Von der weiß er doch gar nichts, was ich persönlich immer noch top gemein von euch finde. Ihr behandelt ihn wie ein Wickelkind, so etwas hinter seinem Rücken abzuziehen!« Jetzt wurde langsam auch Gretchen wütend. »Hast du dich eigentlich mal gefragt, warum Stoffel all das macht? Nur aus Altruismus und für die Kunst? Vielleicht, vielleicht aber auch nicht! Warum legt er denn solchen Wert darauf, dass ich mit Fred lerne? Du bist doch nicht die Einzige, die merkt, dass Fred gerne schäkert!«

Henni sah Gretchen entgeistert an, so weit hatte sie ganz offensichtlich bisher nicht gedacht. »Meinst du,

Stoffel will, dass ich und Fred …«, fragte sie langsam und mit der Eleganz einer in Intrigen geübten Kleopatra, nickte Gretchen, stopfte sich den Mund voll Sauerkraut. Kauend stellte sie fest: »An mir ist er jedenfalls nicht interessiert. Und nicht erst, seit ich ihm die Meinung zu seiner Einschätzung des Baron von Witmansthal gesagt habe.«

»Na, das war auch wenig diplomatisch von dir. Männer hassen intellektuelle Frauen, das weißt du doch.« Henni kicherte, aber sie wirkte sehr nachdenklich.

»Ja, was … ja, was …«, stammelte Gretchen. Waren ihr die zwei Cocktails zu Kopf gestiegen? Hatte sie Wahnvorstellungen?

Vor der Tür zu ihrer Wohnung saß Fräulein Notter, hilflos schluchzend, im großen Reisepelz, zwischen zwei Hutschachteln.

»Ich hab meinen Schlüssel verloren und Frau Maier kommt erst morgen wieder«, wimmerte Gretchens Zimmerwirtin und begann sofort von Neuem zu weinen. Schwarze Tuscheschlieren liefen ihr über die Wangen. Gretchen schluckte trocken. Sie konnte sich schon denken, was passiert war. Jung-Giesinger hatte den Schwindel durchschaut und Fräulein Frieda Notter davongejagt. Ihr restliches Gepäck musste er auch schon einbehalten haben.

Und am Ende war das alles Gretchens Schuld, weil die gefälschten Rechnungen schließlich ihre Idee gewesen waren.

Sie umarmte die Freundin fest. »Oje, was machen wir denn jetzt nur?«, flüsterte sie leise. »Es tut mir so leid, dass ich diese Idee hatte!«

»Das kann es auch!«, stieß Frieda heftig hervor. »Jahrelang hätte es noch gut gehen können und dann kommst du mit deiner blöden Idee mit den Putzmitteln. Das hat ihn verrückt gemacht, vollkommen verrückt. Keinen Ton hat er mir gesagt, aber alles in die Wege geleitet.«

Gretchen bemühte sich um ein tröstendes Streicheln, aber auch in ihr stieg Angst auf. Wenn der heimlich schon alles geregelt hatte, dann konnten sie schon morgen auf der Straße sitzen! Vielleicht war die Wohnung bereits gekündigt? Anderweitig vermietet?

»Mit voller Absicht hat er mich getäuscht! Von wegen Geschäftsreise nach Hamburg.« Die Verzweiflung ließ den mollig weichen Körper in Gretchens Armen heftig zittern. »War alles von langer Hand geplant. Sogar mit seiner Frau hat er es schon geklärt, und als ich nichts Böses ahnend in unser Schlafwagenabteil trete, da lässt er die Bombe platzen: Buff! Beim nächsten Halt bin ich geflohen. Hier, schau!«

Sie streckte Gretchen eine vor Aufregung flatternde Hand entgegen, da steckte ein Diamantring von doch beachtlicher Größe am Ringfinger. Jetzt verstand Gretchen überhaupt nichts mehr.

»Was ist das?«, fragte sie verwirrt, woraufhin Frieda nur noch heftiger schluchzte. Dreimal musste Gretchen nachhaken, bis sie sicher war, sich nicht verhört zu haben.

»Mein Verlobungsring. Er will mich heiraten.« Den Ring nervös herumdrehend, erzählte Frieda in kläglichem Ton: »Die Meinung seines Vaters ist ihm plötzlich egal und seine Frau ist zur Scheidung bereit. Oh, diese launischen Weiber, auf nichts ist heute mehr Verlass! Man kann doch nicht gestern katholisch sein und sich heute scheiden lassen. Das ist doch eine Religion, die kann man nicht wechseln wie die Unterhosen. Ach, was soll ich nur tun? Es sind diese ganzen Putzmittel, die sind ihm zu Kopf gestiegen. Er sagt, eine so reinliche Frau habe er noch nie kennengelernt, er wisse jetzt, dass er mich nie mehr verlieren dürfe. Alles nur wegen dieses verdammten Wiener Kalks!«

»Warum willst du ihn denn nicht heiraten?«, fragte Gretchen und setzte sich etwas bequemer zwischen die Hutschachteln auf den kalten Stein. Sie hätte gerne ihren Schlüssel zum Einsatz gebracht, drinnen konnte man sich ja auch Sorgen machen, aber sie wusste nicht, wie sie das Thema darauf hätte bringen können. Sie wollte Frieda auch nicht das Gefühl geben, ihren Kummer nicht ernst zu nehmen.

»Ich will ihn nicht nicht-heiraten. Es geht gar nicht um Jung-Giesinger. Er ist sicher der Mann, den ich am wenigsten nicht-heiraten möchte. Ich will es einfach nur grundsätzlich nicht, verstehst du? Es fängt schon beim Namen an, warum muss ich seinen Namen annehmen? Bin ich nach der Hochzeit keine eigenständige Person mehr? Ach, was will ich dir vormachen? Ich habe mir nur die ganze Liebe so mühevoll abgewöhnt und jetzt kommt der daher und wirft mir alles über den Haufen. Ich hab's mir nach Erik geschworen, nie wieder!«

»Du hattest ein Verhältnis mit Erik?« Vor Überraschung hörte Gretchen sogar mit dem Schulterstreicheln auf, doch Frieda schüttelte nur den Kopf: »Nein, das ist es ja. Er hat es all die Jahre nicht gemerkt, den hätte ich sofort geheiratet, aber der wollte ja nicht und da habe ich es mir eben abgewöhnt.«

Gretchen nickte langsam. »Aber was machen wir denn jetzt mit Jung-Giesinger?«

»Ach, vielleicht ist das mit dem Heiraten gar nicht so die dümmste Idee? Dann müsste ich nicht mehr die ganze Zeit lügen und ich werde schließlich nicht jünger. Oder schlanker …« Sie hätte vermutlich noch mehr gesagt, doch kamen Schritte die Treppe hinauf.

Gretchens Herz setzte einen Schlag aus, das war Erik. Sehr elegant, im Abendanzug und mit reichlich Pomade im Haar.

Auch Frieda hatte ihn bemerkt, sprang auf und fiel ihm dankbar um den Hals: »Mein Mark-Anton! So spät kommst du heim? Wo hast du dich so lange rumgetrieben?«

»Ich hab die neue Revue von König Klein angesehen, aber nach der dritten Nummer ist die Kritikermeute gegangen, weil es Plompke nicht gefallen hat und er noch ins Wintergarten Variéte wollte, die Nilkönigin bestaunen. Die ist aber wegen Halsweh nicht aufgetreten und dann hat er sich aus Frust betrunken und wir mussten einen Taxifahrer dazu bekommen, ihn heimzubringen.« Er klang selbst nicht mehr ganz nüchtern und schwankte leicht. »Und was macht ihr hier?«

»Wir feiern meine Verlobung«, entgegnete Frieda kokett und öffnet eine der zwei Hutschachteln. Wie Gretchen mit überraschtem Staunen feststellte, befand sich darin keineswegs eine Pariser Kreation, sondern vielmehr ein anderes französisches Exportprodukt: eine Flasche Champagner. Mit den Worten »Ist leider warm« reichte sie ihn Erik zum Öffnen. »Und Gläser habe ich auch keine.«

»Wir können doch reingehen«, schlug Gretchen vor, wurde jedoch von heftigem Klingelgeschepper übertönt.

»Das werden meine Kollegen sein«, bemerkte Erik und ging sie hereinlassen. Es waren dann aber nicht nur die anderen Zeitungsleute, sondern noch drei befreundete Musiker und der Barmann von der Ecke. Der war gerade auf dem Heimweg von seiner Schicht in Jimmys Bar gewesen, als er zufällig einen alten Kriegskameraden unter den Journalisten erkannte. Seit '19 hatten sich die beiden nicht mehr gesehen! Man lag sich lachend in den Armen – glücklicherweise hatte der Barmann seinen Flachmanns voll Gin dabei, was mit dem Inhalt des Flachmann eines der Journalisten einen Egg Nogg ergab – zumindest in der Kriegsvariante ohne Zucker und Ei.

Gretchen hätte später nicht mehr sagen können, wie es kam, plötzlich stürmte die halbe Nachbarschaft das Treppenhaus und die Wohnung.

Jeder hatte etwas dabei oder ging es schnell holen, kam dann mit kalter Pizzapastete, den neusten Schallplatten und vor allem noch mehr Gästen wieder. Innerhalb kürzester Zeit wimmelte es von ausgelassenen, trinkenden, schwofenden Menschen. Um mehr Platz zu haben, schob man die Möbel aus dem Salon auf den Hausflur, während sich in der Küche spontan ein paar Musiker zu einer kleinen Jazzimprovisation zusammenschlossen. Es klang gar nicht schlecht und auf jeden Fall besser als das Grammophon, dessen schöner blauer Trichter bei der Umräumaktion einen Schlag abbekommen hatte.

Fräulein Notter, die plötzlich überhaupt nicht mehr traurig war, trank ihren Champagner aus der Flasche, zeigte jedem triumphierend ihren Ring, tanzte mit dem von irgendwelchen Langweilern herbeigerufenen Schupo Charleston auf dem Sofa – barfuß, wegen des Straßenschmutzes an den Stiefeln des pflichtvergessenen Gesetzeshüters.

Gretchen fand Erik schließlich rauchend und in die Nacht starrend auf dem Balkönchen.

»Man sieht gar keine Sterne«, erklärte er und etwas in seiner kindlichen Verwunderung ließ in ihr Zweifel aufkommen, ob das so der richtige Moment war, ihm ihr nachmittägliches Verhalten zu erklären. »Meinst du, das ist, weil sie sich schämen? Weil die Leuchtreklamen im Vergleich so viel heller und bunter sind?«

»Das kann sein, aber ich glaube, das liegt am bewölkten Himmel«, bemerkte Gretchen sanft und dann sahen sie einen Moment lang beide in die graue Nacht. Hinter ihnen ging irgendetwas scheppernd zu Bruch und Jack Jackson bat im Viervierteltakt darum, nur für eine Nacht die Liebe zu leben. Ohne Rücksicht auf Verluste, toujours l'amour!

»Ich wollte mich wegen heute Nachmittag entschuldigen«, begann Gretchen leise, aber Erik schüttelte den Kopf, lächelte schief. »Das ist schon in Ordnung. Du musst nicht immer Zeit für mich haben. Aber manchmal … manchmal wäre schön.«

Irgendwo knallte ein Korken, zerschoss etwas mit lautem Klirren, jemand fluchte, jemand anderes lachte, aber sie standen still, dort, in jener geöffneten Tür zum Balkon.

Plötzlich neigte Erik sich zu ihr herunter, flüsterte: »Soll ich dir ein Geheimnis verraten?« Und mit verschwörerischem Grinsen legte er ihr einen Finger an die Lippen. »Du darfst es aber niemandem verraten, vor allem nicht Frieda.«

Sie nickte, spürte den Finger auf ihren Lippen und schwieg. Er machte einen weiteren Schritt auf sie zu, sagte dann leise: »Er ist gar nicht katholisch. Und verheiratet ist er auch nicht. Nie gewesen.«

»Wie bitte?« Gretchen hätte nicht sagen können, was sie erwartet hatte, aber das jedenfalls nicht: »Jung-Giesinger meinst du?«

Erik nickte lachend, bevor er jedoch noch mehr hätte sagen können, kam einer seiner Freunde sehr eilig an ihnen vorbei, den Mantel über dem Arm, den Hut schon auf dem Kopf, zischte er ihnen im Gehen zu: »Raus. Polente.«

Und deutete mit dem Kinn in Richtung des Fensters, von wo er die nahende Gefahr wohl gesehen hatte. Während Gretchen noch nach Fräulein Notter Ausschau hielt, hatte Erik sie schon fest am Handgelenk gepackt und entschieden aus der Wohnung gezerrt. Hastig stolperten sie auf den Flur, hinauf in Eriks Wohnung, während die Treppenstufen unter den Tritten schwerer Stiefel aufwimmerten. Sie lehnten noch gar nicht richtig an der fest von innen verschlossenen Tür, als ein Stockwerk tiefer die Musik schlagartig verstummte.

»Bei jedem anderen würde ich mir Sorgen machen, aber Frieda wird sich auch da wieder rauslügen«, bemerkte Erik amüsiert, während er zischend das Licht andrehte. Gretchen blinzelte einige Male, sah sich dann mit kaum verhohlener Neugier in der Wohnung um. Aufgrund der Dachschräge war sie deutlich kleiner und darüber hinaus auch sehr viel weniger elegant eingerichtet als Fräulein Notters Wohnung. Prinzipiell beschränkte sich das Mobiliar auf ein übervolles, aus Weinkisten gezimmertes Bücherregal, einen halb unter Papieren begrabenen Schreibtisch und ein Plüschsofa. Das darauf ungemachte, zerknüllte Bettzeug klärte die Frage, wo Erik schlief, während eine Reihe von in die Wand geschlagener Nägel den Kleiderschrank ersetzte.

»Ich hab nicht geprahlt, als ich sagte, dass ich kein Geld habe«, bemerkte er mit unsicherer Stimme, während er die Gaslampe auf den Boden stellte und versuchsweise etwas in der Glut des Kohleofens herumstocherte. »Möchtest du einen Tee? Oder eine warme Milch? Ich hab leider nichts anderes da.«

Mit langsamen Schritten ging Gretchen an seinen Büchern entlang, griff auf einmal zielsicher nach einem zerlesenen Exemplar von Mommsens *Die Römische Geschichte – Band 1*.

»Ich nehme die Milch«, entschied sie und dann zog sie die zu großen Schuhe aus, ließ sich zufrieden zwischen die Decken des Sofas fallen. Aus Fräulein Notters Wohnung drang auf einmal von Neuem Musik, wenn auch deutlich leiser. Und das Buch aufschlagend, bestimmte Gretchen: »Du hast wirklich alles, was ich mir nur wünschen könnte.«

19. Kapitel

»Ach Gott, Kindchen! Dich habe ich ja ganz vergessen. Ich habe dich noch absagen wollen.« Mit diesen Begrüßungsworten ließ Isis Gretchen leicht zögernd in ihr Hotelzimmer. Gretchen seufzte innerlich, sie war sehr müde und wäre sehr gerne daheim geblieben.

»Soll ich wieder gehen?«, fragte sie hoffnungsvoll, aber Isis winkte ab, trat ihr aus dem Weg. Die dicken Samtportieren vor den Fenstern waren zugezogen, tauchten die Suite in ein mattstaubiges Dämmerlicht. Es schien schon seit Tagen niemand mehr gelüftet oder aufgeräumt zu haben, so schwer war die Luft vom Geruch nach faulendem Blumenwasser, überreifen Orangen, Alkohol und kaltem Rauch.

Auf dem Boden stapelten sich leere Gläser und volle Aschenbecher, zerfledderte Zeitungen mit halb gelösten Kreuzworträtseln, aufgeschlagene Bücher, darauf balancierten dreckige Teller mit Brotrinden und Apfelbutzen. Auch die sonst so elegante Tänzerin hatte sich dem verwahrlosten Raum angepasst. Statt eines ihrer bunten Seidenkimonos oder gar einem Morningdress trug sie einen vollkommen zerschlissenen Plüschmorgenrock und auf dem Kopf einen dicht verschleierten, breitkrempigen Nachmittagshut. Der mit einem Seidenband daran befestigte Flieder ließ schlaff die Blütchen hängen und der Schleier selbst erinnerte an einen alten Lappen.

Ganz offensichtlich hatte Isis bei Gretchens Anmeldung durch den Portier einfach das Nächstbeste genommen, das ihrem zerstörten Gesicht Schutz vor neugierigen Blicken bot. Wäre sie in besserer Verfassung gewesen, wäre ihr wohl auch aufgefallen, dass auch Gretchen an diesem Morgen unter dem Mantel noch das Abendkleid trug, doch heute bemerkte sie es nicht.

»Es macht mir wirklich nichts aus zu gehen. Wenn Sie doch krank sind.« Jetzt fiel Gretchen auch wieder ein, dass Erik erzählt hatte, ihr Auftritt am Vorabend hätte schon nicht stattgefunden. Das hatte sie ganz vergessen gehabt, so viel war seitdem passiert. Oder auch nicht passiert? Nie würde sie Henni erzählen können, wie sie den Abend beendet hatte. Ganz das langweilige Gretchen, hatte sie mit um die Beine geschlungenen Armen auf dem Sofa gesessen, warme Milch getrunken und Erik zugehört. Der hatte ihr erst seinen Dampferfahrtartikel vorgelesen, danach einen Beitrag über die Froschzucht für französische Restaurants und dann eine Reihe kleiner Texte von der sagenhaft figurschmeichelnden Wirkung eines blau gestreiften Baumwollstoffes bis zur unerhörten Langlebigkeit von Topfschwämmen der Marke Heinzel.

Und irgendwann, da war sie eingeschlafen, an Eriks Schulter gelehnt, fest in seine Bettdecken gekuschelt. Die verbummelte Nacht rächte sich jetzt, wie Blei fühlten sich ihre Glieder an. Sie war einfach nicht aus dem Bett gekommen, selbst Incitatus' Morgenrunde hatte Erik für sie übernehmen müssen.

Isis aber schüttelte den Kopf und bestimmte: »Nein, es geht mir schon besser. Es muss ja weitergehen, irgendwie. Man stirbt nicht an gebrochenem Herzen, heutzutage erst recht nicht.« Nachdenklich hob sie einen der aufgeschlagenen Romane hoch, betrachtete ihn sinnend. »Klaus Manns *Der fromme Tanz*, da fragt man sich wirklich, für was der Buchhändler einen hält. Mir so was zu empfehlen! Oder das hier: *Endstation Hoffnung* von Hans von Keller. Man möchte glauben, der gute Mann habe nicht ausreichend Satzzeichen zur Verfügung gehabt und musste sich die Punkte sparsamst einteilen.« Aus einer fast leeren Kristallkaraffe goss sie sich Kognak in ein Wasserglas, legte sich lang ausgestreckt auf die Chaiselongue. Von dieser Anstrengung sichtlich erschöpft schloss sie müde die Augen.

»Ich war Samstag im Buchladen«, erzählte sie, als erklärte das ihren niedergeschlagenen Zustand vollkommen. »Meine Schwägerin hat einen, draußen in Charlottenburg. Sie hat mich nicht erkannt, aber ich fand sie sehr nett. Wir hätten uns bestimmt gut verstanden. Sie sah aus wie jemand, der gut bäckt und sonntags die ganze Familie zu Schwarzwälder Kirsch versammelt. Sicherlich hat sie ein gutes Geschirr und eine weiße Tischdecke nur für diesen Anlass. Sie hatte ein Baby auf dem Arm und im Hof spielten Kinder, und als ich gerade ging, da kam ihr Mann nach Hause. Erst dachte ich, es wäre Peter, weil sie dieselbe Statur haben, aber er war es nicht. Es war der Vater der Kinder, sie haben alle dieselben scheußlich karottenroten Haare.«

Gretchen hatte indessen das dreckige Geschirr an ihrem Arbeitstischchen so weit zur Seite geschoben, dass ihre Schreibmaschine Platz fand. Einen Bogen Papier einspannend wartete sie darauf, dass Isis mit dem Diktat beginnen würde, doch diese war noch immer völlig in Gedanken versunken.

»Ihr Mann ist auch sehr nett. Ich weiß noch, einmal, in Marseille ist es gewesen, als wir wieder so überhaupt kein Geld hatten, da hat Peter ihm geschrieben und er hat uns zweihundert Mark geschickt. Das muss für ihn ein Vermögen gewesen sein, er hat seine Familie damals mit Boxkämpfen durchgebracht.«

Boxkämpfe! Das war es!

Da hatte sie den Mann mit der Augenklappe schon einmal gesehen, im Blauen Affen, er war einer der Boxvereinsmitglieder gewesen. Das war der gewesen, den

Hulla so attraktiv gefunden hatte, der mit den Kreuzworträtseln. Was für Zufälle es gab!

Isis trank noch einen Schluck Kognak, richtete sich plötzlich entschlossen auf: »Ich werde heute Abend mit Herrn Plompke essen gehen. Und weißt du auch warum? Weil man sich als Frau eben nicht immer aussuchen kann, wer sich in einen verliebt. Wir Frauen, wir müssen dankbar sein, wenn es überhaupt einer tut.«

»Aber wir können doch auch alleine bleiben? Wir leben in den Zwanzigern«, wandte Gretchen ein. »Schließlich können wir eigenes Geld verdienen, wir können wählen und wir können sein, was immer wir wollen. Alle Wege stehen uns offen, wir müssen nur den Mut haben, sie auch zu gehen.«

Himmel, wer war dieses Gretchen, das da so sprach? Kannte sie das Persönchen, das sich nicht traute, sich an der Universität einzuschreiben, weil es nicht wusste, wovon es das Ganze finanzieren sollte? Etwas weniger enthusiastisch ergänzte sie deshalb: »Den Mut und die finanziellen Mittel. Ich zum Beispiel, ich würde schrecklich gerne an die Universität gehen, Latein studieren, nur weiß ich beim besten Willen nicht wovon. Ich habe immer gedacht, mein Großvater würde mir ein bisschen etwas hinterlassen, aber als er starb, da gab es nichts mehr zu erben, hat die Inflation alles gefressen.«

»Ach, du.« Isis seufzte tief und ihr Kognakglas wie ein Kind in beiden Händen haltend, seufzte sie abermals. »Ich kann mir denken, wie du dich fühlst. Wovon sollen wir Frauen denn aus eigener Kraft die finanziellen Mittel bekommen? Um Geld zu verdienen, braucht eine Frau entweder Bildung oder Schönheit. Bildung verlangt Geld und Schönheit verlangt Männer.«

»Aber schauen Sie sich doch selbst an!«, rief Gretchen mit neuem Enthusiasmus aus. »Sie haben es geschafft. Sie wohnen in einem der teuersten Hotels der teuersten Stadt Europas. Sie haben die Welt gesehen, das Publikum liegt Ihnen zu Füßen.«

»Kindchen, das ist am Ende ganz egal. Es weint sich satt bequemer als hungrig, das stimmt. Ich habe beides ausprobiert, aber am Ende ist auch das egal. Das Einzige, was zählt, wenn die Bühnenlichter ausgeschaltet sind, das Einzige, das wirklich von Bedeutung ist, ist, ob du jemanden hast, der dir ein Taschentuch reicht. Und wenn du diesen jemand dann noch tatsächlich magst, so sehr, dass es dir egal ist, ob du hungrig oder satt bist, solange ihr nur zusammen sein dürft, weißt du was? Dann, aber nur dann, bist du reicher als jeder Millionär. Komm, ich zeig dir was.«

Sie stand auf, schwankte ein wenig, hielt sich an der Lehne der Chaiselongue fest und griff nach ihrer

Handtasche, entnahm ihr eine knittrige Fotografie. Es war eines jener Bilder, die man auf Jahrmärkten und Vergnügungsplätzen schießen lassen konnte, und es zeigte ein junges Paar, Hand in Hand, sie strahlend in einem getupften Sonntagskleid, er in Hosenträgern und Sportsakko, den Arm voll Besitzerstolz um ihre Schulter gelegt. »Schau, das waren wir. Als wir noch jung und schön waren.«

Tatsächlich erinnerte die Frau entfernt an Isis – eine Isis mit hübschem, unversehrtem Gesicht, der Mann daneben aber ... Gretchen sog scharf die Luft ein. Das war der Mann mit der Narbe!

Der Fremde, der sie vor dem Café unter den Linden angesprochen hatte. Jenes seltsame Phantom war Peter – halb wahnsinniger Schläger, halb liebevoller Katzenbesitzer. Und auch sein Gesicht noch unversehrt.

»Sieht man gar nicht, was er für ein Scheißkerl ist«, fasste Isis mit schleppender Stimme zusammen und sich mühsam an der Lehne der Chaiselongue aufstützend, kommandierte sie: »Ich diktiere heute nicht und Latein lerne ich auch keines mehr. Nie mehr. Das ist vorbei. Ein für alle Mal ist es vorbei! Geh jetzt und sag an der Rezeption, ich brauche eine Flasche Kölnisch Wasser, zwei Alka-Seltzer und sie sollen einen Termin bei Madame Bross für mich vereinbaren. Aber heute noch! Wenn es keinen mehr gibt, sollen sie mir eben einen machen. Und meinem Agenten sollen sie nach

Paris kabeln. Es muss weitergehen. Berlin ödet mich an!«

»Ich glaube, Peter hat mich am Samstag nach meiner Arbeit abgefangen. Er wollte irgendeinen Gefallen von mir«, beeilte Gretchen sich zu sagen, doch Isis winkte ab.

»Peter will immer irgendeinen Gefallen von einem. Wir waren Jahre zusammen und er hat nicht einmal seiner Schwester von mir erzählt. Ich hab damals alles für diesen Mistkerl aufgegeben, meine Frau Mama hat mich gewarnt. Ich hatte eine gute Stelle bei Monsieur Tifferts. Ich habe sie leichten Herzens gekündigt, ich habe es sogar gerne für ihn getan und ich habe mich nie beklagt. Und nach dem Brand, da habe ich alles, wirklich alles versucht, um Geld aufzutreiben – und er? Kein Wort des Verständnisses, des Dankes gar. Nur Gebrüll und Vorwürfe. Lieber wäre es ihm, ich ginge auf den Strich! Dabei hatte bis dahin nicht mehr viel gefehlt, war ja alles verbrannt. Oh, wie ich dieses Schwein hasse. Seine Schwester wusste nicht, wer ich bin! Mein Name hat ihr nichts gesagt!« Alle Kraft schien es sie zu kosten, nicht einfach loszuweinen und sich brüsk umdrehend, sagte sie: »Komm morgen ein bisschen später. Ich plane einen wilden Abend.«

20. Kapitel

Niemand starb so schön wie Carl von Bäumer – das war eine in der ganzen Republik wohlbekannte Tatsache. Aufs Unbequemste überstreckt legte er dabei seinen blonden Kopf in den Nacken und richtete malerisch den schon brechenden Blick am Publikum vorbei ins Unendliche, dazu Klavier im Hintergrund.

Man war sich einig, dass es sich allein schon dafür lohnte, in absolut jeden seiner Filme zu gehen und da seinem stimmungsvollen Dahinscheiden meist eine Großaufnahme der vor Qual wogenden Brust seiner Geliebten voranging, war auch die Mehrzahl der Männer gerne zu einem Kinobesuch bereit. Dementsprechend lang waren die Schlangen vor den Kassen, in den ersten Wochen eines Films musste man sich für die Abendvorstellung mindestens zwei Stunden vorher anstellen und dann konnte es immer noch passieren, dass zu viele Cineasten sich ihre Karte bereits am Vortag gesichert hatten.

Die Brüder Karamasow lief allerdings schon seit einer gefühlten Ewigkeit. Seit der glanzvollen Winterpremiere auf dem Kurfürstendamm war er mit dem Fortschreiten des Frühlings immer weiter von den stuckstarrenden Hauptsälen der Filmpaläste in die Nebenräume gezogen, bis man ihn nur noch in den Hinterzimmern von Kramläden und Fotoateliers sehen konnte. Das Kolonialwarengeschäft gegenüber des Goldenen Samowars war eines davon, Gretchen hatte sich nun bestimmt schon zehn Minuten lang in aller Ausführlichkeit mit dem Programm der kommenden Woche befasst. Eigentlich hatte sie Fred zum Lernen treffen wollen, aber die letzten Meter fielen ihr schwer.

Es gab so vieles, das ihr durch den Kopf ging. Allen voran Isis – zwar kannte sie deren Biographie aus dem bisherigen Diktat nur bruchstückhaft, aber die neu gewonnenen Informationen wollten doch nicht recht zusammenpassen. Und was für ein Brand? Sehr seltsam kam ihr all das vor. Dazu ihre Pläne, Berlin zu verlassen, denn es waren nicht nur berufliche Sorgen. Natürlich würde Gretchen sich eine neue Stelle suchen müssen, wenn Isis beschloss, in Berlin ihre Zelte abzubrechen, aber ihr Kummer wog schwerer.

Sie hatte ihre Chefin längst liebgewonnen. Die Verzweiflung unter der glänzenden Fassade zu sehen, schmerzte sie. Wenn sie nur hätte helfen können. Aber was war hier das Beste? Wenn dieser Peter ihr tatsächlich diese grässlichen Narben zugefügt hatte, dann war eine endgültige Trennung wirklich das einzig Wahre. Ach, das alles wollte einfach nicht zusammenpassen.

Gretchen gab sich einen Ruck, doch gerade als sie die Tür öffnen wollte, flog diese ihr entgegen, erwischte sie ziemlich heftig an der Hand.

Ohne Entschuldigung stürmte Henni an ihr vorbei, warf ihr nur einen wütend funkelnden Blick zu, fragte scharf: »Bist du der Ersatz?«

»Wofür?«, fragte Gretchen überrascht und begann demonstrativ ihre schmerzenden Finger zu halten. »Für wen?«

»Für mich!«, stieß Henni mit unterdrücktem Schluchzen hervor. »Es ist aus. Mit mir und Fred. Ein für alle Mal.«

»Oh, Henni!« Entsetzt schlang Gretchen die Arme um die Freundin. »Das tut mir so leid, zu hören.«

»Tut es das?« Misstrauisch beäugte sie ihre Freundin und auch Gretchen selbst unterzog diese Behauptung einer scharfen inneren Prüfung. Erst nach dieser konnte sie ehrlich bestätigen: »Ja, wirklich. Warum denn jetzt so plötzlich?«

»Er sagt, er ist in eine andere verliebt und es wäre gemein, mir weiter Hoffnungen zu machen.«

Gretchen nickte. Ein unangenehmes Gefühl beschlich sie und eifrig fragte sie: »Kann ich irgendetwas für dich tun? Kann ich dir irgendwie helfen?«

»Nein, nein.« Henni machte sich plötzlich los, sprach

dann in geschäftsmäßigem Ton weiter: »Doch, da gäbe es etwas. Meine Sachen kriege ich schon, aber kannst du vielleicht … vielleicht meinen Cowboyschal holen? Den habe ich oben im Proberaum vergessen. Könntest du schnell hochgehen und ihn holen? Du kannst ihn mir ja dann die Tage wiedergeben.«

»Du kannst doch auch einfach kurz warten?«, schlug Gretchen verwirrt vor, doch die Freundin schüttelte heftig den Kopf: »Nein, ich will nur noch weg. Hol ihn mir doch bitte. Am besten sofort.«

»Und sonst kann ich dir wirklich nicht …«

»Nein, und jetzt geh«, kommandierte Henni und selbst Gretchen verstand nun, dass die Freundin sie aus irgendwelchen Gründen abwimmeln wollte.

»Meld dich, wenn ich doch was tun kann«, sagte sie und umarmte Henni noch einmal, dann ging sie in den Goldenen Samowar.

Warum wollte Henni sie so unbedingt loswerden? Sie lief keineswegs die Treppe hinauf, vielmehr stellte sie sich hinter die nicht ganz geschlossene Tür und starrte durch den Spalt. Das war vermutlich nicht ganz die feine Art, aber galt Neugier im wissenschaftlichen Bereich nicht durchaus als positive Eigenschaft? Und Kleopatra hätte da bestimmt keine Skrupel gehabt.

Wie dem auch war, ihre flexible Moral zahlte sich in diesem Fall rasch aus, denn sie hatte sich noch gar nicht richtig hingestellt, da kam schon Stoffel die Straße hinab – und Henni? Die schluchzte plötzlich deutlich vernehmlicher und stürzte auf ihn zu, direkt in seine ausgebreiteten Arme.

Kopfschüttelnd schloss Gretchen den Türspalt.

Die Fenster des kleinen Proberaums waren weit geöffnet, kühl wehte der Abendwind herein, die Notenpapiere auf dem Boden raschelten leise. Gretchen holte tief Luft, doch dann blieb sie in der Tür stehen. Ihr Herz klopfte heftig, aber es war keine schöne Aufregung. Wie früher, wenn ihr ein schweres Diktat bevorstand, fühlte sie sich. Was sollte sie sagen oder tun, wenn tatsächlich sie der Grund für die Trennung sein sollte? Kalt lief es ihr den Rücken hinab. Was sollte sie nur tun?

Ewig in der Tür stehen konnte sie ja auch nicht. Wenn sie bloß schon wieder gehen dürfte.

Sich einen weiteren inneren Ruck gebend, trat sie ein. Fred hob den Kopf, schenkte ihr dann sein strahlendes Lächeln – nur dass sie heute zum ersten Mal die Kraft zu sehen glaubte, die es ihn kostete. Auch passten die hoch gezogenen Mundwinkel nicht zu seinem ernsten Ton. »Ach, da bist du ja«, seufzte er. »Ich hab leider schlechte Neuigkeiten. Wir lösen uns auf.«

»Aber ihr habt euch doch gerade erst gegründet«, stieß Gretchen verblüfft hervor, doch Fred winkte ab. »Henni hat hingeschmissen und wir kriegen nicht genug gute Leute zusammen.«

»Aber habt ihr überhaupt richtig gesucht? Ein einziges Vorstellen habt ihr angeboten. Wenn da nichts dabei war, dann müsst ihr weitersuchen.«

Fred schüttelte nur den Kopf und Gretchen setzte sich matt auf den Klavierstuhl. Langsam fragte sie: »Und Henni?«

»Was ist mit Henni? Henni soll Stoffel heiraten, die passen gut zusammen. Die mögen beide den künstlerischen Nimbus, aber bitte mit sicherer Lohntüte.« Regelrecht angewidert schüttelte er den Kopf. »Gib Henni noch ein paar Jahre, dann wird sie schön voll um die Hüften sein, Mutter dreier bezaubernder Kinder und am Wahltag setzt sie ihr Kreuz beim Zentrum, aber nur, wenn sie ihren nostalgischen Tag hat. Wenn nicht, dann sitzen die zwei Striche deutlich weiter rechts. Frauen wie Henni sind der Grund, warum die Frauenbewegung untergehen wird, sie tragen die Modernität morgens mit dem Puder auf. Sie wollen dasselbe wie ihre Frau Mamas, nur dass die ehrlicher waren. Für die tat es ein Handwerksbursche, aber die Hennis, die gehen ins Kino und sagen sich: *Was diese Elle Lack, diese Garbo kann, das kann ich auch*. Aber sie können es nicht! Weil ihnen der Mumm und der Wille fehlt. Die Bereitschaft, für ihre Kunst zu hungern, die Bereitschaft zu Nächten voll Arbeit und Tagen voll Mühsal, und all das ohne sichere Aussicht auf Erfolg. Kunst muss man wollen. Absolut und mit jeder

Faser seines Herzens muss man sie wollen. Und dann, dann darf man sich nicht korrumpieren lassen, nicht für ein Stück Brot und ein paar Minuten Rampenlicht. Man muss sich treu bleiben, auch und besonders, wenn es unangenehm wird. Und das ist Hennis Problem.«

Gretchen zögerte, sie bewunderte Freds absoluten Glauben und doch hatte sie das Gefühl, ihre Freundin verteidigen zu müssen. Er aber schnitt ihr mit einer raschen Geste alle Entgegnungen ab, stattdessen setzte er sich neben sie an das Piano und begann, eine heitere kleine Melodie zu spielen, sehr hübsch und eingängig. »Hör mal«, bat er und dann summte er versuchsweise: »Wenn die Männer mene Beene sehn, dann bleim se stehn …«

»Klingt gut«, stellte Gretchen stockend fest und fragte dann: »Sollen wir trotzdem mit Lernen loslegen? Wir haben ja nicht mehr viel Zeit?«

»Ne!« Fred blickte regelrecht entsetzt drein. »Weißt du das denn noch nicht? Henni und Stoffel hatten das mit meinem Vater abgesprochen. Hinter meinem Rücken!«

»Doch, ich wusste es.« Nervös rutschte sie etwas von ihm weg: »Ich habe auch mitgemacht. Ich habe eine wissenschaftliche Arbeit in deinem Namen verfasst.«

Einen Moment lang sahen sie einander unverwandt an, dann begann Fred herzhaft zu lachen. »Also du bist mir eine Nummer! Aber bei dir finde ich es in Ordnung, du hast mir ja nur helfen wollen.«

Noch immer blickte er sie aus diesen unsagbar blauen Augen an. Wie gut er aussah, diese blonden Locken, dieses Kinngrübchen. Nachdenklich legte er den Kopf schief, fragte sinnend: »Vielleicht sollte ich doch lernen und diese Prüfung mit Bravour bestehen? Nur um dir zu beweisen, dass ich das kann?«

Gretchen zögerte. Ihr Herz klopfte derart, sie konnte den Puls in den Ohren fühlen, sie dachte an Henni, vor allem aber dachte sie an Erik. An Eriks dunkle Augen und seine dunklen Haare und daran, wie sie mit ihrem Kopf an seiner Schulter geschlafen hatte. Erik. Ihr Erik.

Doch bevor sie Fred etwas hätte erwidern können, wurde die Tür aufgerissen und hereinstürzte: Hulla, in Tränen aufgelöst.

»Sie haben mir meine Rolle weggenommen!«, schluchzte sie und anders als Henni vorhin war die Schauspielerin tatsächlich am Boden zerstört. »Sie meinen, der Film brauche noch mehr klangvolle Namen. Die Konkurrenz an den Kinokassen ist zu groß, um eine so entscheidende Rolle mit einem neuen Gesicht zu besetzen. Jetzt haben sie diese blöde Nilkönigin genommen.«

»Scheiße!« Mehr brauchte Fred gar nicht sagen. In diesem einem Wort lag alle Verständnis der Welt.

Er wusste genau, was Hulla gerade fühlte, er hatte es selbst schon so oft erlebt. Die hilflose Wut, die Ungerechtigkeit, die Enttäuschung, trotz allem Einsatz, trotz allen Mühen, wieder nur leere Hände.

Ganz langsam stand Gretchen auf, warf noch einen letzten suchenden Blick in das Zimmer, natürlich war Hennis Cowboyschal nirgends zu sehen und leise schlich sie zur Tür, dort drehte sie sich jedoch noch einmal um und stellte fest: »Du, Fred, wegen des Lernens. Lass es lieber. Man weiß in der Regel, was zu einem passt und was nicht. Ich hab mich mal als Nummerngirl versucht, nur weil ich nicht mehr langweilig sein wollte. Und am Ende, da saß ich auf einer Rechnung über zwölf Mark.«

Fred aber hörte gar nicht zu, er presste die zitternde Hulla an seine Brust und strich ihr tröstend übers Haar. Da zuckte Gretchen die Schultern und polterte mit seltsam leichtem Herz die Treppen hinunter.

21. Kapitel

»Ganz Rom ist eine einzige von Mussolini befohlene Baustelle. Trotz der dampfenden Hitze jenes Sommers konnte man kein Fenster offen lassen, der Lärm und der Schmutz drangen durch jede Ritze ...«, diktierte Isis, die, ihr Hündchen auf dem Schoß, zurückgelehnt in einem Zahnarztstuhl lag und sich von zwei Manikeurinnen gleichzeitig behandeln ließ. Eine weitere Kosmetikerin beschmierte soeben ihre bronzefarbenen Beine mit warmem Bienenwachs, während eine vierte mit einer riesigen Raspel an Isis' Fersen herumfuhrwerkte. Aus dampfenden Silberschalen zu beiden Seiten des Stuhls stiegen nach Lavendel duftende Schwaden auf, was Gretchen zusammen mit all dem roséfarbenen Marmor an einen Tempel erinnerte. Zum ersten Mal seit ihrer Anstellung hatte Isis sie heute in den Schönheitssalon mitgenommen. Als wäre sie unversehens in eine Magazinreklame gestolpert, fühlte sie sich. Kaum wagte sie den Blick von der Schreibmaschine zu nehmen, schon fürchtete sie, von so viel Ebenmaß geblendet zu werden. Und als wären diese vier Schönheitsdienerinnen noch nicht genug, erschien in eben diesem Moment die Hohepriesterin selbst.

In einem sie üppig umflatternden Chiffondress aus flieder- und pastellgelben Stoffbahnen wirkte Madame Bross geradezu überirdisch. Keinen Tag älter als 25 sah sie aus, von den 47 keine Spur!

»Vorsicht, frisch gestrichen!«, spottete Madame Bross bei Isis' Anblick. Und mit vorsichtigen Fingern hob sie deren Schleier und hauchte der Freundin einen Kuss auf die Narbe. Aufrichtig hingerissen murmelte sie: »Wundervoll. Wirklich wundervoll. Du bist mein Meisterstück.«

»Von dir selbst abgesehen, Marzipanmädchen, von dir selbst abgesehen«, entgegnete Isis lachend. »Wie geht es voran mit der Hochzeit?«

»Diable!«, fluchte Madame und klatschte dann zweimal in die Hände, was ihre Dienerinnen als Aufforderung verstanden, ihre Arbeit sofort niederzulegen und stumm den Raum zu verlassen. Gretchen blickte sich Rat suchend um, doch Isis nickte nur, worauf Madame Bross sich eine Zigarette in ihre unterarmlange Elfenbeinspitze steckte und nach einem tiefen Zug seufzend gestand: »Es ist die Hölle. Du kannst es dir nicht vorstellen. Diese Augenbrauen bringen mich noch ins Grab.«

»Ja, bei einer Frau deines Alters«, gab Isis zu bedenken, worauf sie beide wie Schulmädchen losprusteten. Es dauerte eine ganze Weile, bis Madame Bross fortfahren konnte: »Jetzt war die Lack endlich damit einverstanden, dass wir mit den Brauen einen halben Farbton dunkler gehen, weil das auf den Bildern einfach besser wirkt und keine zehn Minuten später, da ruft mich ihr Manager an und legt sein Veto ein. Zu unnatürlich, sagt er. Erinnert ihn an einen Affen, sagt er. Warum ausgerechnet ein Affe?«

»Oh, das tut mir wirklich leid. Was meint denn der Bräutigam?«

»Ach, du kennst doch Carl. Ich habe jetzt seit zwei Jahren meinen Salon unter seiner Wohnung und ich kann dir sagen, wenn ihm etwas gleich ist, dann die Augenbrauen seiner zukünftigen Gattin. Seine Petersilienallergie nimmt ihn voll in Anspruch.« Darüber brachen die beiden erneut in Heiterkeit aus, während Gretchen sich nur wundern konnte. Was war an einer Allergie denn so amüsant? Nachdem sie sich etwas beruhigt hatte, fuhr Helen Bross eilig fort: »Ich habe gestern zufällig mit Carls Maskenbildner geluncht und der hat gesagt, es sei gerade so schlimm, er bekomme das wundgeriebene Kinn bald nicht mehr überschminkt. Die ganze Haut um den Mund, kaum ist sie ein bisschen verheilt, schon geht's von vorne los.«

»Beneidenswerter Zustand«, seufzte Isis zu Gretchens Verwunderung: »Ich kann mich nicht mal dran erinnern, wann's bei mir das letzte Mal Petersilie gab.

Und der? Vielleicht sollte er sich ein Beispiel am Rest der Republik nehmen und einfach weniger fressen?«

»Vielleicht sollte er seinem Liebhaber einfach einen Rasierer schenken«, entgegnete Helen Bross lachend und Gretchen fiel vor überraschtem Schreck beinahe der Stenoblock auf den Boden. Das konnte doch nicht ihr Ernst sein? Aber während sie die Information noch verarbeitete, fuhr die Kosmetikerin schon fort: »Wenn Elle Lack mehr Humor hätte, wäre das ein schönes Hochzeitsgeschenk. Aber die, die nimmt das alles so schrecklich ernst. Dabei weiß sie das Beste noch gar nicht, denn rat mal, wer sein Trauzeuge ist.«

»Das ist nicht wahr, oder? Die Chuzpe hat er nicht!«, rief Isis begeistert aus. »Doch nicht sein Rotschopf?«

»Doch! Er hat es mir vor ein paar Tagen selbst erzählt. Und nach seinen Flitterwochen gehen er und sein Trauzeuge für zwei Wochen an die Ostsee. Weil Herr Genzer Probleme mit der Lunge hat, der Ärmste. Seinen wir dankbar, dass er einen gesunden Magen besitzt, er muss ja gerade einiges schlucken.«

»Genug, genug!«, prustete die Nilkönigin und schlug sich dabei höchst undamenhaft auf die Schenkel. »Ach, ich liebe diesen Bengel! Marzipanmädchen, sag ihm, wenn ich irgendetwas für ihn tun kann, ich tu's! Sag ihm, ich singe auf seinem Polterabend oder ich strick seinem Liebhaber Söckchen – was er will.

Du musst ihm unbedingt mitteilen, dass er mein persönlicher Held ist.«

»Werde ich machen«, kicherte Madame Bross und drückte ihre Zigarette aus. »Und bei dir?«

»Ach, frag nicht, der öde Plompke …« Sie verdrehte die Augen. »Ich habe mir schon überlegt, wieder nach Paris zu gehen. In Montmartre könnte ich in zwei Wochen eine Nummer haben, haben sie mir damals jedenfalls versprochen. Und seitdem wiederholen sie das Angebot wöchentlich, wird immer üppiger. Ich bin noch eine angehängte Null beziehungsweise zwei sterbenslangweilige Abende mit dem Plompke von einer Zusage entfernt.«

Gretchen spitzte die Ohren. Das hörte sie gar nicht gerne. Wenn sie Pech hatte, musste sie sich schneller eine neue Stellung suchen, als ihr lieb war. Dabei hatte sie ein bisschen gehofft, noch eine Weile sparen zu können.

Madame Bross aber machte nur eine wegwerfende Handbewegung.

»Na, dann …« Madame betrachtete ihre Freundin spöttisch, schüttelte dann mahnend ihren schönen Kopf. »Jetzt sag nicht, das ist dir zu nah an Marseille! Hier bist du viel näher an Peter als dort.«

Ein heftiges Klopfen ersparte Isis die Antwort. »Frau Greiff, Sie werden am Telefon verlangt. Ihr Londoner Agent.«

Die Nilkönigin öffnete schon den Mund, um eine schnippische Erwiderung zu geben, sich Ungestörtheit einzufordern, aber der Gedanke an eine Fortführung des Gesprächs mit Madame Bross erschien ihr wohl noch unangenehmer, und so eilte sie raschen Schrittes hinaus.

»Ist sie nicht ein zauberhaftes Gänschen?«, lachte Madame. »Sie mag dich, n'est pas? Sie hat dir die Verzehrgutscheine für das Haus Vaterland geschenkt, oder? Das ist unsere Isis, wie sie leibt und lebt. Die hatte ich ihr verehrt, das sollte ein Witz sein, damit sie ihren Peter zum Essen einladen kann. Jeder andere hätte sie einfach weggeworfen, aber sie nicht. Dafür ist sie viel zu sehr Tochter eines Schneidermeisters.«

»Ist die Narbe tatsächlich von diesem Peter?«, fragte Gretchen, all ihren Mut zusammennehmend. »Hat er sie ihr zugefügt?«

Geraume Zeit betrachtete Madame Bross ihre so überraschend jugendlichen Hände, dann sagte sie: »Sie hat die Narbe von ihm, aber ihn trifft keine Schuld. Er hat sie sehr geliebt und er tut es noch immer. Er ist nur zu stolz, es zuzugeben. Aber was rede ich, ich muss nach den Augenbrauen sehen.«

Im Schaufenster von Vicky Genzers Buchhandlung am Savignyplatz hielt der Frühling Einzug. Ein junger, sehr hohlwangiger Mann saß hinter der Glasscheibe und hatte den Mund voller Stecknadeln. Mit großem Eifer drapierte und befestigte er Stoffbahnen in Lindgrün und Pastellrosa. Auch im Inneren des Geschäfts mischte sich Blumenduft mit dem üblichen Geruch nach Papier und Tabak. Auf dem Tresen stand ein prächtiges lila Hyazinthenbouquet und dahinter befand sich eine wohlgerundete Blondine mit Püppchengesicht. Sie blickte jedoch keineswegs kindlich sanft oder gar naiv, vielmehr reckte sie das Kinn sehr energisch vor. Bei Gretchens Eintreten sagte sie soeben in kämpferischem Ton: »Ich habe fünf Kinder und eine Buchhandlung. Ich liebe beides und ich werde auf nichts verzichten, nur weil das irgendeinem Kerl nicht passt.«

Das war dann also Vicky Genzer persönlich, Isis' Schwägerin.

»Es ist doch einfach der nächste Schritt«, bestätigte deren Kundin in nicht weniger entschlossenem Ton. »Das Wahlrecht haben sie uns gegeben, aber unseren Körper, den wollen sie behalten. Solang sie uns die Abtreibung verbieten, halten sie uns klein. Ich will den Mann mal sehen, der seine Karriere aufgibt, um daheim Windeln zu wechseln«

Gretchen stand etwas ratlos da. Vicky Genzer machte keinerlei Anstalten, sich um die neue Kundin zu kümmern, vielmehr fuhr sie fort, sich über das Abtreibungsverbot aufzuregen.

Gretchen seufzte, fuhr Incitatus ein wenig über den plüschigen Kopf und sah sich um. Der Laden war sehr hübsch, hell und sauber. Das Sortiment jedoch lag offensichtlich auf dem seichten Terrain, vor allem Liebesromane gab es in großer Zahl – zum Kauf oder zur Ausleihe. Incitatus nieste heftig, seine Nase war dem Hyazinthenstrauß wohl nicht gewachsen, oder aber das schlaue Tier wollte auf sich aufmerksam machen? Absicht oder nicht, der junge Mann entstieg schlagartig dem Schaufenster und sagte hilfsbereit: »Der arme Knopf. Ich hab selbst zwei, die nehm ich sonst immer mit ins Geschäft, aber die mögen auch keine Hyazinthen. Nächste Woche kaufe ich Tulpen. Aber womit darf ich Ihnen denn helfen?«

Ja, womit?

Gretchen schluckte trocken. Sollte sie einfach irgendein Buch verlangen und wieder gehen? Was ging sie das Liebesleben ihrer Chefin an? Und wusste sie denn sicher, dass dieser Peter nicht ein übler Schläger war? Sie hatte so viel Widersprüchliches gehört und doch musste sie an ihre erste Begegnung mit Isis denken, an die Vehemenz, mit der sie ihn verteidigt hatte. Der junge Mann sah sie freundlich an, dann streckte er die Hand nach ihrem Hund aus, streichelte ihn mit großer Behutsamkeit. Eine seltsame Ruhe ging von ihm aus. Das gab den Ausschlag. Leise sagte Gretchen: »Ich bin das Tippfräulein von Frau Greiff. Ich würde gerne mit Herrn Greiff sprechen, aber ich weiß nicht, wo ich ihn finden kann.«

Sie beobachtete sein mageres Gesicht genau, aber es zeigte keine größere Bewegung, vielmehr lächelte er freundlich: »Einen Herrn Greiff haben Sie schon gefunden, ich bin nämlich Bernhard Greiff. Aber ich vermute, Sie möchten zu meinem Bruder Peter.«

Sie nickte heftig und er flüsterte: »Ich werde Ihnen Peter holen, die Wohnung ist gleich über dem Laden und er geht nicht viel aus. Sie können mit ihm in den Hof, da sind Sie ungestört.« Er zögerte, schien zu überlegen, dann sagte er: »Ich warte besser noch einen Moment. Gleich kommen die Kinder aus der Schule, dann isst unsere Schwester mit ihnen und kriegt Ihre Unterhaltung nicht so mit. Vicky ist wundervoll, aber sie möchte immer alle beschützen, besonders ihre Brüder. Und ihre Kinder. Und natürlich ihren Mann.« Er warf einen liebevollen Blick auf sie, dann raunte er hastig: »Sie verabscheut Isis, wegen allem, was sie Peter angetan hat. Für sie ist es ein Verbrechen.«

Und ehe das verwirrte Gretchen noch hätte weiter nachfragen können, drehte er sich abrupt um, und ging seinem Bruder Bescheid sagen.

Die quer über den Hof auf Leinen gehängte Wäsche flatterte in einem noch winterkalten Wind, auf dem einzigen sonnenbeschienen Plätzchen standen Blumentöpfe voll mit kümmerlichen Setzlingen, deren Rankstangen noch verwaist in die Höhe ragten. Gretchen wickelte sich fester in ihren Mantel und zog die Zehen in ihren Schuhen an.

Peter Greiff, der neben ihr auf einem vollen Bücherkarton saß, schien die Kälte nichts auszumachen.

Trotz der Narbe sah er auf verwegen männliche Art sehr gut aus. Gretchen konnte ihn sich durchaus vorstellen, wie er seiner Frau das Gesicht zerschnitt, mit derselben Ruhe, mit der er nun stumm und scheinbar gleichgültig rauchte. Und da fiel es Gretchen das erste Mal auf: Wie sehr sich die Narben des Paares glichen – fast spiegelbildlich waren sie! Das konnte kein Zufall sein.

Gretchen fröstelte, doch es war nicht nur der Wind. Wenn sie wenigstens Incitatus bei sich gehabt hätte, doch der treulose Kläffer war einfach bei dem mageren Buchhändler geblieben, ließ sich mit Würstchen füttern.

»Schickt Sie meine Frau?«, fragte Peter Greiff in die Stille hinein und etwas in seinem Ton weckte in Gretchen die Ahnung eines Jungen ohne Narbe, eines Oberprimaners, der sich voll Eifer über seine Bücher beugte, vor dem Krieg, vor Isis und all dem, was geschehen oder auch nicht geschehen war.

»Nein, ich komme aus eigenem Antrieb«, entgegnete Gretchen und wieder schwiegen sie. Auf der angrenzenden Straße schellte eine Fahrradklingel und aus einem der zum Hof gehenden Fenster drang das Geheul eines Säuglings.

»Was wollen Sie dann?«

Einen Moment lauschte Gretchen seinen Worten nach, schließlich sagte sie: »Ich will die Wahrheit. Und dafür bin ich auch bereit, Ihnen den Gefallen zu tun, um den Sie mich neulich bitten wollten.«

»Die Wahrheit?«, echote er. »Welche darf's denn sein? Meine? Die meiner Frau? Die meiner Schwester? Die der Allgemeinheit?« Doch ohne auf ihre Antwort zu warten, begann er zu erzählen: »Die Wahrheit, die faktische Wahrheit ist, dass ich meine Frau am 5. August 1924 das erste Mal traf, es war in Lyon. Ich war mit einer sehr schönen, sehr erfolgreichen Nachtclubsängerin zusammen, meine zukünftige Frau und ihre beste Freundin sahen sich die Show an. Wir haben es beide sofort gewusst, drei Tage später sind wir zusammen nach Marseille gegangen, weil sie noch nie am Meer war und es in Hafenstädten immer Arbeit gibt, wenn man bereit ist, sich die Hände schmutzig zu machen. Direkt vor unserer Wohnung war ein Obststand, nie werde ich den Geruch nach überreifen Melonen vergessen. Und die Ratten auch nicht, alles war voll davon. Ich habe uns drei Kätzchen gekauft, die waren noch zu klein, zwei haben diese Biester totgebissen. Zu Isis sagte ich, es sei weggelaufen. Das war unsere beste Zeit, wir besaßen nichts, außer uns und das war genug. Sie konnte ein bisschen singen, aber als verheiratete Frau hatte sie keine Chance. Sie war ein anständiges Mädchen, damals. Meistens ging es ein paar Abende gut, dann wurde einer zudringlich und wir mussten von vorne suchen. An dem Tag, an dem es passierte, da war Helen in der Stadt. Ich mochte Helen schon damals nicht, sie hat keinen guten Einfluss auf Isis. Sie heißt wirklich so, Isis Tiffert. Tiffert war ihr Chef gewesen. Und später ihr Ehemann. Mit Mädchennamen, ich weiß gar nicht, wie sie mit Mädchennamen hieß.« Er dachte nach, während Gretchen versuchte, all das Gesagte mit Isis' Memoiren in Einklang zu bringen. Es war zwecklos, ihr Verdacht hatte sich bestätigt, wahr waren bestenfalls Details. »Wie gesagt, an dem Tag, an dem es passierte, war Helen zu Besuch. Helen hatte immer Ideen und ich weiß noch, sie waren zusammen ein Hündchen kaufen. Für Helen. Wenn sie dagewesen wäre, dann …« Er nahm einen letzten Zug von seiner Zigarette, drückte sie dann an der Schuhsohle aus, sprach unvermittelt hastig weiter: »Es war eine Gasexplosion. Ein defekter Ofen, in der Wohnung über unserer. Das Letzte, was ich weiß, ist, dass ich am Fenster stand und die Schiffe beobachtet habe. Die im Wind knallenden Segel und der Geruch nach Fisch und Wasser. Ich hatte mich gerade rasiert und schon wieder seit Tagen nichts gegessen, aber das war wohl nachher ein Glück, so konnte ich mich nicht erbrechen. Das haben sie ihr später im Krankenhaus gesagt. Das war wohl noch in Marseille, danach kam ich nach Lyon und dann, ja dann nach Paris. Und die Zimmer wurden auch immer besser, am Ende lag ich in einem Einzelzimmer unter weißem Leinen und bekam jeden Tag frische Blumen. Und ihre Garderobe! Irgendwann habe ich ihr nicht mehr geglaubt, dass sie die Sachen von Helen geliehen hat. Einen weißen Schneefuchs hätte auch die sich im Leben nicht leisten können, die war damals noch keine so große Nummer. Das ging nicht mit rechten Dingen zu. Ich hab's schon verstanden, oder ich dachte, ich hätte es.« Er zuckte die breiten Schultern, lachte plötzlich bitter auf. »Ist es nicht albern, dass wir Männer immer glauben, der schlimmste Betrug sei Untreue? Reiche Liebhaber und mit Fremden zerwühlte Laken – für mehr fehlt uns schlicht die Phantasie.«

Er schüttelte einige Male matt den Kopf, er schien erschöpft vom Reden oder von der Erinnerung. Aus dem Buchladen drang leises Grammophongedudel, Caruso sang sein »O sole mio«.

»Aber woher stammt nun Isis' Narbe?«, forschte Gretchen entschlossen weiter. »Was ist mit Isis' Gesicht passiert? Ich habe ein Bild gesehen, als sie Sie kennengelernt hat, da war ihr Gesicht noch unverletzt.«

Er seufzte tief: »Ich weiß es nicht. Niemand weiß es, vielleicht außer Helen. Sie hatte immer einen schlechten Einfluss.« Abermals zuckte er resigniert die Schultern, möglicherweise hätte er noch mehr gesagt, doch in diesem Moment stürzte der junge Buchhändler aus dem Laden und rief: »Der Hund. Er tanzt! Und wie! Wunderschön ist das.«

Peter stürzte seinem Bruder nach, Gretchen aber schlenderte nur gemächlich. Sie ahnte schon, was kommen würde und hatte auch mehr als genug neue Informationen, die ihren Kopf beschäftigten. Sie glaubte Peter Greiff, er hatte die Wahrheit gesagt. Sein Gefallen fiel ihr ein. Was konnte er nur wünschen?

»Bambi, sollte das ein Witz sein? Der Hund tanzt doch nicht!«, hörte sie nun seine Stimme und sie brauchte Incitatus gar nicht anzusehen, sie wusste auch so, dass er lang ausgestreckt und halb schlafend im Laden liegen würde. Incitatus mochte kein Publikum.

22. Kapitel

Jeden Nachmittag Schlag fünfzehn Uhr fanden im Kaufhaus des Westens öffentliche Modenschauen statt. Diese waren gut besucht, von überallher kamen die Damen, um sich über Biskuitkuchen und süßem Mokka die neusten Kreationen großer Namen anzusehen. Dort, unter dem goldglänzenden Stuck des Kaiserreichs, saßen sie dicht gedrängt und fühlten sich vornehm und angesichts all der aalschlanken Mannequins meistens auch ziemlich dick. Weder das eine noch das andere entsprach der Wirklichkeit – wer es in Berlin wirklich geschafft hatte, für den wurden private Schauen veranstaltet. Frühmorgens, spätabends oder wann immer es dem übervollen Kalender der gnädigen Frau genehm war. Die gezeigten Kreationen wurden ganz auf die persönlichen Bedürfnisse zugeschnitten. Meldete sich beispielsweise die aspirierende Künstlerin Erika Mann an, dann liefen die Mannequins viel in englisch anmutenden Reisekostümen von Herrmann Gerson oder in Gerstels Sporttoiletten. Für Vicki Baum wiederum gab es praktische Full Day Dresses von Friedmann & Weber, während man dank eines überlangen Telefonkabels gleichzeitig sicherstellte, dass die vielbeschäftigte Bestsellerautorin nicht eine Minute unerreichbar war.

Isis war bestimmt gleichfalls schon lange in diesen erlauchten Kreis aufgenommen worden, zumindest hätte Gretchen sie sich gut hier vorstellen können. In einem dramatischen Kostüm und groß zurechtgemachtem Gesicht, rauchend und leicht gelangweilt an einem Kognak nippend.

Sie selbst jedoch war von derartiger Exklusivität noch weit entfernt. Eine ganze Busladung schwäbischer Touristen hatte an diesem Nachmittag den Vorführsaal überflutet und alle nur denkbaren Sitzplätze belegt. Gretchen und Erik mussten sich das Marmortischchen mit einer vor Aufregung heftig schwitzenden Stuttgarterin teilen. Normalerweise herrschte in jenem Saal auch von Klaviermusik untermalte Andacht, doch davon wollte der süddeutsche Hunnensturm nichts wissen. Man klatschte und trampelte begeistert und ihre Tischnachbarin hatte es sich zur Gewohnheit gemacht, Gretchen durch heftige Rippenstöße auf ihrer Meinung nach besonders gewagte Kreationen aufmerksam zu machen.

Gretchen nahm es gelassen, heute konnte nichts ihre gute Laune stören. Sie hatte Peter Greiff den erbetenen Gefallen getan, und sie saß neben Erik, der sehr eifrig in ein eselsohriges Notizbuch kritzelte.

Soeben betrat ein Mannequin in einem grau gestreiften Mantelkleid von Herrmann Gerson den Laufsteg, den stofflich passenden Regenschirm kokett unter dem Arm. »Des wär gestern ebbes für dich g'wesen, was Hildegart? Den Schirm hättest gestern braucht«, rief ihre Tischnachbarin quer durch den Saal und wendete sich dann an Gretchen, erklärte in bemühtem Hochdeutsch: »Wir haben nämlich gestrigen Tags eine Stadtrundfahrt gemacht. Wir haben sogar den Kaiser gesehen.«

Gretchen lächelte matt und Erik steckte seinen Bleistift ein, flüsterte: »Das reicht für den Artikel. Ich hab mehr als genug Eindrücke. Komm.«

Sie hatten es so eilig fortzukommen, dass sie erst ein Stockwerk tiefer wieder zu sprechen begannen. »Wofür brauchtest du das eigentlich?«, fragte Gretchen, während sie mit vergnügtem Blick an einer Pyramide aus rot und weiß gepuderten Pralinen vorbeischlenderte. Die ganze Confiserie roch auf das Verführerischste nach Schokolade. »Schreibst du wieder so etwas wie die Dampferfahrt?«

»Nein.« Erik schüttelte den Kopf. Er wirkte seltsam bedrückt, schon als er sie eingeladen hatte, ihn zu begleiten, war er Gretchen ungewohnt ernst vorgekommen. »Das ist nichts. Oder ich weiß nicht, ob es etwas ist. Vor ein paar Jahren, da gab es eine furchtbar exklusive Zeitschrift, die *STYL*. Die hatte sehr schöne Illustrationen und die Begleittexte, die waren auch top.« Er blieb stehen, musterte Gretchen und improvisierte: »*Das hungrige Fräulein: In einem zart gestreiften Baumwollkleid mit tiefer Taille und duftigem Plisseerock, das Haar modisch gebobbt, schlendert ein junges Fräulein durch die Confiserie des KaDeWe. Wird die Schöne etwas kaufen?*«

»Sie wird!«, bestimmte Gretchen lachend. »Dürfte ich den Poeten einladen? Erdbeerkuchen haben sie nicht, aber wie wäre es mit zwei Trüffeln?«

Sie deutete auf ein imposantes Gebirge aus rosa Schachteln und Kistchen voll mit Pralinen. »Nein«, Erik schüttelte abermals den Kopf, er war schon wieder ernst geworden. »Wie dem auch sei, Ullsteins *Uhu* will jetzt vielleicht auch so was bringen. Nicht so exklusiv und nicht so elegant, aber grundsätzlich. Und mein Chef bei der Katalogtexterei, der kennt wiederum den von Ullstein und der hat gemeint, ich soll halt mal was abgeben.«

»Aber das wäre doch großartig!« Gretchen strahlte von einem Ohr bis zum anderen. Was für ein Glückstag! »Das wäre ja wunderbar, wenn das klappen würde!«

»Ich weiß nicht«, Erik schüttelte den Kopf, schien plötzlich großes Interesse für eine Häschenschule aus Schokolade zu empfinden. »Es klingt blöde, aber ich will mich da nicht bewerben, weil sie mich vielleicht nicht nehmen und davor habe ich Angst. Ich mach mich doch bloß lächerlich, wenn's nichts wird. Weißt du, mein Bruder, der konnte gar nicht groß und wild genug träumen. Der hat immer geglaubt, irgendwie wird alles schon klappen, aber war nicht so. Am Ende hat er sich in der Spree ersäuft.«

Sanft griff Gretchen nach seiner Hand, hielt sie einen Moment fest. Was für ein zauberhafter Mensch er doch war! Wie furchtbar lieb sie ihn hatte! Wenn er nur ein ganz klein wenig weniger schüchtern gewesen wäre – die Hand aber ließ er ihr und im Weiterschlendern sagte er: »Mir ist es manchmal lieber, etwas gar nicht erst zu probieren, bevor es dann doch nichts wird. Das bewundere ich an Fred, der verliert nie den Mut. Der steht immer wieder auf.«

Gretchen nickte: »Er und Hulla sind jetzt eine Zwei-Mann-Revue. Sie singt und er spielt Klavier, oder andersrum. Mit eigenen Nummern. Ein Engagement haben sie noch keins, aber das ist sicher nur eine Frage der Zeit.«

»Bestimmt. Die lassen sich nicht unterkriegen.«

Die Sehnsucht in seiner Stimme ärgerte Gretchen plötzlich. Er brauchte sich doch nicht ständig kleinmachen. Und noch immer die Schokoladenhasen betrachtend fuhr er fort: »Hoffentlich hat der Plompke am Premiereabend gute Laune. Damit die Kritiken gut sind.«

»Ist doch egal«, entgegnete sie heftig. Und seine Hand, die ließ sie auch los. »Wenn es gut ist, schreibst du eine gute Kritik. Besser noch eine euphorische, weil jeder Künstler ein bisschen ungerechtfertigte Begeisterung vertragen kann. Zum Ausgleich für all die dumme, ungerechtfertigte Kritik und all die Niederlagen und Absagen, von denen keiner was weiß. Ist doch völlig wurst, wie ein anderer was findet. Wenn du überzeugt bist, dann mach es. Und genauso mit den Modetexten. Schick sie ein und wenn sie sich totlachen, dann hast du ihnen wenigsten einen Spaß bereitet. Das ist doch auch was wert. Mach einfach.« An ihre wissenschaftliche Arbeit musste sie denken, die hatte sie ja auch einfach gemacht und bisher waren da keine Klagen gekommen. »Man muss sich etwas trauen, sonst wird das alles nichts.«

»Das ist ja sehr schön, aber ich habe schlicht Angst, dass ich mich etwas traue und dann wird es nichts. Dann wage ich mich nie wieder was, weil ich die Enttäuschung nicht aushalte. Ich hab Angst, zu enden wie mein Bruder. Da schreib ich lieber kleine Texte für Kataloge, die tun niemandem weh. Am allerwenigsten mir selbst. Wenn man nichts wagt, kann man vielleicht auch nicht gewinnen, aber verlieren eben auch nicht.«

Gretchen schüttelte einige Male konsterniert den Kopf. Das Ganze ärgerte sie umso mehr, weil sie sich selbst darin erkannte. Ihr altes Ich, das artig auf das großväterliche Erbe wartete, statt ihr Gehalt für ein Studium zu sparen. Das alte Gretchen, das sich nicht traute, sich an der Universität einzuschreiben, das immer hübsch den Mund hielt. Aber das war vorbei. Ganz klar sah sie es nun.

Und mit einer entschlossenen Geste nahm sie ihre Brille aus ihrer Tasche, setzte sie sich auf und sagte fest: »Entschuldige, ich muss jetzt leider gehen.«

23. Kapitel

Auch das Wertheim stand schon ganz im Zeichen des nahenden Osterfestes, Eier, wohin das Auge fiel – ausgeblasen und bemalt, aus durchsichtigem Glas oder silbern überzogen. Und alle paar Meter wies ein mannshohes Schild auf den Kinder-Malwettbewerb zum Thema *Die Häschenschule* hin. In der Fruchtkonditorei hatten Henni und Gretchen sich eine Tarte au Pâques geteilt, aber unter dem schönen Namen verbarg sich nichts als ein hundsgewöhnlicher Marmorkuchen, bloß besonders flach war er, wie im Ofen nicht aufgegangen oder beim Rausnehmen zusammengefallen.

Gretchen war das ein bisschen sinnbildlich für das ganze Treffen vorgekommen. Sie waren sehr freundlich miteinander umgegangen, hatten sehr herzlich über Anekdoten aus ihrer gemeinsamen Vergangenheit gelacht und doch war da etwas, eine Wand, eine Mauer aus hauchdünnem Glas.

Vielleicht trennte sie das Wissen um Hennis einst so großen Träume? Was war davon nun geblieben?

Sie hatten das Thema Stoffel weitläufig umgangen und auch über Fred nicht gesprochen. Stattdessen hatte Gretchen viel von Fräulein Notters anstehender Hochzeit erzählt, das schien Henni sehr zu interessieren.

Gretchen glaubte, sich den Grund denken zu können, und als sie schließlich, schon halb auf dem Heimweg am Kaufhaus eigenen Reisebüro vorbeikamen, da hielt Henni sie plötzlich am Ärmel, zeigte auf ein Werbeplakat: vierfarbig gemalt die Silhouetten einer Stadt, darüber in expressionistischem Schwung der Schriftzug *Cannes*. »Da möchte ich hin!«, bestimmte sie und Gretchen glaubte eine leise Ahnung an die Schwärmereien früherer Tage heraushören zu können. »Auf Hochzeitsreise werden wir dorthin fahren.«

Gretchen nickte stumm, sie fragte nicht nach. Sie dachte an Fred, den sie immer noch rasend gut aussehend fand und natürlich dachte sie an Erik. Erik, der lieber gar nichts riskierte, nur um nicht am Ende zu viel zu riskieren. Erik, der für sie vielleicht alles hätte sein können und der doch nie mehr werden würde als ein vertrauter Nachbar. Und auch das würde sich bald ändern, nach der Hochzeit würde Fräulein Notter natürlich zu ihrem Mann ziehen, Gretchen würde sich etwas Neues suchen müssen. Möglichst billig sollte es sein und dann würde sie eben sparen, sparen, sparen. Und arbeiten, arbeiten, arbeiten. Jede Arbeit würde sie übernehmen, nur nicht faul sein.

Sie wollte nicht werden wie Erik!

Und auch nicht wie Henni.

Sie würde für ihre Träume kämpfen und wenn sie hinfiele, würde sie wieder aufstehen und einfach noch schneller laufen. Sie würde sich nicht unterkriegen lassen, sie würde für ihre Ideale kämpfen. Sie würde ihre Zukunft nicht in die Hand irgendeines anderen legen.

»Fred und Hulla haben nächste Woche einen Auftritt«, platzte sie heraus. »Sie sind wirklich gut.«

»Wem's gefällt.« Henni zuckte demonstrativ gelangweilt die Schultern. »Aber vielleicht kann er das Engagement wenigstens ein paar Tage halten? Das mit seiner Studienarbeit weißt du sicher schon?«

Gretchen schüttelte den Kopf. Ein ungutes Gefühl beschlich sie. »Was ist damit?«

Henni blickte bedauernd und für einen kurzen Moment glaubte Gretchen hinter all der Häme und dem Spott die Enttäuschung zu sehen. Hennis Träume waren nicht aufgegangen. Sie würde enden, wie so viele ihr prophezeit hatten. Sie spürte auch, dass sie selbst arrogant und naiv in ihrer Überzeugung von der Machbarkeit des Glückes war. Und doch wollte sie glauben, dass sie es mit Mut und Fleiß schon schaffen würde.

Henni aber lächelte sanft und sagte: »Er ist durchgefallen. War wohl doch nicht so gut, was du da geschrieben hast?«

Gretchen hätte nicht sagen können, was den Unterschied ausmachte und doch war er ganz offensichtlich. Die Anwesenheit eines Ehemannes veränderte die gesamte Suite der Nilkönigin. Vielleicht waren es die von einem fleißigen Dienstmädchen auf Kante gefalteten Zeitungsstapel oder doch einfach nur der über die Lehne des Chaiselongue geworfene Sportsakko?

Auch Isis selbst war wie verwandelt, in einem weißblauen Sergekostüm ungewohnt proper und die Haare in ungekämmten Dauerwelllocken, öffnete sie Gretchen die Tür, schenkte ihr ein breites Lachen, tadelte dann sofort scherzhaft: »Da ist sie also. Kein schlechtes Gewissen hat sie! Sich hinter dem Rücken ihrer Chefin mit deren Ehemann zu treffen.« Sie fiel Gretchen um den Hals, drückte sie fest an ihren schmalen Körper und leise sagte sie: »Danke.«

Gretchen schluckte trocken. Wenigstens eine, für die Berlin das Glück gebracht hatte. Und plötzlich stiegen ihr die Tränen in die Augen. »Ja, was ist denn?«, stammelte Isis und führte sie in die Suite. »So schlimm ist Peter doch gar nicht. Natürlich er ist schlampig und seine Schwester nervt mich jetzt schon, aber …«

Gretchen schüttelte matt den Kopf, erklärte: »Es ist nicht deshalb. Ich freue mich wirklich für Sie. Es ist nur alles so viel.« Und weil Isis sie so voll liebem, großschwesterlichem Verständnis ansah, heulte sie endgültig haltlos. Isis fuhr ihr einige Male tröstend über den

Kopf, ging dann an den kleinen Barwagen aus Kirschholz und schenkte Kognak in zwei Gläser.

»Trinken. Das ist Medizin«, kommandierte sie und Gretchen schluckte gehorsam, es brannte höllisch. Ein bisschen, als wüsste der Schnaps, dass es noch nicht mal zehn Uhr früh war. Selbst Isis' Hündchen schien trösten zu wollen, zumindest schmiegte es seinen kleinen, haarlosen Körper zutraulich an Gretchens Bein. »Und jetzt erzähl.«

Aber sie konnte nur aufschluchzen, all die Anspannung der letzten Tage brach aus ihr heraus. Die Traurigkeit über Eriks Feigheit und ihre Wut darüber, dass sie ihn trotzdem noch immer so mochte. Ihre Enttäuschung über die Ablehnung ihrer ersten wissenschaftlichen Arbeit, der Ekel über all die Verlogenheit und Heuchelei bei Fräulein Notter und Henni, die ihre Ideale, die ihre ganze Selbständigkeit aus Schwäche an irgendwelche Männer abgab. Und vor allem ihre Angst, selbst schwach zu werden. Die Angst, sich durch all das in ihrem Entschluss zu einem Studium schwankend zu machen. Sie verstand nun, was Erik gemeint hatte. Die Angst vor dem Scheitern ließ einen wirklich am Mut zweifeln.

»Bist du in Schwierigkeiten? In anderen Umständen? Gretchen, das ist alles kein Problem. Ich kenne einen Arzt. Kein Hinterhofpfuscher, ein richtiger Heidelberger Herr Doktor mit einer Klinik an der Ostsee.

Der attestiert dir hochwissenschaftlich, dass du körperlich nicht in der Lage bist, eine Schwangerschaft durchzustehen und schon ist alles ganz legal. Mach dir wegen der Kosten keine Sorgen. Und dem Blödist von Vater, dem jagen wir Peters Boxclub auf den Hals. Wenn die mit ihm fertig sind, bringt der so schnell kein Mädchen mehr in Schwierigkeiten.« Sie war so in Fahrt, sie brauchte einen Moment, bis sie merkte, dass Gretchen mit einer Abtreibung nicht geholfen war. In Ermangelung eines Taschentuchs reichte sie ihr einen herumliegenden Seidenschal und befahl: »Schnäuzen! Und jetzt sag doch, wie kann ich dir helfen? Ist es wegen meines neuen Engagements? Wer hat dir denn davon erzählt? Mach dir deshalb bloß keinen Kopf, du sitzt schon nicht auf der Straße. Erstens bist du top und zweitens würde ich dich ja eh am liebsten mitnehmen. Aber wenn das nichts ist, schreib ich dir ein sagenhaftes Zeugnis. Der Gatte einer Freundin sucht zum Beispiel ein zuverlässiges Tippfräulein und da …«

Gretchen schüttelte nur immer weiter den Kopf. Sie wusste überhaupt nicht, wovon Isis jetzt wieder sprach, aber sie schnäuzte sich noch einmal kräftig und sagte dann: »Danke, es geht schon wieder.«

»Natürlich. Es geht ja immer wieder.« Isis lächelte tröstend und goss ihr noch einmal Kognak nach: »Also, schau. Ich habe ab Juni ein Engagement an den Ziegfeld Follies, keine eigene Show, so groß bin ich noch lange nicht, nur eine Singrolle in einem Musical, *Rio Rita*. Aber mein Agent sagt, das sei ein Anfang und wenn ich erst mal am Broadway bin, dann kriege ich dort in den Nachtclubs auch Solonummern. So macht man das wohl bei den Amis, so bauen die ihre Stars auf.«

Gretchen konnte nicht anders, als sich zu freuen, trotz all ihres eigenen Kummers. Ja, sie hatte Isis in den letzten Wochen sehr liebgewonnen. Wie froh sie war, selbst ein ganz klein wenig zu deren Glück beigetragen zu haben. Und es war ja auch wenig genug. Peters Gefallen war kaum der Rede wert gewesen. Einen Brief von ihm hatte sie ihrer Chefin überreichen sollen, in die Hand direkt, denn er war überzeugt, dass all seine vorherigen Versuche, ihr zu schreiben, abgefangen worden waren. Auch telefonisch war er nie durchgestellt worden und ihr persönlich entgegenzutreten, auf dem Weg ins Varieté oder ins Hotel, das hatte er sich dann doch nicht getraut. Da war er dann doch zu schüchtern, trotz all seines Freibeutercharmes. Da war er dann doch lieber ihrem Tippfräulein gefolgt, nur um es dann doch nicht zu wagen, sie um einen Gefallen zu bitten.

»Weißt du, mir ist Neu-York ja schon etwas unheimlich«, gestand Isis unterdessen freimütig. »Da fang ich ja quasi bei null an, aber erstens langweilt mich Berlin und zweitens …«

»Und zweitens kriegt sie hier nie wieder eine gute Kritik. Der Plompke nimmt es persönlich, insbesondere, nachdem ich ihm gesagt habe, was ich davon halte, wenn man dem Personal Anweisung gibt, meine Post abzufangen. Nur, um ungestört mit meiner Frau zu schäkern.« Peter war ins Zimmer getreten, noch ungekämmt und in einem rosa Morgenmantel mit Schneefuchsbesatz.

»Einen schönen Mann entstellt nichts«, kommentierte er würdevoll das Gelächter seiner Frau und selbst Gretchen konnte bei diesem Anblick nicht länger traurig sein. Und irgendwo in dieser Mischung aus prustender Heiterkeit und dem zweiten Kognak fand sie ihre Gewissheit wieder. Sie würde schon durchkommen. Vielleicht war ja Neu-York die Antwort?

24. Kapitel

Es war diesmal nicht der Blaue Affe, aber doch war das Etablissement, in das Fred und Hulla an diesem Abend zur Premiere geladen hatten, kaum besser, tat aber deutlich exklusiver.

Mit einem Türersatz aus bunten Perlenschnüren und zitronengelb bemalten Wänden gab man sich einen bohèmen Anstrich. Statt der stolzen Boxchampions hingen hier groteske Bleistiftzeichnungen und wenn man unerschrocken genug war, konnte man die auch kaufen. Gretchen aber mochte sich kaum vorstellen, dass jemand dieses Bedürfnis verspüren sollte, dem hoffnungsvoll mit Stecknadeln befestigten Preiszettel zum Trotz.

Sie saß neben einem strahlend schönen Fräulein Notter – für den Gegenwert von drei Packungen Persil, einem Pfund Wiener Kalk und fünf Flaschen Essigessenz hatte die sich bei Helen Bross schminken lassen. Doch trotz all dieses Glanzes wirkte sie niedergeschlagen und griff alle Augenblicke nach Gretchens Hand. Es war noch keine zwei Stunden her, dass ihre Lieblingscousine ihr mitgeteilt hatte, dass sie sie schon in einigen Wochen verlassen würde, um Isis nach New-York zu begleiten.

Für ein halbes Jahr hatte Isis sich nun verpflichtet, aber vermutlich würde es länger werden. Chicago hatte gleichfalls schon Interesse angekündigt. Gretchen war es nur recht, je länger sie mit der Nilkönigin unterwegs war, desto mehr konnte sie ansparen. Und dann, im kommenden Sommer, dann würde sie es endlich wagen. Trotz der abgelehnten Studienarbeit.

»Vielleicht wohnst du nach deiner Rückkehr ja dann wieder bei mir?«, dachte Frieda laut und als Gretchen noch verwirrt aufsah, erklärte Jung-Giesinger mit Trauermiene: »Ja, meine Scheidung gestaltet sich sehr schwierig.«

»Es ist wirklich hart«, bestätigte Fräulein Notter und seufzte kummerschwer. »Seine Gattin droht nun plötzlich mit Selbstmord.«

»Ach, wie tragisch«, murmelte Gretchen und überlegte bei sich, welche Rolle wohl die täglich bei Jung-Giesinger eintreffenden Handwerkerrechnungen bei diesem Suizidwunsch seiner imaginären Gattin spielten.

Nach der ohne ihn begangenen Verlobungsfeier hatte die Wohnung mehr oder weniger komplett renoviert werden müssen. Gretchen nahm einen nachdenklichen Schluck von ihrem Cherry Cobbler. Hatte Frieda nicht ein Anrecht auf die Wahrheit? Oder war eine gnädige Lüge doch besser?

»Hauptsache ist doch, dass wir uns lieben. Und wenn die Umstände uns eben zwingen, dann geht es auch so.« Frieda lächelte betont tapfer und für einen kurzen Moment begegnete ihr Blick dem von Gretchen.

Frieda wusste Bescheid! Wusste sie Bescheid? Und wusste Jung-Giesinger Bescheid, dass sie Bescheid wusste?

»Wie geht es den Memoiren Ihrer Chefin?«, fragte Jung-Giesinger unvermittelt, wobei er sich mit dem Programmheft Kühlung zufächelte. »Verraten Sie es uns? Woher hat sie die scheußliche Narbe?«

»Wie bitte?«, stammelte Gretchen. Sie war noch immer völlig fasziniert von ihrer plötzlichen Erkenntnis, dann fing sie sich und sagte: »Ein Unfall mit einem Rennwagen, bei Cannes.«

Zumindest war es das, was in den Memoiren später stehen würde, Gretchen hegte aber nach wie vor so ihre Zweifel an der Wahrhaftigkeit des Textes. Nicht nur die von Isis' immer wieder erwähnte Armut fehlte vollkommen, auch Peter war bisher nicht in Erscheinung getreten. Um ihrer eigenen Erzählung etwas mehr Würze zu geben, ergänzte Gretchen: »Sie wäre beinahe gestorben. Sie war monatelang in Paris im Krankenhaus.«

»Ein Wunder, dass sie mit dem Gesicht an ihre alten Erfolge anknüpfen konnte«, sinnierte Frieda Notter, unterbrach den Gedanken dann jedoch selbst und winkte jemandem hinter Gretchens Rücken zu. »Ja, wenn das nicht die Herren Kulturkritiker sind. Mein Mark-Anton, man sieht dich ja gar nicht mehr.«

Gretchen lächelte bemüht. Seit ihrem schnellen Abschied im Kaufhaus des Westens waren Erik und sie sich nicht mehr über den Weg gelaufen – was vermutlich auch daran lag, dass er das Frühstück bei Fräulein Notter eingestellt hatte. Und Gretchen wiederum vor dem Betreten des Treppenhauses erst einmal lauschte, ob die Luft auch rein war.

Trotzdem dachte sie oft an ihn. Wenn sie nur erst auf dem Dampfer nach Neu-York wäre, mit jeder zurückgelegten Seemeile würde es leichter werden, davon war sie überzeugt.

»Guten Abend«, sagte sie etwas steif und befand, dass Erik erschöpft aussah. Er hatte eingefallene Wangen und Ringe unter den Augen. Eine Welle des Mitleids überkam Gretchen, all ihrem Groll zum Trotz. Aber es war besser so, sie hatten keine Zukunft.

»Es ist so schön, dich zu sehen«, entgegnete er. »Fred hat mir schon erzählt, dass es für dich bald über den großen Teich geht. Das freut mich, also nein, ich mein nicht, dass es mich freut, dass du dann weg bist, sondern, also, dass es mich freut …« Er brach ab und machte eine entschuldigende Geste mit den Händen.

Gretchen musste gegen ihren Willen lachen. »Ich

finde es auch schön, dich zu sehen. Ich hätte nie gedacht, dass Hulla und Fred solches Interesse wecken. Der große Plompke ist ja auch da?«

»Leider. Er hat topmiese Laune. Deine Chefin hat ihn abserviert und zwar gründlich. Sie war wohl fuchsteufelswild, weil er der Rezeption in ihrem Namen gesagt hat, sie wolle keine Post von ihrem Ehemann. Sie hat eine Vase nach ihm geworfen und die Rechnung dafür, die hat sie in die Redaktion geschickt. Deshalb kenn ich die Geschichte überhaupt.« Er beugte sich etwas näher und flüsterte: »Aber das, was ihn wohl am meisten schmerzt, ist, dass ihr Ehemann die ganze Zeit dabeistand und versuchte, sie zu beruhigen. Ihren Zorn hätte er vielleicht noch ertragen, aber das Mitleid ihres Gatten …«

Die Vorstellung der erbosten, mit Vasen werfenden Isis und eines hilflos begütigenden Peter amüsierte Gretchen derart, sie vergaß für einen Moment vollkommen, wie wütend sie auf Erik noch immer war. Wie wütend und wie enttäuscht.

»Ich muss zu den anderen, aber …« Erik blickte sie hilflos an, sagte dann rasch: »Vielleicht dürfte ich dich morgen früh auf einen Erdbeerkuchen einladen? Zum Abschied?«

Und während Gretchen noch nickte, traten Fred und Hulla unter höflichem Applaus in den Saal. Das senfgelbe Jackett tat wieder seine Wirkung und kaum, dass Ruhe eingekehrt war, da erklärte Fred: »Das erste Lied des heutigen Abends, das haben Hulla und ich für eine ganz besondere Freundin geschrieben. Sie ist von der Sorte Mensch, die immer versucht, in anderen das Beste zum Vorschein zu bringen.«

Mit seinem breiten Strahlen blickte er sich suchend im Saal um, deutete dann auf Gretchen. Der wurde es unter all den fremden Blicken unangenehm warm, ein bisschen wie als Nummerngirl. Aber obwohl sie wirklich nicht gerne im Mittelpunkt stand, freute sie sich doch rasend. Während sie errötend lächelte, fuhr Fred fort: »Sie ist zauberhaft. Zum Beispiel hat sie für mich einmal heimlich eine Studienarbeit verfasst und als ich davon erfahren habe, da bin ich ins Studiensekretariat, um die Arbeit zurückzuverlangen, unter Berufung auf Krankheit. Mit einer fremden Arbeit bestehen wollte ich nicht, aber zugeben, dass ich sie nicht geschrieben hab, also den Ärger, den wollte ich auch nicht. Und wisst ihr, was passiert ist? Die wollten meine blöde Arbeit nicht mehr rausrücken! Nein, veröffentlichen wollten die sie! Weil sie so schön ausgearbeitet war. Ich musste am Ende mit der Polizei drohen, damit die mich haben durchfallen lassen!«

Hatte sie das gerade richtig verstanden? Ihre Arbeit hätte veröffentlicht werden sollen? Ihre Arbeit war gut gewesen! Heiße Freude überspülte sie. Sie hatte doch immer gewusst, dass sie es konnte! Sie konnte es! Sie würde studieren. Jetzt ging es erst mal nach Neu-York und dann, nächstes Sommersemester, dann würde es losgehen.

Nachdem das Gelächter um sie herum etwas abgeschwollen war, sagte Fred: »Sie hat auch einen kleinen Hund. Mit dem ist es wie mit mir, sie ist die Einzige, die an ihn glaubt. Sie schwört, er tanze wie ein junger Gott, aber nur, wenn keiner zusieht.«

Hulla begann eine eingängige, Gretchen vage bekannte Melodie am Klavier zu spielen und dann sang Fred: »Mein Mädchen, dat hat enen Hund …«

Das Süßkind's war ein Café für Zeitungsleute – für die Hartarbeitenden und die, die auf die Preise und die Uhr schauen mussten. Nicht für die Eleganten, die bei Schwanikes Mokka double und Schichttorte schmausten, aber auch nicht für die Hochkünstlerischen, die im Romanischen anschreiben ließen. Mitten im Zeitungsviertel, keine zwei Gehminuten vom Ullstein-Haus entfernt, frühstückten hier nicht nur Journalisten, sondern auch Buchhandelsvertreter, Werbetexter, Tippfräulein, Setzer, Drucker und etwas abseits die Lektoren.

Letztere wussten oder glaubten sich von allen anderen gehasst, denn schließlich waren sie es, die die nach Meinung der hoffnungsvollen Schriftsteller überbordende Kreativität mit kleingeistiger Pingeligkeit auf zwei Spalten zusammenstrichen und deren Krämerseele kein größeres Glück kannte, als hoffnungsvolle Jahrhundertwerke voll hämischen Bedauerns abzulehnen. Von Literatur verstanden sie grundsätzlich überhaupt nichts, weshalb sie auch stets gerade die besten, schönsten, einfallsreichsten Sätze strichen.

Dementsprechend blieben sie normalerweise lieber unter sich, am heutigen Morgen jedoch herrschte bei Gretchens Eintreten ein derartiges Tohuwabohu in dem kleinen, verrauchten Zimmer; jede Trennung war aufgehoben.

Gretchen stand einen Moment lang in der Tür und versuchte Erik in der aufgeregten Menge zu finden. Eigentlich hatte er gesagt, es sei ein stilles kleines Lokal, aber davon konnte kaum die Rede sein – da wurde durcheinandergeredet, geschrien, laut gelacht und mit Zeitungsblättern geschwenkt.

Einen Moment lang spielte sie ernsthaft mit dem Gedanken, einfach auf dem Absatz kehrtzumachen, sie musste vor ihrer Abreise noch so viel zu erledigen und außerdem hatte sie noch immer und schon wieder eine grässliche Wut auf Erik.

Er war gestern einfach gegangen – das heißt nicht nur grußlos, sondern demonstrativ nach dem zweiten Lied. Mit dem Plompke und all den anderen Lohnschreibern.

Und damit auch kein Zweifel bestand, dass der ach so große Plompke einen Verriss schreiben würde, hatte der beim Türknallen noch ein angewidertes Gesicht gemacht. Natürlich hatten Hulla und Fred das bemerkt, andernfalls hätten sie blind und taub sein müssen, aber trotz der sich ankündigenden Pressehäme hatten die beiden weitergemacht, als wäre nichts geschehen. Und es hatte dem Publikum gefallen, drei Zugaben und nach heftigem Klatschen, nach Anfeuerungsrufen und Jubel spielten sie noch einmal das Lied vom talentierten Hund. Aber was nützte das Publikum, wenn in allen Zeitungen eine miese Kritik zu finden war?

Eine Kritik, die nur mies war, weil Isis den Plompke abserviert hatte und die ganzen anderen Idioten sich nicht trauten, gegen seine Meinung anzuschreiben. Da konnte Fred noch so tapfer lächeln und erklären, die Pressemeinung sei ja eh nur für Großbürger, das war ungerecht. Machten die sich eigentlich nicht klar, wie viel Herzblut und Mühe in so einen Auftritt floss? Wie schutzlos und blank da jemand seine künstlerische Seele zeigte, nur damit ein paar Feiglinge einen lahmen Witz darüber rissen? Ahnten die eigentlich, was für eine Verantwortung sie trugen?

Aber Erik, dem würde Gretchen es schon sagen, der sollte später nicht behaupten können, er habe von nichts gewusst. Und sie würde es ihm umso deutlicher sagen, nun da sie ja eh bald weg wäre. Der Gedanke versetzte ihr einen inzwischen schon fast vertrauten Stich. Erik würde ihr fehlen, trotz allem.

Aber was sollte sie noch hier? Das war ihre Chance, in die Staaten zu kommen und auch finanziell lohnte es sich. Hinterher würde sie das Geld für die ersten beiden Semester zusammengespart haben und danach würde sie weitersehen. Vielleicht bekam sie ja sogar ein Stipendium? Für jemanden, dessen erste Studienarbeit veröffentlichungswürdig war, für so jemanden war das doch ein Klacks?

Oder Isis legte für sie ein gutes Wort bei einem ihrer Bekannten ein, da brauchte sicher jemand ein Tippfräulein, heute brachten schließlich alle ihre Kriegserinnerungen zu Papier.

Das würde schon werden, jetzt musste sie nur dieses Kuchenessen mit Erik hinter sich bringen. Wenn sie ihn erst einmal gefunden hatte.

Am Ende war er gar nicht gekommen? Doch dann sah sie ihn: Er war das Zentrum des Tumults! Um ihn scharten sich all diese Menschen?

Aber warum? Sie klopften ihm auf die Schulter. »Großartig gemacht!«, beglückwünschten sie ihn und riefen: »Das war auch mal Zeit!« Oder sie lachten teils wohlgefällig, teils verlegen. »Ich hatte das ja auch schon lange vor!«

Erik jedoch schien es wie Gretchen am Vorabend zu gehen, all der Wirbel um seine Person war ihm ganz offensichtlich unangenehm. Gretchen gab sich einen Ruck, ging durch den Kaffee- und Zigarettendunst an seinen Tisch, fragte eher unwirsch: »Was ist denn hier los?«

»Er hat's dem Plompke gegeben«, erklärte einer mit Zwicker auf der Nase anerkennend. Ein Drucker mit Ärmelschonern hoffte gar: »Der tobt dermaßen, der kriegt Blutsturz. Dann sind wir ihn los!« Und ein Dritter erklärte: »Also ich seh es wie Erik und das werde ich auch in der *Vossischen* so schreiben. Das Lied von dem talentfreien Hund, das hat so einen Subtext, das kommt so harmlos amüsant daher, mit dieser eingängigen kleinen Melodie. Aber der Subtext!« Er hob schwärmerisch die Hände. »Der ist mächtig. Eine flammende Parodie auf den Berliner Künstlerzirkus. Göttlich, einfach göttlich. Erik hat völlig recht, der alte Plompke ist einfach zu beschränkt, um diese modernen Strömungen zu erfassen. Der ist künstlerisch doch seit *der Jugend* nicht weitergekommen.« Das Wortspiel mit dem Titel der um die Jahrhundertwende berühmten Kunstzeitung brachte ihm einige Lacher ein und lenkte die Aufmerksamkeit zunehmend fort von Erik.

Gretchen sah ihn fragend an: »Du hast dich echt getraut? Du hast eine Lobeshymne auf Fred und Hulla verfasst, gegen den Willen des Plompkes?«

Erik zuckte die Schultern: »Was blieb mir denn anderes übrig? Ich hatte drei ziemlich gute Gründe. Erstens waren die beiden wirklich top und zweitens …« Er atmete tief ein, tief aus und gestand: »Also zweitens hab ich mir heute Nacht was zurechtgelegt, aber willst du vielleicht erst ein Stück Kuchen? Der beste Erdbeerkuchen der Republik.«

Gretchen nickte lachend, doch gleich nachdem die Bestellung aufgegeben war, forschte sie nach: »Was war jetzt mit zweitens?«

»Ich hab meinen Text vergessen!« Erik sah sie aus weit aufgerissenen Augen an, dann prusteten sie beide los. Er würde ihr so fehlen. »Also zweitens, wollte ich dir zeigen, dass ich mich bemühe. Ich versuche, ein bisschen weniger feige zu sein. Damit du mich nicht für einen Versager hältst, weil ich glaube, ich bin keiner, zumindest nicht, wenn du da bist und mir manchmal ein bisschen hilfst.«

»Du bist wie Incitatus. Du bist groß, wenn keiner guckt. Und manchmal bist du einfach nur groß. Ich bin stolz auf dich.« Lächelnd griff sie über den Tisch nach seinen Händen, hielt sie ganz fest. Sie mochte nicht dran denken, dass sie in ein paar Tagen schon für Monate abreisen würde.

»Na ja, für Stolz besteht kein Anlass, meine Modetexte sind abgelehnt worden und bei den Ullstein-Blättern brauch ich mich nach der Sache mit Plompke auch nicht mehr blicken lassen.«

Er zuckte die Schultern und hielt ihre Hand fest. Sie war so glücklich, aber plötzlich fiel ihr etwas ein: »Du sprachst von drei guten Gründen. Was ist der dritte?«

Er machte sich los, begann den soeben an den Tisch gebrachten Erdbeerkuchen zu essen, er schien ihm sehr zu schmecken, denn es dauerte eine ganze Weile, bis er nachlässig erwiderte: »Drittens, es ist eh egal, was Berlin von mir hält. Ich hab ab nächste Woche für ein halbes Jahr als Auslandskorrespondent für die *Frankfurter* unterschrieben. Denen hat meine Dampferfahrt so gefallen, die eingefangene Stimmung, der Humor. Die meinten, ich wäre wie geschaffen für den Job. Und ich glaube, sie haben recht. Ich glaube auch, dass es mir gefallen wird, in Neu-York.«

Epilog

»Good morning, junges Fräulein!«

Gegenüber der kleinen Pension, in der die *Frankfurter* ihren Neu-Yorker Auslandskorrespondenten untergebracht hatte, standen jeden Tag zwei Männer. Der eine verkaufte Zeitungen und kannte die häufig wechselnden Losungsworte der in der Nachbarschaft gelegenen Speakeasys. Der andere bot kleine Hunde an. Sie saßen in einer mit zerknüllten Zeitungen gepolsterten Bananenkiste und wenn es regnete, was in diesem Frühsommer oft vorkam, hielt er schützend einen Regenschirm über die Welpen.

Einmal, kurz nach ihrer Ankunft in Manhattan, hatten Erik und sie ihm von Incitatus erzählt, ihrem Hund zu Hause in Deutschland.

Wegen ihrer manchmal noch recht bruchstückhaften Vokabelkenntnisse hatte er vermutlich nur die Hälfte verstanden, aber seitdem begrüßte er sie mit der Herzlichkeit eines alten Freundes.

Und oft blieb Gretchen auch ein wenig bei ihm stehen, lobte die Schönheit seiner in der Kiste übereinander quirlenden Mischlinge oder sagte ein paar Worte über das Wetter. Heute aber beließ sie es bei einem raschen Nicken, gefolgt von einem heftigen Winken.

Sie hatte eine Taxe erspäht! Ganz Manhattan war voll davon, es gab sie in allen Farben, nur wenn man eine brauchte, war doch meistens bei allen das Besetzt-Schild aufgestellt. Aber heute war ein Glückstag.

Und deshalb hielt das lavendelfarbene Automobil auch brav neben Gretchen. »To the Waldorf Astoria, please!«, bat sie und riss sich kurzerhand die Tür selbst auf. Sie hatte es schrecklich eilig. Keine Zeit für Förmlichkeiten.

Zufrieden sank sie auf das ziemlich speckige Leder, atmete einmal tief durch. Sie liebte den Geruch der New Yorker Taxen, diese ganz besondere Mischung nach kaltem Rauch, Leder und etwas ganz Eigenem, Uramerikanischem.

Erik war es auch aufgefallen – er behauptete, es sei der allgegenwärtige Fuseldunst der seit Prohibitionsbeginn dauertrunkenen Stadt. Einen ganzen Artikel hatte er dem Taxibetrieb in Manhattan gewidmet, solche kleinen, heiteren Geschichten wurden gerne genommen. Auch adjektivreiche Beschreibungen von Jazzkellern wie dem Cotton Club in Harlem oder die bunte Schilderungen eines Charleston Wetttanzens im Savoy Ballroom verkauften sich gut, aber ein Beitrag über das wirtschaftliche Elend der Künstler war abgelehnt worden. Abgelehnt auch die Arbeit über die Künstlerkolonie Nigerati Manor und nicht einmal einer Absage würdig, sein Essay über Langston Hughes Gedicht *I, too, sing America*.

Erik nahm es gelassen oder zumindest bemühte er sich darum. Und an manchen Tagen gelang es ihm schon recht gut, dann konnten Gretchen und er herzlich darüber lachen. An anderen tat er sich schwer, zweifelte doch wieder an sich, an der Entscheidung, nicht länger sichere, kleine Katalogbeschreibungen zu verfassen, aber die Tage wurden seltener, und gestern, als Gretchen und er Hand in Hand durch den Central Park zu seiner Pension spaziert waren, da war er plötzlich stehen geblieben, hatte sie angesehen und erklärt: »Zumindest an uns zweifle ich nie. Wenn wir wieder in Berlin sind, werden wir heiraten.«

Angesichts solcher Vehemenz hatte Gretchen lachen müssen und grinsend hatte sie gefragt: »Ist das ein Befehl?«

Darauf hatte er den Kopf geschüttelt, hatte ihr den Zeigefinger auf die Lippen gelegt und ganz leise entgegnet: »Nein, das ist eine Tatsache.« Und da hatte er mal wieder recht.

Es war aber nicht die frohe Kunde ihrer Verlobung, die Gretchen an diesem Morgen so eilig zu Isis stürzen ließ. Es war die Morgenausgabe des *Examiner*. Dessen Titelseite vermittelte vermutlich nur einen kleinen

Einblick in den aktuell in Berlin stattfindenden Hochzeitsrummel, aber das reichte schon. Elle Lack, die seit dem gestrigen Tag nun Elle von Bäumer hieß, trug ein in seiner Schlichtheit überwältigendes Brautkleid, sah unter tatsächlich etwas dramatisch geratenen Augenbrauen triumphierend in die Kameras. Ihr Gatte aber blickte ernst, fast ein wenig sorgenvoll, so als wäre ihm gerade erst bewusst geworden, was da auf ihn zukam. Natürlich war das Foto gestellt, eine Studioaufnahme, jede Geste genau geprobt und besprochen, aber Gretchen kam es doch so vor, als läge eine Spur Wahrheit darin.

Nachdenklich blickte Gretchen zum Fenster hinaus, betrachtete die im Schritttempo vorbeiziehenden Wolkenkratzer, die hastig zur Wall Street eilenden Menschen in ihren sommerlich hellen Maßanzügen. Wie seltsam, dass die New Yorker auch in der Stadt Leinen trugen, als wären sie am Meer!

Beim Gedanken an das Meer drängte sich Henni in Gretchens Bewusstsein, die schrieb nicht oft, aber wenn sie es tat, dann plante sie seitenlang ihre Hochzeitsreise nach Cannes.

Zwar waren Stoffel und sie längst ein Paar, doch der entscheidenden Frage war er bisher ausgewichen und auch seinen feinen Eltern hatte er sie bisher nicht vorgestellt.

Manchmal glaubte Gretchen nun schon eine Spur

von Angst herauszulesen, das Schicksal eines Fräulein Notters schien der einst so guten Freundin zu drohen. Und längst nicht alle arrangierten sich damit so geschickt wie Frieda, die ihrem Jung-Giesinger voll Verständnis zum Verbleib in der Ehe riet. Im Gegenzug für so viel wahre Liebe hatte sie sich die Wohnung schenken lassen, die bewohnte sie jetzt zusammen mit dem pflichtvergessenen Schupo von ihrer Verlobungsfeier. In dem hatte sie einen lang vermissten Cousin entdeckt. Und das rechtfertigte Putzmittelrechnungen in schwindelerregender Höhe. Männer machen eben mehr Schmutz als Frauen, das musste auch Jung-Giesinger einsehen und schon zweimal hatte Gretchen von Übersee aus Rechnungsnachschub geschickt.

Der Gedanke an Frieda tröstete Gretchen etwas und wieder blickte sie in den *Examiner*.

Im Innenteil gab es noch mehr Bilder, das eine entscheidende, das für Gretchens Eile verantwortlich war, aber auch noch andere. Die meisten kleiner, wie sie mit großer Freude bemerkte. Da war Helen Bross, auf vollkommene, alterslose Weise schön und untertitelt mit: *Sie kennt das Geheimnis ewiger Jugend*. Da war auch noch der Trauzeuge des Bräutigams, den sah Gretchen sich genauer an, aber sie konnte nichts Besonderes an ihm entdecken. *P. Genzer, Trauzeuge des glücklichen Filmstars* stand unter der Fotografie, scheinbar war auch dem Texter angesichts solch breit gebauter Normalität im Stangenanzug nichts Geistreicheres eingefallen.

Die Taxe hielt mit quietschenden Reifen und wieder riss Gretchen die Tür selbst auf, warf dem Fahrer hastig ein paar Münzen hin und grüßte im Vorbeistürmen den Portier. Sie zwang sich, in der prunkvollen Eleganz der Empfangshalle nicht zu rennen, ärgerte sich über ihre etwas engen Schuhe – das teuerste Paar, das sie je besessen hatte und das doch zu eng war –, unterdrückte den Impuls, dem Liftboy schon von Weitem ihren Wunsch zuzurufen und stand schließlich mit allen Anzeichen äußerster Ruhe im Paternoster, bat förmlich: »To Mrs Greiff, please.«

Der Boy mit seiner kess schepp aufgesetzten kleinen Büchsenkappe nickte wissend und bediente seine Hebel. Eine gewisse abschätzige Arroganz lag in seinen Bewegungen, so als wollte er sagen, natürlich wisse er, wo sie hinwollte, genau wie er wusste, in welcher Suite die Nilkönigin logierte.

Isis war längst auch in Amerika ein Name, den man kannte. Der grusligen Faszination ihres zweigeteilten Gesichts konnte sich auch hier niemand entziehen, obwohl ein pingeliger Chefredakteur ihr eine durchaus gewöhnliche Stimme attestiert hatte. Aber die Leute kamen ja auch wegen des Gesamtkunstwerks, der Gesang war ihnen herzlich gleich.

Gretchen hatte längst aufgegeben, darüber zu rätseln, woher die so lukrative Entstellung in Wirklichkeit kam. Peter hielt sie über jeden Verdacht erhaben.

»Thank you!«, rief sie dem Liftboy zu und witschte schon durch die nur halb geöffnete Aufzugstür, rannte mit inzwischen schmerzenden Füßen den mit rotem Teppich ausgeschlagenen Gang entlang, hielt vor der gesuchten Kirschholztür, klopfte und dann, ganz gegen ihre Gewohnheit, steckte sie ihren Schlüssel ins Schloss und zog die Tür auf. Den Schlüssel besaß sie, da sie manchmal allein in Isis' Suite tippte, doch gewöhnlich benutzte sie ihn nur, wenn sie das Ehepaar fort wusste.

Doch heute, heute war für derartige Förmlichkeiten keine Zeit!

Sie stürzte derart in den Raum, dem neben seiner Frau am Frühstücktisch sitzenden Peter fiel klirrend der Zuckerlöffel aus der Hand, das haarlose Hündchen bellte zweimal schrill, Gretchen aber schwenkte triumphierend die Zeitung, rief: »Habt ihr's schon gesehen?« Sie streckte ihnen die schon recht zerknitterte Fotoseite mit dem entscheidenden Bild entgegen: *Begleiteten die Hochzeitsfeierlichkeiten unter anderem mit ihrem beliebten Gassenhauer »Der talentierte Hund« – das Duo Hulla & Frédéric George.*

»Zeig!«, kommandierte Peter aufgeregt und da fiel es Gretchen plötzlich auf. Das Gesicht ihrer Chefin war so früh am Tag weder verschleiert noch geschminkt und so im grellen Morgenlicht, da gab es keinen Zweifel.

Die Narbe, die der Verletzung ihres Mannes so stark ähnelnde Narbe, die Narbe, der sie ihre Einzigartigkeit und ihren Erfolg verdankte, die Narbe war weg.

Sie war nur aufgeschminkt!

Das war es, was Peter gemeint hatte – damals, als er sagte, Helen Bross habe keinen guten Einfluss auf Isis. Nach dem Unfall, da hatte sie seine Narbe, seine Entstellung zu ihrer eigenen und damit zu Geld gemacht. Vielleicht hatte sie es zuerst sogar als Zeichen der Solidarität mit ihm gemeint, doch dann war sie entdeckt und mit dem nur aufgemalten Unglück berühmt geworden.

Isis, die Gretchens Verwunderung bemerkte, schien erst über die Enttarnung erschrecken zu wollen, dann aber lachten sie alle und die Nilkönigin bekannte schulterzuckend: »Wir haben doch alle unsere kleinen Geheimnisse, wir Damen vom Pariser Platz.«

NACHWORT

Wie immer habe ich mich bemüht, möglichst nah an den historischen Tatsachen zu bleiben, aber an manchen Stellen habe ich mir dann doch künstlerische Freiheiten erlaubt.

So ist der Film, für den Hulla beinahe besetzt wird, wie Kenner der Filme der Zeit vermutlich bereits geahnt haben, *Orlac's Hände*. Der Horrorkrimi mit Conrad Veidt in der Hauptrolle wurde jedoch bereits 1924 gedreht, ein Rollenverteilung 1926 ist also natürlich Nonsens.

Nonsens ist es auch, 1926 ins Haus Vaterland zu gehen, dieses wurde erst 1928 in Betrieb genommen – mir gefiel es aber mit all seiner verlogenen Pappmaché-Modernität so gut, dass es dennoch einen Platz in diesem Roman erhielt. Die Schilderungen der Räumlichkeiten, inklusive stündlichem Gewitter und Einheitsküche, sind authentisch. Authentisch sind natürlich auch die anderen Vergnügungs- und Konsumtempel sowie die beschriebenen Kosmetikbehandlungen.

Authentisch sind auch König Klein und seine Kollegen – wobei James Klein, der Revuekönig der Hauptstadt, in dem Ruf stand, bevorzugt besonders vollbusige

Tänzerinnen einzustellen. Deren Gehalt berechnete er nach einer selbst erfundenen Formel, deren zwei ausschlaggebenden Variablen die Busengröße (möglichst umfangreich) und das Gesamtgewicht (möglichst gering) darstellten.

Das Flaggenlied mit der viel gelobten, ach so hübschen Melodie ist heutzutage – glücklicherweise – weitgehend in Vergessenheit geraten, wem die Unkenntnis jedoch keine Ruhe lässt, dem sei Youtube geraten, da findet man es unter dem Titel »Stolz weht die Flagge schwarz-weiß-rot« problemlos. Und wenn man dann schon im Internet ist, lohnt sich vielleicht auch ein Besuch bei Wikipedia, beispielsweise der »Pem« genannte Journalist ist ein interessanter Zeitgenosse gewesen.

Erfunden habe ich alle in Hauptrollen auftretenden Figuren, einschließlich des allgewaltigen Kunstkritikers Plompke und der schönen Nilkönigin mit dem zweigeteilten Gesicht. Helen Bross aber ist, wenn auch nicht historisch, keine Romanheldin originär von mir – Vicki Baum hat sie und ihre märchenhafte Schönheit für ihr Theaterstück »Pariser Platz 13« erfunden. Und all denen, die sich nun fragen, wie es ihr trotz fortgerückten Alters gelingt, so jugendschön zu bleiben, dem sei diese wundervolle Komödie ans Herz gelegt.

GLOSSAR

Cowboyschal: nach »Cowboyart« gebundenes Dreieckstuch, das Trendteil des Jahres 1926

Full Day Dress: meist ein zweiteiliges Kleid, das man – anders als einen Morning Dress oder ein Tea Gown –, den gesamten Tag tragen konnte, ohne jemals unterdresst zu sein

Gehwolf/Gehwolfmantel: euphemistische Bezeichnung für einen Pelzmantel aus Hundefell

Hermannsschlacht: damalige Bezeichnung der Varusschlacht

Kontrollmädchen: registrierte Prostituierte

Nummerngirl: zwischen den Revuenummern über die Bühne gehende Frau mit einer Tafel, auf der die Programmnummer des Folgenden zu sehen war. Bei größeren Theatern waren die Nummerngirls häufig eigene Showacts.

Runabouts: eher sportlicher Tagesdress, gerne aus Baumwolle oder Leinen

Strohkreissäge/Kreissäge: flacher Herrenhut, mit kurzer Krempe, ab 1925 sehr beliebtes Sommeraccessoire der männlichen Garderobe

Selbstbinder: nicht vorgebundene Krawatte

Speakeasy: Flüsterkneipe

Unterdresst: wie underdressed, nur irgendwie deutscher. Ich habe das Wort in Kischs Reportagen gefunden und fand es zu schön, um es meinen Lesern und Leserinnen vorzuenthalten.

DANKSAGUNG

Es gibt so viele Menschen, die zur Entstehung eines Buches beitragen – von meiner Familie über Freunde bis zu Leser:innen, die mir zur Motivation nette Nachrichten schreiben.

Besonderer Dank gebührt aber meiner zauberhaften Lektorin Christina Weiser, die mir mit Rat und Tat und viel Geduld zur Seite stand. Die Zusammenarbeit war mir ein wirkliches Vergnügen.

Auch meiner Agentin Conny Heindle, die das Projekt von der Idee an begleitete, möchte ich ausdrücklich danken.

Und ganz zum Schluss danke ich meiner persönlichen Schreibassistentin Jacky, die mich nicht nur mit Mäusen versorgte, sondern mich auch, auf meinem Schoß schlafend, zur Arbeit zwang.

Joan Weng
Das Café unter den Linden
Roman
304 Seiten. Broschur
ISBN 978-3-7466-3294-0
Auch als E-Book lieferbar

Was nützt die Liebe in Gedanken?

Frühling 1925: Als Fritzi in Berlin ankommt, bringt sie nicht mehr mit als ein gebrochenes Herz, eine Reiseschreibmaschine und einen Traum: bei der UFA Drehbücher schreiben. In der schillernden Metropole findet sie sich schnell in einem Kreis von Malern, Schriftstellern und Musikern wieder, die das Leben und die Kunst feiern. Und dann trifft sie einen Mann, der alles für immer verändern wird. In einem Café unter den Linden …

»Mit viel Flair des Berlin der Zwanziger Jahre. Ein Buch zum Genießen.«
Ulrike Renk

Regelmäßige Informationen erhalten Sie über unseren Newsletter.
Jetzt anmelden unter: www.aufbau-verlag.de/newsletter

aufbau taschenbuch

Joan Weng
Die Frauen vom Savignyplatz
Roman
320 Seiten. Broschur
ISBN 978-3-7466-3425-8
Auch als E-Book lieferbar

Weil die Liebe uns gehört!

Berlin, 1925: Als Vicky von ihrem Mann verlassen wird, denkt sie gar nicht daran, sich einen neuen Gatten und Ernährer zu suchen. Stattdessen erfüllt sie sich lieber einen Traum und eröffnet gemeinsam mit ihrer besten Freundin eine Buchhandlung. Und zwar nur für Frauen. Der kleine Laden am Savignyplatz sorgt von Anfang an für Aufsehen. Schon bald werden sie zu Ikonen der aufkeimenden Emanzipation, aber auch Ziel konservativer Anfeindungen. Doch dann wirft Vicky plötzlich alle guten Vorsätze über Bord und das ausgerechnet wegen eines Mannes …

»Joan Weng weckt das Berlin der Goldenen Zwanziger mit seinem Glamour zu neuem Leben.« Stuttgarter Zeitung

BERNWARD SCHNEIDER

Der Teufel des Westens

TEUFEL IN BERLIN Berlin 1936. Anwalt Eugen Goltz hilft der Tänzerin Leni Ravenov, einen Toten zu beseitigen. Lenis Leben ist in Gefahr: Sie hat Verbindungen zur Gestapo und zu Geschäftemachern aus der internationalen Finanzwelt, denen sie als eine Verräterin gilt. Zu Lenis furchtbaren Feinden gehört die schöne Irene Varo, eine Frau ohne Moral, die bei der Verfolgung und Durchsetzung ihrer Interessen keine Rücksichten kennt. Als Leni entführt wird, begibt sich Goltz auf die Suche nach ihr. Nach einer Reihe von gefährlichen Abenteuern, bei denen er sich immer tiefer in die Fangnetze von Irene Varo und ihren Mordgesellen verstrickt, führt ihn Lenis Spur zu dem unheimlichen Haus am Spittelmarkt, in dem er einst in der Nacht des Reichstagsbrandes Schreckliches erlebte.

Bernward Schneider, Jahrgang 1956, studierte Jura in Marburg und ist seit 1986 in Hildesheim als Rechtsanwalt tätig, von 1991 bis 1994 arbeitete er zudem in Berlin-Köpenick. Mit seinen historischen Berlin-Krimis ist er einer breiten Leserschaft bekannt geworden. Der Kriminalroman »Der Teufel des Westens« ist der vierte Band seiner erfolgreichen Eugen-Goltz-Reihe. Der Autor ist Mitglied des Vereins Hildesheimliche Autoren e. V. Er ist verheiratet und hat zwei Kinder.

Bisherige Veröffentlichungen im Gmeiner-Verlag:
Endstation Reichskanzlei (2015)
Berlin Potsdamer Platz (2013)
Todeseis (2012)
Flammenteufel (2011)
Spittelmarkt (2010)